LES MYSTÈRES DE LARISPEM

LUCIE PIERRAT-PAJOT

LES MYSTÈRES DE LARISPEM

2 LES JEUX DU SIÈCLE

Illustrations de Donatien Mary

GALLIMARD JEUNESSE

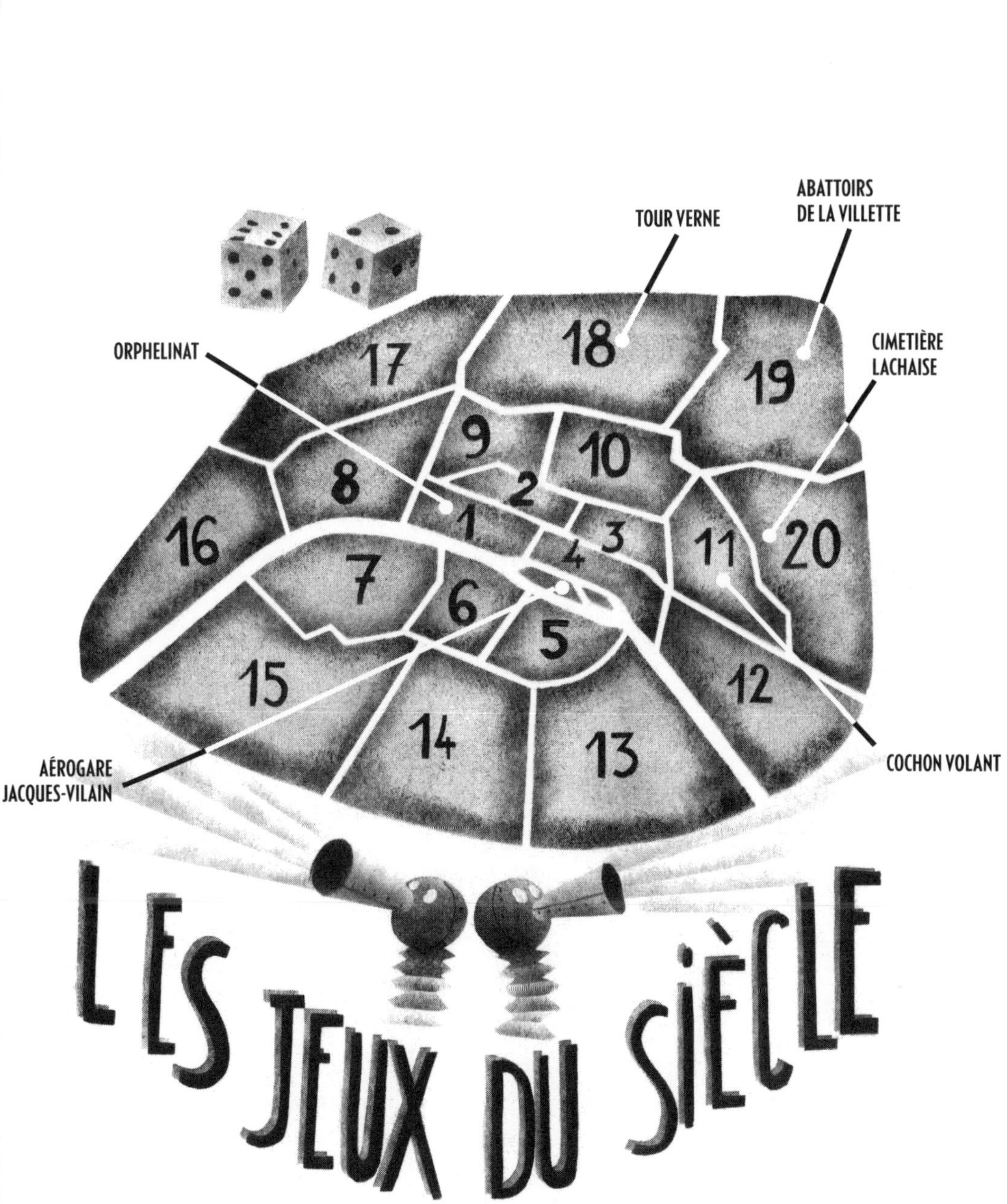
TOUR VERNE
ABATTOIRS
DE LA VILLETTE
ORPHELINAT
CIMETIÈRE
LACHAISE
17
18
19
9
10
8
2
1
3
4
11
20
16
7
6
5
15
12
14
13
AÉROGARE
JACQUES-VILAIN
COCHON VOLANT
LES JEUX DU SIÈCLE

CONCOURS
PREMIER
ROMAN
JEUNESSE

GALLIMARD JEUNESSE Télérama RTL

Les Mystères de Larispem 1. *Le sang jamais n'oublie*
a remporté la 2e édition du concours du premier roman
organisé par Gallimard Jeunesse, RTL et *Télérama*.

1

LA FOIRE AUX ORPHELINS

Même les plus humbles des citoyens de Larispem ont droit à un avenir, c'est pourquoi j'ai décidé de créer et de financer cet orphelinat. Il recueillera les enfants sans parents et, tous les ans le jour de la Foire, nous leur offrirons une place dans la société.

Discours de Michelle Lancien
le jour de l'inauguration de l'orphelinat.

C'était le grand jour de la foire aux orphelins et, depuis l'aube, le numéro 15 de la place de la Colonne-Abattue était en effervescence. Les portes qui donnaient sur l'extérieur étaient repeintes de frais. Les gonds avaient été graissés afin qu'ils tournent sans bruit ; les poignées, briquées jusqu'à refléter le ciel d'août. Chaque centimètre carré reluisait de propreté. Tous les enfants devaient mettre la main à la pâte pour préparer les lieux. Il fallait frotter les planchers, passer de la cire d'abeille sur les meubles, faire briller le tout avec des chiffons. Les plus jeunes s'en donnaient à cœur joie et organisaient des concours de glissade dans les couloirs encaustiqués en poussant des cris assourdissants. D'autres orphelins, choisis parmi les plus soigneux, avaient été équipés de pâte à polir et de peaux de chamois pour nettoyer les chandeliers, les lustres et l'horloge astronomique. Toute la journée, on entendit la chorale s'entraîner, les voix des orphelins accompagnées par celle, de plus en plus épuisée, du professeur de musique.

Pour une raison qui lui échappait quelqu'un avait vu en Nathanaël des talents de fleuriste. On lui avait donc attribué la tâche de préparer des bouquets pour décorer le hall. Depuis l'aube, il se débattait avec des brassées de roses, de lis, d'iris, ainsi qu'avec de longues tiges de lierre encore habitées par leurs occupants. Moucherons, fourmis, chenilles et hannetons s'enfuyaient tandis que Nathanaël essayait de donner un semblant de forme à cet amas végétal. Malheureusement, ce travail lui laissait tout le temps de réfléchir. L'an dernier, et toutes les autres années passées, cette période avait été heureuse. Elle était synonyme de fête, d'été et de vacances. Les candidats à la foire étaient au centre de toutes les attentions : ils passaient leur temps à parler de ce qu'ils feraient une fois dehors, des lieux qu'ils visiteraient, des filles qu'ils embrasseraient. Des fêtes d'adieux clandestines se déroulaient dans les dortoirs. On enviait et on jalousait ceux qui allaient enfin commencer à vivre pour de vrai.

Nathanaël avait souvent rêvé à son propre départ de l'orphelinat avant de s'endormir ou lorsqu'il mourait d'ennui en cours. Il l'avait attendu avec une impatience douloureuse. Mais, à présent, il aurait préféré être l'une de ces fourmis et disparaître dans le premier trou venu. Tous les jours, il se rappelait sa décision de rester et de combattre les Frères du Sang. Il savait qu'il avait fait un choix honorable mais ça ne l'empêchait pas d'avoir peur. Le souvenir de la comtesse Vérité était une épine de glace logée dans son cœur. Il ne cessait de revoir la petite fille sur le rebord de la fenêtre et d'entendre la menace de l'aristocrate : « La prochaine fois que tu seras aussi indulgent, Nathanaël, un enfant mourra. »

De toute façon, il savait que ses jours étaient comptés. Lorsque la liste des orphelins participant à la foire avait été affichée, les professeurs avaient eux-mêmes été étonnés de voir Armand

Mars, dit Gueule-de-Passoire, y figurer en bonne place. Nathanaël avait entendu deux enseignants discuter à voix basse en se demandant par quel tour de passe-passe le pire délinquant de l'orphelinat avait finalement réussi à obtenir un ticket pour la foire. Quant à Armand, il avait tapoté l'épaule de Nathanaël, un sourire jusqu'aux oreilles.

– T'as bien bidouillé mon dossier, mon vieux. J'y croyais pas mais grâce à tes talents de faussaire, ces vieilles barbes du Conseil me laissent sortir. J'vais pouvoir aller assister en personne au Jeu de l'oie de Larispem !

Il l'avait obligé à trinquer à l'absinthe et s'était pavané dans son repaire en évoquant le glorieux futur qui lui tendait les bras, mais Nathanaël savait bien que, lorsque Armand comprendrait que cet avenir consistait en fait à récurer des kilomètres d'égouts, son arrêt de mort serait signé.

L'orphelin poussa un long soupir et chassa une chenille qui rampait sur sa manche. Si au moins il avait pu compter sur Jérôme ! Mais ce dernier ne lui parlait plus depuis la nuit fatidique où, l'oreille collée contre le tuyau du poêle de la salle de musique, il avait entendu la comtesse Vérité exposer ses plans contre Larispem. Lorsqu'il était revenu dans son dortoir, Jérôme l'y attendait. Bien entendu, il avait voulu savoir pourquoi son ami était de retour au milieu de la nuit avec une énorme bosse sur le côté de la tête et une griffure sur la joue. Lorsque Nathanaël avait refusé de lui raconter quoi que ce soit, il lui avait posé un ultimatum. Soit il lui disait la vérité, soit c'en était fini de leur amitié. Nathanaël, la mort dans l'âme, s'était décidé pour la seconde option. Il aurait pu le marquer, lui faire tout oublier, mais cette idée lui faisait horreur. Après l'entretien avec Vérité, il était plus clair que jamais qu'il n'utiliserait son pouvoir que par nécessité vitale. Or, il n'était pas vital d'avoir de meilleur ami.

Nathanaël sursauta : il avait saisi une rose sans se méfier et s'était égratigné. Les mâchoires serrées, il regarda trois points violets s'épanouir sur sa paume. Il détestait ce sang qui coulait dans ses veines, il haïssait jusqu'à cette couleur bizarre et cette texture gluante qui lui donnaient l'impression d'avoir de la poix dans les artères. Une voix interrompit ses pensées.

– Bonjour, Nathanaël.

Alcide Valentine se tenait devant lui. Le professeur était revêtu de sa toge noire, ses cheveux blonds retombaient en désordre sur son front.

– Très joli, marmonna-t-il en désignant du menton les bouquets.

Nathanaël l'observa attentivement : il avait les cernes de celui qui passe ses nuits à réfléchir à des choses désagréables. Depuis sa confrontation avec Vérité, quelques semaines plus tôt, Nathanaël avait changé de regard sur lui. Malgré son mépris pour Larispem, son allégeance aux Frères du Sang et la folie tapie derrière sa voix douce, il protégeait les Héritiers et se souciait d'eux. Ce n'était pas le cas de Vérité : pour elle, ceux qui avaient le pouvoir n'étaient que des armes, des pions à déplacer.

– Qu'y a-t-il, professeur ?

– Je suis venu te prévenir que je dois quitter l'orphelinat. Je ne sais pas pour combien de temps.

– C'est à cause de Vérité, n'est-ce pas ? demanda Nathanaël après un long silence.

– De mademoiselle Vérité, le corrigea Alcide. N'oublie pas de te montrer respectueux envers elle. Oui, je dois aller lui faire mon rapport : j'ai retrouvé la trace de la femme qui t'a assommé. Tu te souviens d'elle, je suppose ?

Nathanaël passa la main sur son crâne, où il pouvait toujours sentir une zone sensible.

– Je ne risque pas de l'oublier.

– Quoi qu'il en soit, elle ne sera plus un problème pour toi ou pour les Frères.

Nathanaël se demanda s'il voulait dire par là qu'il l'avait tuée.

Il n'osa pas poser la question. Alcide réajusta sa toge. Il portait une veste de voyage en dessous : il était déjà sur le départ, comprit Nathanaël, qui se sentit étrangement triste à l'idée qu'Alcide n'assisterait sûrement pas à son embauche.

– Professeur, quand reviendras-tu ?

Celui-ci hésita, avant de répondre :

– Nathanaël, il faut que je te confie quelque chose. Quand j'avais ton âge, je croyais être le fils d'une servante, un garçon sans père. Un jour, ma mère adoptive m'a montré un tableau – il est accroché dans ma chambre et je sais que tu l'as déjà vu. J'y ai découvert les visages de mes véritables parents et, avec eux, mon histoire. C'est là que j'ai pris le nom d'Alcide Valentine, en combinant les prénoms de mon père et de ma mère. Mais, bien que j'aie étudié les sciences chimique et alchimique, je n'ai jamais su comment Louis d'Ombreville, mon grand-père, avait réussi à transmuter son sang. À défaut de pouvoir continuer son œuvre, j'ai choisi de devenir le serviteur des Frères du Sang, de trouver les Héritiers, de les former et de les rendre à leurs parents. (Il soupira, un sourire désabusé sur les lèvres, avant de continuer.)

« Je voulais vous montrer votre puissance, vous expliquer que vous faites partie de quelque chose de plus grand, que vous avez une histoire et des racines. C'est idiot, mais je crois que j'avais envie de devenir… d'être comme un père pour vous.

Le professeur s'interrompit. Nathanaël l'écoutait sans oser le regarder, de plus en plus mal à l'aise. Il avait l'impression d'entendre une sorte de lettre d'adieu ou, pire, un testament.

– Seulement voilà, reprit Alcide, je sais que, dans son ambition, Mademoiselle fera passer notre cause avant tout, avant même les enfants, et ça… je ne peux pas l'accepter. Je crois qu'elle l'a deviné et qu'elle ne me laissera pas revenir à l'orphelinat.

– Alors, ne pars pas !

Nathanaël avait presque crié et Alcide le regarda, surpris et touché de sa réaction. L'orphelin continua, un peu plus bas :

– Ne nous laisse pas, professeur. Les petits Héritiers comptent sur toi… Isabella et moi, nous ne saurons pas quoi faire et…

– Si je ne reviens pas d'ici une semaine, cela voudra dire que Mademoiselle a décidé que je ne lui suis plus utile ici. Je suis conscient que les Héritiers sont le futur de notre cause, mais certains d'entre vous sont trop jeunes pour se battre.

– Moi, je ne veux pas fuir, dit vivement Nathanaël.

Alcide lui tapota l'épaule.

– J'apprécie ton courage. Que tu veuilles rester pour servir les Frères fait honneur à ton sang, Nathanaël.

L'orphelin se garda bien de lui avouer qu'il ne comptait pas du tout se soumettre à Vérité.

– En revanche, poursuivit le professeur, je voudrais que tu fasses sortir les petits Héritiers d'ici, si je ne reviens pas. Isabella connaît des passages, des moyens de quitter ce lieu. Je lui ai exposé la situation, elle sera ton alliée. Je sais que cela peut te sembler une trahison envers les nôtres… mais ce n'est pas le cas, le comprends-tu ?

Nathanaël hocha la tête.

– Et le Livre, professeur ?

– Nous ne tarderons pas à le retrouver, à présent que nous connaissons l'identité de la voleuse, une certaine Liberté Chardon. C'est l'une des nôtres, mais elle l'ignore encore. Seul Delisle sait où elle se cache. Sa complice est une louchébem : Carmine Noir – mais il me semble qu'Isabella t'en avait déjà parlé.

Alcide lui serra la main avec solennité, plus longtemps que nécessaire.

– Quoi qu'il en soit, Nathanaël, garde en mémoire que tu es un Héritier et que tu peux en être fier. J'espère sincèrement que nos routes se recroiseront bientôt.

Une fois que le professeur eut quitté la pièce, Nathanaël sentit sa solitude augmenter d'un cran. Il se remit à assembler des fleurs sans aucun entrain. Lorsqu'un surveillant vint évaluer la progression de son activité une heure plus tard, l'orphelin avait à peine avancé. Il se fit vertement réprimander et, puisqu'il était décidément trop balourd pour cette tâche, on l'envoya organiser les stands.

La foire aux orphelins ressemblait à un marché, les adolescents étant exposés sur une estrade, comme des bœufs de concours. Devant eux, une fiche indiquait l'âge, le nom et le vœu d'emploi de chaque orphelin, ainsi que la référence de son dossier (librement consultable par les recruteurs). Le surveillant, visiblement à bout de patience, flanqua un tas de feuilles cartonnées dans les bras de Nathanaël.

– Place les fiches, Janvier. Elles sont par ordre alphabétique. Ah, et fais attention, il y a une sauterelle sur ton épaule.

Nathanaël obéit en traînant les pieds. Il aperçut Jérôme qui traversait le hall, un plateau de petits fours entre les mains. Ils échangèrent un bref regard, puis son ami accéléra le pas pour retourner en cuisine. Nathanaël se sentit plus déprimé que jamais.

À dix-sept heures, le directeur de l'orphelinat, revêtu d'une toge d'apparat et d'une toque noire à pompon de soie, fit irruption dans le hall et frappa dans ses mains.

– Remontez dans vos dortoirs ! annonça-t-il d'une voix forte. Vous avez une demi-heure pour enfiler un uniforme propre et parfaitement repassé, avant de revenir ici, impeccables.

Les orphelins laissèrent aussitôt tomber ce qu'ils étaient en train de faire et se précipitèrent dans les dortoirs en poussant des cris sauvages, se bousculant pour être le premier aux lavabos. Au moment où Nathanaël montait à son tour, il vit le directeur secouer la tête, consterné :

– Et c'est ça, la future génération de citoyens…

À l'extérieur, sur la place de la Colonne-Abattue, Liberté patientait depuis près d'une heure aux côtés de Carmine, maître

Couteau et Antonin, le charcutier du Cochon Volant. La file d'employeurs continuait de s'allonger. Les bouchers étaient largement représentés, et ils étaient sur leur trente et un, leurs plus beaux couteaux accrochés à la ceinture. C'était à celui qui aurait la moustache la plus féroce ou les tatouages les plus voyants. À côté se tenaient les corporations plus discrètes : mécaniciens, imprimeurs, commerçants, et artisans de tout poil : des couturières, des maréchaux-ferrants, des boulangers et bien d'autres.

Juste devant Liberté et Carmine, deux jeunes et jolies lavandières au décolleté avantageux s'aspergeaient d'eau de Cologne et gloussaient en jetant des œillades à un groupe de maçons aux muscles saillants. Cependant, aucune n'était aussi flamboyante que Carmine, qui attirait les regards comme un aimant le fer. Vêtue de vêtements masculins, elle portait une veste et un gilet de satin rouge sur une chemise blanche dont la lavallière formait un nœud compliqué sur sa poitrine. Sous sa veste, une large ceinture à boucle d'argent supportait trois couteaux fraîchement affûtés. Elle avait défait ses tresses ; ses cheveux crépus s'épanouissaient librement en une formidable crinière couleur café. Antonin, tout aussi endimanché, lui donna un coup de coude taquin.

– Eh ! Larminecji ! si tu veux te trouver un joli garçon, c'est le jour. Tous ces braves gens te regardent avec des lampions sacrément pétillants.

– Si tu pouvais faire taire ton bec… Ils me lâchent pas des yeux parce que je suis la seule loirenuche qu'ils aient jamais vue.

– Regarde-moi ce rude lapin, là-bas. Du poil aux joues, des quinquets comme l'azur et l'insigne des architectes au revers du veston. Je suis sûr qu'une lemmefuche comme toi le ferait fondre.

– Antonin, encore un mot et je t'expédie manger les racines chez le roi des taupes.

Liberté avait renoncé à suivre l'échange des deux bouchers. Elle ne cessait de réajuster ses vêtements. Ils étaient neufs également, et très différents de ceux qu'elle portait au quotidien. Carmine l'avait traînée au Bon Marché et menacée de représailles si elle ne consentait pas à passer quelque chose de plus larispemois que ses habituels jupons sans forme. Liberté avait longuement protesté avant d'enfiler une jupe plissée à mi-mollet, des bas noirs, une blouse blanche et une jaquette (après un quart d'heure de négociation, Carmine avait réussi à la convaincre de la choisir bleu ciel à boutons d'argent).

– Si tu n'arrêtes pas de porter du bleu marine et du gris, on va te prendre pour une orpheline. Il faut marquer le coup, c'est une grande année ! L'année des jeux du siècle ! Quand tu seras une vieille chose croulante, tu pourras te souvenir avec fierté que tu étais tirée à quatre épingles pour la foire de l'année 1899.

Liberté avait ri et acheté la veste. Elle rechignait à l'avouer mais, lorsqu'elle passait devant les vitrines, elle ne pouvait s'empêcher de sourire timidement à son reflet. Sa nouvelle silhouette, plus légère, plus citadine, lui plaisait.

Une horloge sonna. Plus qu'un quart d'heure avant l'ouverture et des gens continuaient d'arriver pour se ranger sagement au bout de la file.

– Il y a tant d'orphelins à embaucher que ça ? demanda Liberté, intriguée.

Ce fut maître Couteau qui répondit. Il avait accepté qu'elle se joigne à leur petit groupe et profitait de sa présence pour exposer son savoir.

– Y en a à peine une centaine. Pas assez pour tout ce beau monde, mais on vient pas à la foire seulement pour embaucher. C'est un évènement mondain. On y parle, on s'y renifle le derrière, on y tope à des affaires. Tiens, regarde, ça commence.

En effet, des poignées de main et des saluts s'échangeaient dans la file. Certains étaient si absorbés dans leurs discussions qu'ils se faisaient doubler sans même s'en apercevoir. Les maçons avaient enfin remarqué le manège des lavandières et les sifflaient.

– Moi, par contre, reprit maître Couteau, j'y vais pas pour badiner. Y m'faut absolument un agneau.

– Comment ça se passe ?

– Eh ben, c'est un genre de vente aux enchères. Là, on va entrer et poireauter un moment derrière un cordon, le temps que la grosse huile fasse son loutufuche de discours. Ensuite, on se balade, on interroge les lardons, on leur tâte la couenne, on consulte leurs dossiers. Y faut repérer rapidement le bon oiseau parce que les plus doués et les plus forts partent les premiers.

– On les… achète ? demanda Liberté qui n'en finissait plus d'être étonnée.

Maître Couteau se gratta le menton.

– Ouais, enfin, c'est plus comme un genre de don… ça va dans les caisses de l'orphelinat.

– D'ailleurs, latronpem, j'ai droit à combien ? demanda Carmine.

Ce dernier haussa les épaules.

– Oh, t'occupe pas trop de ça. Les affaires vont bon train ; si tu trouves un gars prometteur, fais-toi plaisir.

Les poings sur les hanches, il adressa à Liberté un sourire aux dents quelque peu gâtées.

– À toi qui sors de ta France, ça doit sembler bien curieux, hein ?

C'était effectivement le cas, et Liberté se promit d'envoyer une lettre à ses parents et à ses frère et sœur, pour leur raconter la foire.

– Ah ben, voilà, on avance !

En effet, les portes de l'orphelinat venaient de s'ouvrir et cela entraîna une véritable bousculade. Liberté manqua de se faire piétiner et Carmine dut la traîner par le bras jusque dans le grand hall pour éviter qu'elle ne termine aplatie par des centaines de chaussures impatientes. Avec ses hautes fenêtres qui laissaient entrer le soleil estival et un plafond aux moulures de stuc soutenu par des colonnes, l'endroit était à la fois sévère et grandiose. Deux vastes estrades en demi-cercle étaient installées dans le hall, séparées par une tribune.

À gauche, une cinquantaine de garçons attendaient, droits comme des I, les bras le long du corps. Ils portaient un uniforme identique : un pantalon bleu marine de coton épais, une veste assortie, au col montant et aux boutons de corne, une chemise blanche, de gros souliers noirs. Tous avaient les cheveux ras, et Liberté eut l'impression de voir le même adolescent multiplié par un jeu de miroirs. À droite, il y avait les filles. Elles étaient un peu moins nombreuses et vêtues pratiquement comme leurs homologues masculins, les mains croisées sur leurs jupes plissées, les cheveux attachés en un chignon sans fantaisie.

– Jamais j'aurais pu vivre ici, dit Carmine à mi-voix. Rien que de les regarder, ça me colle des frissons.

Liberté acquiesça. Elle avait toujours pensé que son enfance avait été triste – sa mère ne voulait jamais qu'elle joue avec les autres enfants – mais, en voyant la foule ordonnée de ces garçons et filles, elle prenait conscience de la chance qu'elle avait eue.

La plupart des orphelins avaient l'air angoissés, ils scrutaient anxieusement la foule bruyante qui se pressait dans le hall. Ce n'était pas très étonnant, pensa Liberté avec compassion. Ce devait être un supplice d'attendre ainsi qu'on décide de votre avenir. Le brouhaha des conversations résonnait dans la salle, certains recruteurs se hissaient sur la pointe des pieds pour mieux voir les orphelins. Liberté saisit à la volée quelques commentaires :

– J'ai l'impression qu'ils sont de plus en plus maigrichons, bougonnait un barbu.

– Tu cherches un apprenti bouquiniste, pas un fort des

Halles, lui rappela son ami. Du moment qu'il sait lire et manier un tampon encreur…

Plus loin, un charpentier au cuir tanné par le soleil ricana :

– Et voilà le concours annuel de la plus belle endive !

Ses voisins s'esclaffèrent joyeusement. Liberté dut reconnaître que les orphelins semblaient n'avoir pas souvent profité du grand air. Elle se haussa sur la pointe des pieds pour interroger Carmine, qui observait l'offre avec une moue de dédain, les mains au fond des poches de son pantalon.

– C'est toi qui vas le choisir, cet apprenti ?

– Ouais. Et le former.

La louchébem se mordillait la lèvre.

– J'ai intérêt à bien choisir, marmonna-t-elle.

À plusieurs reprises, maître Couteau avait laissé entendre qu'elle pourrait prendre sa succession à la tête du Cochon Volant, si elle terminait son apprentissage avec brio. Carmine était persuadée que former un apprenti serait un test déterminant. Elle passa rapidement en revue les silhouettes bleu marine, écarta d'office l'idée d'embaucher une fille et se concentra sur les garçons, les sourcils froncés. La rumeur de la foule diminua d'intensité : le directeur de l'orphelinat venait d'arriver à la tribune, suivi des professeurs. Drapés dans leurs toges noires, ils avaient l'air d'un vol de corneilles. Le directeur se racla la gorge, avant de commencer un discours alambiqué dans lequel les employeurs étaient comparés tantôt à des « abeilles travailleuses », tantôt à des « bergers guidant leurs troupeaux vers l'horizon ». Ceux qui écoutaient riaient sous cape, mais la plupart étaient trop occupés à discuter pour suivre les métaphores du directeur.

– … et je vous souhaite de trouver celui ou celle qui sera la brique s'ajoutant à l'édifice que vous construisez. Citoyens, citoyennes, je déclare ouverte la foire aux orphelins de 1899 !

Aussi intense que bref, le fracas des applaudissements retentit dans le hall, puis la foule se précipita en avant et passa aux choses sérieuses.

« Quelle impression étrange, pensa Nathanaël, d'être comme un bibelot sur l'étagère d'un magasin ! » Des inconnus s'arrêtaient devant lui, le détaillant des pieds à la tête, et échangeaient, sans la moindre délicatesse, des commentaires à voix haute :

– Il est bien trop mignon, dit ainsi la tenancière d'un bistrot. Regarde-moi sa figure. Si je le mets derrière mon comptoir, j'aurai des comptes à rendre aux maris cocus.

– Mais pourquoi tu te fatigues ? lui répondit son amie. Il veut devenir boucher.

– Et alors ? Ils n'en voudront jamais chez les louchébems. Il est complètement monté en graine, sans une once de muscle. Faudra bien qu'il accepte ce qu'on lui propose s'il veut pas rester sur le carreau.

Elles s'éloignèrent en continuant leur conversation, tandis que Nathanaël s'appliquait à garder un masque neutre sur son visage. Les professeurs les avaient prévenus qu'ils n'avaient pas leur mot à dire, l'employeur étant maître. Cependant, il sentait la moutarde lui monter au nez.

Il jeta un coup d'œil discret derrière lui pour voir comment s'en sortaient ses camarades. Jérôme était en pleine discussion avec un homme au col bordé de fourrure. Son regard croisa ensuite celui, haineux, d'Armand qui passa son index en travers de sa pomme d'Adam dans un geste éloquent. Ce dernier était arrivé en retard et avait découvert l'inscription « ÉGOUTIER » sur sa fiche alors que tous les orphelins étaient déjà installés sur l'estrade. Son visage ravagé par l'acné était devenu écarlate et il s'était aussitôt tourné vers Nathanaël.

Un gros homme en costume brun s'approcha de Gueule-de-Passoire et leva les bras au ciel, visiblement ravi.

– Que le Taureau me patafiole ! s'exclama-t-il avec un tel enthousiasme que des têtes se tournèrent vers lui. Un aspirant-égoutier ! En dix ans de foire, c'est bien la première fois !

Nathanaël réprima un gloussement nerveux. C'était à la fois horrible et drôle. Armand était coincé : il était suffisamment malin pour se rendre compte que s'il rembarrait le bonhomme, il ne pourrait jamais sortir de l'orphelinat. Il retroussa ses lèvres dans un sourire douloureux et opina péniblement, rouge de colère et d'humiliation.

– Eh, je te parle !

Nathanaël tourna si brusquement la tête qu'il se fit mal au cou. Il était tellement absorbé par Gueule-de-Passoire qu'il n'avait pas remarqué le nouveau groupe qui venait de s'arrêter devant lui.

– Je…

Sa voix resta coincée quelque part dans sa gorge. Carmine, une main sur la hanche, lui renvoyait un regard plein de mauvaise humeur. C'était le sixième orphelin qu'elle passait en revue et elle commençait à en avoir assez – ils étaient tous plus stupides, prétentieux et puérils les uns que les autres. Maître Couteau et Antonin ne l'aidaient absolument pas. Le premier, fermement décidé à la laisser se débrouiller, l'observait avec un sourire entendu. Le second, hilare, posait des questions ridicules pour le seul plaisir de voir les garçons bégayer. Quant à Liberté, elle se promenait comme une touriste, le nez en l'air et les yeux comme des soucoupes.

Nathanaël était donc le septième orphelin que Carmine rencontrait. Elle le contempla de haut en bas, notant rapidement ses cheveux qui dessinaient un V sur son front et ses yeux très clairs. Il y avait aussi des marques récentes de bagarre sur son visage – à moins qu'il n'eût récolté cette griffure à la joue et ce bleu à la tête en tombant dans un escalier ? Elle devait reconnaître qu'il n'était pas désagréable à regarder… une qualité parfaitement inutile pour transporter des morceaux de carcasse de plusieurs dizaines de kilos.

– Pourquoi tu veux devenir boucher ? répéta Carmine.

Nathanaël avala sa salive. Il aurait voulu photographier mentalement celle qui se tenait devant lui, pour pouvoir ensuite la contempler tout son soûl. Quel âge pouvait-elle avoir ? Quinze ans ? Plus ? Elle avait l'air si sûre d'elle qu'il était difficile de croire qu'ils avaient le même âge. L'orphelin se rendit compte que, s'il ne se mettait pas rapidement à parler, elle allait se lasser et tourner les talons. La première chose qui sortit de sa bouche fut donc la vérité :

– Je ne sais pas.

Carmine leva un sourcil et Antonin arrêta de ricaner. Tous les autres candidats avaient parlé couteau, passion du sang et volonté d'appartenir à l'illustre caste des louchébems. Cette réponse était une première.

– Alors pourquoi tu n'as pas mis « jardinier » ou « boulanger », ou n'importe quoi sur ta fiche ?

À présent qu'il s'était engagé dans cette voie, Nathanaël n'avait pas d'autre choix que de continuer à faire preuve de franchise.

– Je ne suis presque jamais sorti d'ici. Je ne voulais pas laisser le conseil décider pour moi et j'ai choisi le premier métier auquel j'ai pensé. Je veux quitter cet endroit et gagner ma vie, comme tout le monde. Boucher fera l'affaire, mais si vous ne voulez pas de moi, ce sera autre chose. Je m'adapterai.

Il y eut un silence. Nathanaël était incapable de détourner ses yeux de ceux de la louchébem. Ce regard noir sans indulgence lui donnait l'impression d'avoir été harponné comme un vulgaire saumon. Carmine croisa les bras.

– C'est pas facile de s'adapter au métier de boucher. Tu penses vraiment pouvoir t'en sortir ?

Sa question ressemblait à un défi.

– Il n'y a qu'en essayant que je le saurai.

Carmine hocha la tête et tourna les talons sans rien ajouter. Antonin cligna de l'œil en direction de Nathanaël.

– Bien joué, lorphelinmuche.

Liberté rejoignit la bouchère au moment où elle refermait le dossier de Nathanaël.

– Alors ?

– J'en tiens peut-être un, mais Antonin est sceptique.

– Et maître Couteau ?

Carmine leva les yeux au ciel.

– Plus muet qu'une carpe morte ! Il a juré qu'il ne dirait rien pour ne pas m'influencer.

Le directeur avait repris sa place sur l'estrade. Un professeur lui apporta un marteau de commissaire-priseur. Le public piaffait d'impatience. Certains avaient abandonné le buffet pour assister aux enchères, non sans prendre avec eux un verre de vin et une ou deux brioches. La grande horloge sonna, ramenant un calme relatif dans le hall de l'orphelinat. Le directeur annonça : « Honneur aux jeunes filles » et consulta son registre pour faire venir près de lui la première orpheline : Cécile Janvier. Une jolie adolescente aux cheveux bruns rejoignit le directeur. Des sifflets appréciateurs fusèrent. La foule s'en donnait à cœur joie pour commenter l'orpheline.

– Jolies fesses, lâcha Antonin, la bouche pleine de friand au fromage. Mais je préfère les blondes.

Liberté ne put s'empêcher d'être un peu choquée.

– Le vœu de notre jeune fille est de devenir couturière. Mise à prix : un veau d'argent. Qui dit mieux ?

Des mains se levèrent dans le public. La pauvre Cécile avait l'air terrifiée. Une femme proposa dix veaux d'argent, une autre quinze. La mise fut remportée par la troisième, qui en proposait dix-neuf. L'air contente de son sort, l'adolescente descendit de l'estrade sous les acclamations et alla rejoindre sa nouvelle patronne. Le directeur hocha la tête et passa à la suivante.

– Au fait, dit Carmine, tu l'as signé, ton contrat ?

Au cours d'une soirée mémorable, la présidente de Larispem avait en effet proposé à Liberté un poste de technicienne à la tour Verne.

– J'aurais dû, répondit cette dernière, mais ils ont eu je ne sais quel retard administratif. Je dois y retourner dans quelques jours. Tu te rends compte, Carmine ? Je vais quitter la pension et vivre dans la tour Verne ! Il faut absolument que j'écrive à mes parents pour leur raconter ça.

– C'est bien, approuva la louchébem. Retaper des voxomatons de réclame à longueur de temps, c'est bon pour les tâcherons, pas pour des doigts en or comme les tiens.

Elles reportèrent leur attention sur les orphelines qui défilaient et s'amusèrent à faire des pronostics sur celles qui seraient le plus disputées. Enfin, ce fut le tour de la dernière fille.

– On va enfin passer aux choses sérieuses ! s'écria Carmine.

2

LA CITÉ DU SANG

Donnez-moi un gars solide, trois couteaux affûtés et je vous en ferai un louchébem.

Citation attribuée à Gustave Fiori.

Nathanaël se trouvait tout en haut de la liste des orphelins. Dès que le tour de la dernière fille fut achevé, il sentit un ruisseau de sueur lui dévaler dans le dos. La louchébem noire lui avait fait le même effet que la foudre lorsqu'elle s'abat sur un arbre vert. Il n'était pas parti en fumée, mais il était bien secoué quand même. On ne sortait pas indemne de ce genre de rencontre, et l'orphelin pressentait que travailler à ses côtés pouvait être éprouvant pour les nerfs, voire mortel, si jamais elle venait à connaître sa particularité. Avec un rictus horrifié, Nathanaël pensa qu'une boucherie était certainement l'endroit où il risquait le plus de trahir sa nature d'Héritier : la première lame qui déraperait, révélerait au grand jour l'insolite couleur de son sang, et alors…

« Pourvu qu'elle ne m'embauche pas. »

Néanmoins, il la cherchait du regard dans la foule. Elle était là-bas. Il la voyait parler avec une petite brune à l'air sympathique. La louchébem le désigna du doigt sans vergogne et il sentit de nouveau l'air se charger d'électricité.

« Pourvu qu'elle m'embauche ! »

D'autres personnes avaient également eu l'air intéressées par son dossier. Il avait pourtant fait tout son possible pour paraître désagréable. Un homme d'une cinquantaine d'années, les cheveux poivre et sel et le cou ceint d'un nœud papillon blanc, l'avait examiné sous toutes les coutures et ne s'était pas laissé décourager par la façon dont lui avait répondu l'adolescent. Pendant les enchères des filles, il avait versé une somme assez considérable pour deux adolescentes particulièrement jolies. Rosie lui avait échappé de peu : la petite amie de Gueule-de-Passoire avait été embauchée par une modiste qui tenait visiblement beaucoup à l'avoir. Nathanaël ne savait pas dans quel secteur travaillait l'homme au nœud papillon, mais il n'aimait pas beaucoup la façon dont il évaluait ses recrues du regard, comme si elles avaient été des juments de concours.

– Nous allons à présent passer à nos jeunes garçons, annonça le directeur.

Il consulta sa montre et s'épongea le front avec un mouchoir de soie. La chaleur du mois d'août et la foule qui s'entassait dans le hall rendaient l'atmosphère étouffante. La rumeur des conversations se fit plus faible. Les employeurs étaient de nouveau attentifs.

– Nathanaël Janvier !

Les jambes flageolantes, Nathanaël quitta la place qu'il occupait depuis des heures et s'avança vers le directeur de l'orphelinat.

– Vœu : boucher. Mise à prix : un veau d'argent !

Deux mains se levèrent dans l'assemblée, celle de l'homme au nœud papillon et celle de la louchébem noire. Nathanaël vit du coin de l'œil ses camarades le regarder. Jérôme lui adressa un imperceptible signe de tête.

– Trois veaux, proposa la fille.

– Six, dit l'homme.

Nathanaël s'efforçait d'avoir l'air détendu tandis que les enchères grimpaient.

– Un taureau-or !

Le nœud papillon venait brusquement de passer de l'argent à l'or. Carmine fronça les sourcils, contrariée.

– Pourquoi il persiste, ce type ? grogna-t-elle entre ses dents. C'est pas un louchébem, pourtant.

– J'le connais, dit Antonin en se penchant pour mieux l'apercevoir. On l'appelle « M. Boncœur ». Il tient un genre de café du côté de Pigalle.

– Un *genre* de café ? demanda Liberté.

Carmine leva la main pour crier : « Deux taureaux-or ! »

– Un de ces établissements où tu peux payer aussi bien pour le personnel que pour les consommations, si tu vois ce que je veux dire.

– Quoi ! Et on laisse un vieux pervers comme ça se servir ici ?

Carmine était outrée. Quant à Liberté, elle avait rougi jusqu'aux oreilles.

– C'est juste une rumeur, dit Antonin en haussant les épaules.

La louchébem leva la main.

– Dix taureaux-or ! cria-t-elle.

Un brouhaha étonné parcourut la foule. Celui qu'Antonin avait appelé « M. Boncœur » se retourna pour chercher sa rivale du regard. Même maître Couteau sortit de son mutisme :

– J'espère que tu sais ce que tu fais, Larminecji. Ça commence à chiffrer.

Il y eut un flottement.

– Nous disons donc dix taureaux-or ?

À côté du directeur, Nathanaël serrait les poings de toutes ses forces.

M. Boncœur grimaça. Carmine lui lança un regard narquois.

– C'est bon, lâcha-t-il. Que la louchébem le garde.

Le directeur sourit et adjugea Nathanaël pour dix taureaux. Il lui donna une petite tape sur l'épaule et, avant qu'il ne descende, lui glissa à l'oreille :

– Eh bien, voilà ce qui s'appelle « valoir de l'or », pas vrai ?

Les jambes encore tremblantes, Nathanaël traversa la foule qui s'écartait pour le laisser rejoindre la louchébem.

– Tu m'as coûté cher, gronda celle-ci en guise de salut. Tu as intérêt à les valoir, ces dix taureaux. Je m'appelle Carmine Noir. Lui, c'est Antonin, et voici maître Couteau, mon patron et maintenant le tien.

– Et moi, je suis Liberté, ajouta la seconde jeune fille en lui adressant un sourire timide mais chaleureux.

Nathanaël fronça les sourcils. Carmine Noir et Liberté ? Pourquoi ces deux noms lui disaient-ils quelque chose ?

– Enchanté, articula-t-il avant d'ajouter bêtement : Moi, c'est Nathanaël Janvier.

– Bienvenue dans l'équipe du Cochon Volant, mon gaillard ! tonitrua maître Couteau en lui assénant une grande claque dans le dos.

Nathanaël se força à sourire pendant que les rouages de sa mémoire tournaient à toute allure. Il avait entendu les noms de ces filles très récemment, mais quand ? La réponse lui arriva avec la violence d'une claque en pleine figure, quand il se rappela qu'ils étaient sortis de la bouche d'Alcide le matin même. Il avait devant lui les deux maraudeuses qui avaient dérobé le fameux Livre. Celui que son professeur cherchait et qui contenait à la fois les noms des familles appartenant à la société secrète des Frères du Sang et les notes prises par Louis d'Ombreville durant ses travaux d'alchimie. Il se rappela ce qu'avait dit le docteur Delisle au sujet de Liberté : c'était une Héritière. Le sang qui coulait dans ses veines était aussi violet que le sien. Il la regarda à la dérobée. Rien qu'à la voir si souriante, pleine de bonne humeur, il était certain que Delisle avait raison et qu'elle ignorait tout de sa particularité. Pour sa part, il avait le sentiment qu'il ne serait plus jamais insouciant.

Lorsque le directeur prononça le nom d'un autre orphelin, Nathanaël se retourna vers l'estrade. Il avait eu tellement à penser ces derniers temps qu'il n'avait pas vraiment pris conscience qu'il allait quitter cet endroit pour toujours. Son ventre se noua en apercevant Jérôme. Il n'aurait pas le temps de lui dire au revoir, ni même de savoir qui allait l'embaucher.

Antonin bâilla.

– Bon, on y va ? J'veux pas rater la fête.

Liberté avait suivi le regard de la nouvelle recrue. Elle vola à son secours.

– J'aimerais bien rester un peu, dit-elle à Carmine. Nathanaël était le premier, je voudrais savoir comment ça va se passer pour les autres. Et je dois encore aller jeter un coup d'œil à l'horloge astronomique.

– On vient déjà de se farcir les orphelines, râla Carmine.

– Il faut aussi payer l'orphelinat et signer d'la paperasse, signala maître Couteau. Et puis, la fête ne commencera pas avant un moment. On peut bien rester encore un peu.

Carmine soupira et partit se resservir au buffet. Antonin la suivit et maître Couteau alla saluer un ami louchébem. Nathanaël adressa un signe de tête reconnaissant à Liberté.

– Merci. Je voudrais juste savoir où iront ces deux-là.

Il désigna Jérôme et Gueule-de-Passoire.

– C'est un Avril et un Mars, on y sera vite.

– On vous donne pour nom de famille le mois de votre arrivée ? demanda Liberté autant par curiosité que par envie de mettre l'adolescent à l'aise.

– C'est ça.

Nathanaël tourna les yeux vers l'adolescente. Si Vérité apprenait qu'il avait trouvé Liberté sans même la chercher… La comtesse avait peut-être envoyé un Frère sur place pour connaître son affectation. Que devait-il faire ? Parler du pouvoir tout de suite à la jeune fille ? Lui dire de se méfier ? Elle allait le prendre pour un fou. Nathanaël se promit de la mettre au courant à la première occasion.

– Tu n'es pas bouchère, n'est-ce pas ?

– Je suis dans la mécanique. Je répare des machines.

Les autres Janvier se succédèrent sur l'estrade, puis les Février, qui étaient assez peu nombreux. Armand Mars était en deuxième position parmi ceux de son mois. Des ricanements et des commentaires visant son visage ravagé saluèrent son entrée en scène. Nathanaël vit un air de dégoût passer furtivement sur le visage du directeur avant qu'il ne lance les enchères. Armand chercha son condisciple du regard dans la foule et ne le lâcha plus des yeux, tandis qu'on l'adjugeait cinq veaux d'argent à l'égoutier ravi d'avoir fait une si belle affaire. Personne d'autre n'avait cherché à l'embaucher. Il fallut attendre encore un peu avant que ce soit le tour de Jérôme. Aussi apprécié lors des enchères que dans la vie, Jérôme fut disputé par cinq employeurs et obtenu par un négociant en fourrures contre une belle somme. Nathanaël le vit descendre de l'estrade et se fondre dans la foule avec un pincement au cœur. Il aurait bien aimé aller lui parler une dernière fois, mais Carmine revenait déjà à grands pas.

– Allez, l'orphelin, on y va. Lib, tu viens avec nous aux abattoirs ?

Celle-ci hésita.

– Je ne suis pas certaine que…

– Fais pas ta délicate. Tous les louchébems seront là, on va faire la fête !

Dehors, la nuit était claire. La place de la Colonne-Abattue était encombrée de véhicules. Un grand dirigeable flottait majestueusement dans le ciel en direction de l'aérogare, ses balises clignotant comme des étoiles dorées au-dessus de l'orphelinat. Le grondement des hélices faisait vibrer les fenêtres du bâtiment et résonnait jusque dans le ventre de Nathanaël. Il se retourna une dernière fois vers l'endroit où il avait passé toute sa vie. Les orphelins les plus jeunes avaient accroché sur la façade des banderoles où s'étalaient des messages écrits en lettres immenses : « BONNE CHANCE » « AU REVOIR LES FILLES DU DORTOIR B ! », « VIVE LES AVRIL ! ». Plus bas, les murs étaient recouverts d'affiches aux couleurs criardes, qui annonçaient le lancement imminent des jeux du siècle :

Pour admirer la SPLENDEUR de notre CITÉ
et la VAILLANCE des LARISPEMOIS,
venez assister au grand Jeu de l'oie de Larispem !

Au deuxième étage, une grappe de petites silhouettes se découpait en ombres chinoises dans un rectangle de lumière. En silence, elles agitèrent les mains quand Nathanaël leva la tête vers eux. C'étaient les jeunes Héritiers et Isabella. Une flèche blanche plana jusqu'à lui, un avion en papier jeté de la fenêtre. Nathanaël l'attrapa au vol et le déplia. Il n'y avait que quelques mots, tracés hâtivement à la plume : « Je viendrai te voir bientôt. Isabella. » Nathanaël leur fit signe, le cœur serré. Il avait l'impression de les abandonner. Liberté et Carmine le rejoignirent, puis ils s'entassèrent dans la vapomobile d'Antonin et filèrent aux abattoirs.

L'ambiance était déjà très animée lorsqu'ils arrivèrent à La Villette. Des torchères et des lampions multicolores étaient accrochés un peu partout dans l'immense cour. Trois cochons entiers rôtissaient au-dessus d'un feu de joie installé au pied de la grande horloge. On avait mis en perce des tonneaux de vin et de bière. Dans un coin, un orchestre de bric et de broc, accordéon, violons désaccordés et casseroles en guise de percussion, jouait une musique endiablée. Des couples dansaient à la lueur des flammes, leurs ombres étirées sur le sol. L'air avait un parfum qui s'accrochait aux narines et aux vêtements : fumier, feu de bois, viande grillée avec, à l'arrière-plan, les émanations fétides du canal de l'Ourcq tout proche. Des gamins, attirés par la fête, jouaient à chat et se poursuivaient avec des cris de joie. Au milieu de ce joyeux décor, il n'était pas difficile de repérer les nouveaux apprentis. Gauches et mal à l'aise, ils collaient aux basques de leurs employeurs sans savoir où poser les pieds. Au fur et à mesure qu'ils descendaient des vapomobiles ou des fiacres, l'orphelin reconnaissait des visages croisés des milliers de fois dans les couloirs. La plupart affichaient une expression à mi-chemin entre le bonheur et l'angoisse. Contrairement à Nathanaël, ils étaient en train de vivre leur rêve.

– Bienvenue ! rugit une voix de stentor. Bienvenue !

Un énorme bœuf blanc émergea de l'ombre. Conduit par deux jeunes apprentis, l'animal était paré de fleurs et de feuillages. Un homme était juché sur son dos, torse nu, ce qui laissait tout le loisir de détailler ses bras musculeux et les tatouages qui couraient sur sa peau. Les louchébems applaudirent son arrivée à grand bruit. Lorsqu'il descendit de sa monture pour se hisser sur un tonneau, Liberté le reconnut : elle l'avait vu aux abattoirs. Son nom lui revint : Lackji, un tueur, spécialisé dans l'abattage des animaux. Les nouvelles recrues furent poussées aux premières loges.

– Orphelins, orphelines, voici votre nouvelle demeure.

Lackji engloba du geste les bâtiments plongés dans l'ombre. On apercevait la halle centrale juste derrière, le feu se reflétant sur l'architecture de verre et de métal. L'orchestre avait cessé de jouer et il régnait un silence solennel, seulement troublé par les crépitements. Nathanaël jeta un regard à Carmine. Comme tous les autres, elle était très attentive. Il se pencha vers elle pour lui demander :

– Est-ce que c'est une sorte de chef ?

– Y a pas de chef chez les louchébems, siffla-t-elle entre ses dents. Lackji est un des meilleurs tueurs de l'abattoir et c'est pour ça qu'on le respecte. Maintenant tu la boucles et tu observes.

Nathanaël se redressa en étouffant un soupir et se promit de compter plutôt sur Liberté pour répondre à ses questions.

Lackji continuait son discours :

– Ici, nous sommes loin de l'orphelinat, loin de la lourtuche Verne. La loi qui règne entre les murs de la Villette est celle des louchébems. Elle est simple. Les louchébems sont libres ! Les louchébems sont égaux ! Les louchébems ne trahissent pas leurs semblables !

Des hurlements de joie sauvage saluèrent la tirade de Lackji qui sauta de son tonneau et tendit la main. Comme dans un spectacle bien rodé, une femme se détacha de l'ombre et lui remit une masse à long manche. Pendant ce temps, deux jeunes apprentis avaient fixé une chaîne à l'anneau passé dans le mufle du bœuf. Ils la firent passer dans un autre anneau scellé dans le sol, obligeant la bête à baisser la tête.

Liberté se crispa.

– Je ne veux pas voir ça, marmonna-t-elle.

Nathanaël la regarda tourner les talons avec envie. Il ne voulait pas non plus assister à ce qui allait suivre, mais Antonin lui agrippa le bras.

– Un conseil, l'ami, chuchota-t-il avec un sourire allègre. Ne tombe pas dans les pommes et ne vomis pas. Ce serait très, très mal vu.

Nathanaël sentit son estomac se contracter. Les louchébems autour de lui se mirent à taper du pied en cadence, de plus en plus rapidement, tandis que Lackji crachait dans ses mains et se saisissait de la masse.

L'orphelin n'eut pas le temps de détourner les yeux, ni même de les fermer. L'arme décrivit un arc de cercle rapide, brilla une demi-seconde à la lueur des flammes et s'abattit avec une force terrifiante entre les deux cornes de la bête. Le bœuf tressaillit. Il tomba sur les genoux, la langue pendante, resta un moment figé, comme s'il n'était pas décidé à mourir si vite, et s'abattit lentement sur le côté. Nathanaël, fasciné, n'arrivait plus à détourner les yeux. Lackji choisit un de ses couteaux, le leva bien haut et égorgea le bœuf d'un coup sec. Un geyser de sang jaillit, éclaboussant ses chaussures. Les apprentis se dépêchèrent de placer un seau sous la jugulaire de l'animal. À la lueur du feu, Nathanaël avait l'impression que c'était de l'encre qui coulait de la gorge ouverte de l'animal.

– Mes amis, s'écria Lackji d'une voix forte, bienvenue dans la Cité du Sang !

Les louchébems acclamèrent le tueur à grand bruit. Avant qu'il ne comprenne quoi que ce soit, Nathanaël sentit qu'on le poussait en avant. Des mains l'agrippèrent par la ceinture et les épaules, le retournèrent comme s'il ne pesait rien et le firent basculer la tête la première dans le seau. Ses oreilles, son nez, sa bouche s'emplirent de sang tiède et visqueux. Il voulut se débattre mais il était maintenu fermement. Quelques secondes plus tard, on le reposait déjà sur ses pieds. Des gens l'applaudissaient, on lui tapait dans le dos, on le félicitait en l'appelant « Lathanaëlnoc ». Vacillant sur ses pieds, il tenta d'essuyer le liquide qui lui coulait sur le visage et le cou, au bord de la nausée. La lumière du feu, la masse blanche du bœuf mort lui apparurent à travers un filtre rouge. Quelqu'un lui mit un verre dans la main.

– Bois, bois, bois !

Les bouchers le cernaient de toute part. Il s'exécuta, reconnut le goût ferrugineux du sang mêlé à un vin corsé, et se rendit compte qu'il était incapable d'avaler. La bouche pleine du mélange tiède et répugnant, il sentit un flot de salive remonter dans son œsophage. Il aperçut Carmine à la limite de son champ de vision et se rappela l'avertissement d'Antonin. Au prix d'un effort surhumain, il déglutit, l'estomac retourné par des haut-le-cœur.

Des applaudissements le récompensèrent.

– T'es un des nôtres, petit ! dit maître Couteau.

Nathanaël, sonné, hors d'haleine, s'essuya les lèvres et

rencontra le regard sauvage de la louchébem noire. Il comprit qu'il en faudrait bien plus pour qu'elle le considère comme son égal.

– Allez, viens t'amuser !

Une jeune fille en robe de gitane venait de lui attraper la main et l'entraînait vers l'orchestre. La fête commençait à peine.

Liberté avait réussi à échapper à la mise à mort du bœuf. Elle s'éloigna un peu. L'ambiance de fête païenne qui régnait dans les abattoirs lui donnait la chair de poule. Elle rejoignit l'immense fontaine qui glougloutait dans la cour, oasis de calme au milieu de ce lieu de mort. Les lions de fer étaient eux aussi décorés de fleurs et de feuilles. On avait planté des bougies sur le pourtour du bassin, et la lueur des petites flammes vacillantes se reflétait dans l'eau. La dernière fois qu'elle s'était tenue là, Cinabre était avec elle. Il faisait si chaud qu'elle se décida à défaire les lacets de ses nouvelles bottines pour plonger ses pieds dans l'eau fraîche. Quand elle releva la tête, elle aperçut, se découpant sur les flammes des bûchers, une haute silhouette qui se dirigeait droit sur sa personne. Elle regarda autour d'elle, inquiète. Personne. Et si c'était un Frère du Sang ? Elle se leva, glissa et manqua de tomber dans le bassin.

– Liberté ?

Cinabre, le frère de Carmine, la contemplait de toute sa hauteur. Entièrement vêtu de noir, il était plus beau que jamais. Ses bottes cavalières étaient si luisantes qu'elles reflétaient la lumière des bougies et son haut-de-forme était orné d'un nœud de satin piqué d'une épingle scintillante. Il lui sourit et lui tendit la main. À chacun de ses doigts brillait une bague d'argent. Liberté se sentit rougir jusqu'aux oreilles tandis qu'elle sortait de la fontaine sans prendre la main du louchébem. Toutes les mises en garde de Carmine contre le charme de son frère lui revinrent à la mémoire. L'envie de fuir et celle de rester entamèrent un combat bref, mais violent, dans son esprit. Tout ce qu'elle réussit à faire fut un pas de côté pour s'éloigner de quelques centimètres du jeune homme.

– Bonsoir, Cinabre, souffla-t-elle, le regard fixé sur l'ourlet de sa jupe.

Liberté eut la respiration coupée quand il lui souleva doucement le menton pour l'obliger à le regarder.

– Bonsoir, ma sauveuse. Je suppose que tu accompagnes ma sœur. Elle s'est trouvé un agneau ? En tout cas, tu es très en beauté ce soir, sourit-il. Cette veste est superbe.

Après son cœur et ses poumons, c'était au tour de sa trachée de prendre des libertés. Elle formait un nœud qui lui interdisait d'articuler le moindre mot. La simple action d'inspirer était maintenant une opération délicate. Elle se demanda si elle n'allait pas se trouver mal.

– Tu sais, Liberté, ça fait quelque temps que je veux te parler, reprit Cinabre d'une voix grave. Je sais que tu m'en veux. Je me suis comporté comme un salaud au Café Variable. Un vrai sanglier en habits de ville. Quand j'ai vu que tu n'étais plus là, j'ai voulu m'excuser : vraiment. Mais tu étais déjà loin. Ma sœurette a refusé de me donner ton adresse. Si j'avais su que je te trouverais à la foire !

Liberté cligna des yeux, surprise et ravie. Il avait essayé de la retrouver ? Il avait parlé d'elle à Carmine ?

– Où est-ce que je peux te trouver ? demanda Cinabre.

– Euh… eh bien… je vais bientôt travailler à la tour et donc probablement y vivre…

– Mazette !

Le louchébem s'inclina, balayant presque le sol de son haut-de-forme.

– Jolie promotion, citoyenne Chardon ! Acceptes-tu tout de même de parler à un boucher aux mains tachées de sang ?

Liberté eut un petit rire qui, même à ses oreilles, sonna comme un gloussement de dinde écervelée. Elle hocha la tête, très consciente du fait qu'elle aurait dû être en train de trouver un prétexte pour fuir.

– Cinabre…

Il fallait qu'elle le lui dise. Elle rassembla tout son courage et le regarda dans les yeux.

– Carmine m'a mise en garde contre toi.

Le gargouillement de l'eau qui s'écoulait de la gueule des lions de la fontaine dessina les contours du silence du jeune homme. Il avait perdu son sourire désinvolte.

– Je n'en suis pas étonné, soupira-t-il enfin en s'asseyant. C'est vrai que j'ai eu pas mal de petites amies… Mais tu sais pourquoi ça énerve ma sœur ? Elle est jalouse. Et tellement insupportable qu'elle a du mal à trouver quelqu'un pour l'aimer. Ils prennent tous leurs jambes à leur cou. Je sais que vous êtes amies mais, franchement, tu l'as vue faire. Elle est autoritaire, tendre comme de la vieille carne et elle ne vit que pour son boulot. Qui voudrait d'une fille pareille ?

Il ôta son chapeau avant de passer nerveusement sa main dans ses cheveux crépus. À la tension de ses traits, Liberté pouvait se rendre compte qu'il était en colère. Elle se demanda si c'était parce qu'il se sentait offensé par les accusations de sa sœur ou bien parce qu'il la considérait, elle, Liberté, comme sa nouvelle proie et craignait qu'elle ne lui échappe. Sur ce dernier point, il n'avait aucun souci à se faire, car la proie était tout à fait disposée à se jeter dans les griffes de son prédateur.

– Je te donne une autre chance, trancha Liberté d'une voix faussement assurée. Je te pardonne pour le Café Variable.

Le sourire de Cinabre revint aussitôt, plus large que jamais, et Liberté se demanda si elle ne venait pas de se laisser piéger par un comédien qui a parfaitement rodé son numéro.

– Superbe !

Il lui déposa un baiser sur la joue, dangereusement près de la commissure des lèvres, et chuchota à son oreille :

– Je serais bien resté avec toi mais ma sœur rôde. À très vite, Liberté…

Noir sur noir, Cinabre se fondit dans la nuit. L'adolescente porta la main à sa joue. Ça faisait beaucoup d'émotions pour une seule soirée, et elle plongea ses mains dans l'eau afin de se rafraîchir le visage.

Dans la cour, la fête prenait une tournure qui ne lui plaisait pas : des louchébems avinés braillaient des chansons aussi grasses que les côtes de porc qui grésillaient au-dessus du feu. Certains s'empoignaient, tiraient leurs couteaux et s'agonissaient d'injures en argot, avant de se prendre dans les bras avec force tapes dans le dos, sans qu'on sût s'ils allaient finalement s'étriper ou se jurer une amitié éternelle. Liberté décida de rentrer ; tout cela n'était pas pour elle. Elle remit ses chaussures et, contournant largement les fêtards, partit en quête d'un fiacre.

3

PATTES BLANCHES POUR LA TOUR VERNE

À la place des ruines de Paris, j'imagine des monuments magnifiques. Une tour immense qui deviendrait le symbole de Larispem, des machines dignes des romans de Jules Verne qui feraient de notre Cité un rêve d'avenir. Pourquoi pas des appareils qui permettraient de communiquer à distance ? Pourquoi pas des serviteurs mécaniques pour nous épargner les travaux les plus durs ?

Jacques Vilain, en 1872.

Liberté vérifia pour la centième fois que ses affaires personnelles étaient en ordre dans sa malle. Elle allait enfin quitter cette pension où elle tournait en rond depuis qu'elle avait perdu son emploi, et signer son contrat pour travailler à la tour Verne. Comme il lui restait au moins deux heures avant son rendez-vous, elle entreprit de rédiger une lettre à sa famille.

« Chers tous,

Il s'est passé tellement de choses depuis la dernière fois que je vous ai écrit que je ne sais même pas par où commencer… »

La plume levée, elle se rendit compte qu'elle avait en effet à l'esprit de quoi noircir une bonne dizaine de pages.

« Je vais bientôt commencer un nouveau travail absolument extraordinaire. J'ai rencontré la Présidente Lancien en personne, et elle veut m'embaucher comme technicienne à la tour Verne. Vous vous rendez compte ? Je glisse dans l'enveloppe une carte postale de la tour pour les jumeaux. Elle est encore plus impressionnante en vrai. Quand je pense que je vais y vivre ! »

Liberté réfléchit à la suite. Il y avait des choses importantes qu'elle ne pouvait pas évoquer. Sa mère aurait eu une attaque en entendant parler de Cinabre ou de sa participation aux jeux, par exemple. Et bien sûr, cette scène aussi étrange qu'effrayante à laquelle elle avait assisté avec Carmine. Elle s'imagina écrire quelque chose comme : « J'ai vu une fille de douze ou treize ans ensorceler un homme pour qu'il se batte contre son propre camarade. Je crois bien que c'était une Sœur du Sang, et il se trouve que j'ai en ma possession un livre crypté qu'ils recherchent. »

Liberté tendit la main pour vérifier que l'ouvrage en question était bien dans la sacoche qui ne la quittait jamais. Elle finit par se décider et à écrire tout autre chose :

« D'autre part, maman, tu ne dois plus t'inquiéter pour ma santé. J'avais quelques maux de tête et des saignements de nez, mais le docteur Delisle (que tu as bien fait de me conseiller) m'a donné des cachets. À présent, tout va bien. Il m'a tout de même envoyé une lettre pour que je retourne le voir, mais je ne suis pas certaine que ce soit utile. »

Liberté chercha quelque chose d'autre à écrire, ne trouva rien et termina sa lettre en embrassant ses parents et ses frère et sœur. Elle espérait les voir bientôt. Peut-être même pourrait-elle les convaincre de venir à Larispem ? L'espace d'un instant, elle resta le regard dans le vague à imaginer sa famille au pied de la tour, ébahie à l'idée que la fille aînée y travaille. Finalement, elle referma l'enveloppe et écrivit avec soin l'adresse avant de la glisser dans sa sacoche. C'était l'heure.

Arrivée au pied de la tour gigantesque, Liberté descendit de son vélo. Les nuages qui filaient au-dessus du bâtiment vertigineux donnaient l'impression que les tourelles, les jardins et les sculptures allaient s'écrouler sur la tête des passants qui se pressaient en bas. Elle se rendit dans le grand hall, où un garde inscrivit son nom dans un registre, avant de lui tamponner la main et de lui indiquer un ascenseur – la dernière fois qu'elle en avait pris un, Liberté s'était retrouvée dans les appartements privés de Jules Verne. Cette fois, elle ne se trompa pas. Elle grimpa plusieurs étages à la suite de deux femmes qui, vêtues d'une jupe grise descendant jusqu'aux chevilles et d'une veste de la même couleur, avaient les bras encombrés de paperasse. Chacune portait à la ceinture ce qui ressemblait à un éventail en argent plié, frappé du sceau du Taureau à trois têtes. Elles étaient en train de parler avec animation de « pattes blanches ». Liberté n'arrivait pas à comprendre de quoi il s'agissait, mais visiblement, Maxime Sévère, le chef de la Garde, avait décidé d'en réduire le nombre.

– Et moi qui voulais une patte blanche pour les ateliers, soupirait la première.

– Tout le monde espère en avoir une.

– J'avais promis à mon petit ami de lui raconter à quoi ressemble le sous-marin. Il va attendre longtemps.

– Tu crois qu'ils vont faire pareil pour les jardins ? J'étais censée pouvoir prétendre à une patte blanche pour celui du dixième étage.

L'ascenseur s'immobilisa avec un hoquet, et le reste de la conversation des filles se perdit dans une vaste salle circulaire.

Là, des dizaines de secrétaires rangées en un parfait demi-cercle tapaient à la machine, poussaient des pneus dans des bouches de cuivre et parlaient dans d'étranges appareils en bois, tout en se couvrant les oreilles avec ce qui ressemblait vaguement à deux louches. Les yeux luisants de convoitise, Liberté reconnut des téléphones Mildé, une invention qu'elle n'avait vue qu'en dessin, dans *Le Petit Larispemois*. Elle mourait littéralement d'envie d'en essayer un. Ça devait être magique d'entendre une personne située à des kilomètres vous parler dans les oreilles !

– Hé ! reste pas là, citoyenne.

Trop occupée à s'extasier sur les Mildé, Liberté ne s'était pas rendu compte qu'elle était restée plantée devant les portes de l'ascenseur. Un employé de la tour venait de la heurter. Liberté s'excusa d'une petite voix avant de se décider à bouger. Elle agita sa convocation sous le nez de la secrétaire la plus proche. Celle-ci la lut, la tamponna de quatre cachets différents et la lui rendit en lui faisant signe de ne pas bouger. Elle appuya à plusieurs reprises sur un bouton situé sur le Mildé, décrocha les deux écouteurs et les plaqua fermement contre ses oreilles.

– Passez-moi Odette ! dit-elle en approchant ses lèvres très près de l'appareil.

Après un blanc de quelques secondes, la secrétaire annonça Liberté.

– C'est bon, tu es attendue. Tu tournes à gauche deux fois, un escalier, et tu y es. N'oublie pas de montrer ta lettre aux gardes, citoyenne.

Apparemment, cette Odette formait le dernier bastion avant le bureau de la Présidente. C'était une petite femme entre deux âges, un peu trop maquillée, cachée sous une gigantesque paire de lunettes. Elle avait l'air tendue, ce qui n'était guère étonnant, quand on savait qui était sa patronne. Son téléphone ne cessait de sonner, et elle était interrompue toutes les deux minutes par un employé de la tour venu lui remettre un document ou lui demander une signature.

Elle ne laissa pas à Liberté le temps de la saluer, elle lui tendit tout de suite un éventail semblable à celui que portaient les femmes de l'ascenseur. Liberté examina l'objet : entre la monture d'argent se déployaient cinq lames d'ivoire, où Liberté vit qu'on avait gravé son nom, son prénom, suivis de lieux : « bureau de la citoyenne Présidente », « logement de fonction 23D », « zone verte », « laissez-passer transport ». Il y avait aussi des indications temporelles, toutes identiques : « 24 h/24 », « 7 j/7 ».

– Ce sont tes pattes blanches, expliqua Odette d'une petite voix pointue. Elles t'indiquent les zones où tu peux aller et celles, par conséquent, où tu n'es pas autorisée. Être dans une pièce sans patte blanche et sans y avoir été invité, c'est s'exposer au risque d'être arrêté et jeté immédiatement en prison.

La secrétaire n'avait pas besoin de s'étendre sur ce point. Le souvenir de l'accueil que lui avait réservé Maxime Sévère lorsque Liberté s'était retrouvée par inadvertance dans les appartements de Jules Verne était encore bien présent à son esprit.

– La dernière est un laissez-passer. Il te suffit de la montrer à un contrôleur pour prendre n'importe quel tram, fiacre ou omnibus. Ne perds pas tes pattes blanches et porte-les constamment sur toi. En tant que technicienne, tu peux entrer dans la tour et en sortir à toute heure et n'importe quel jour de la semaine. Dès qu'on aura besoin de toi, en fait. Crois-moi, ce sera surtout la nuit. Le logement qu'on t'a attribué est tout proche du bureau de la Présidente. Tu pourras intervenir facilement. Des questions ?

– C'est quoi la zone verte ?

– Les couloirs autorisés. Si tu as un doute, des lignes sont peintes par terre.

– Et quand est-ce que je commence ?

– Nous allons envoyer un coursier récupérer tes affaires à la pension. Ton contrat commence demain. La Présidente est en déplacement en France ; les autres techniciens en profiteront pour t'expliquer ton travail. Tiens. Tu lis, tu signes.

Elle lui donna un tas de feuilles imprimées et une plume. Liberté parcourut les documents et apposa sa signature en dessous des cinq clauses de confidentialité qui l'empêchaient d'évoquer certains aspects de son travail avec des tiers. La machine pneumatique installée derrière le bureau d'Odette cracha plusieurs tubes d'un coup, le téléphone se remit à sonner et un homme énervé passa la tête par la porte pour savoir si « le fichu dossier était enfin complet ». La secrétaire congédia Liberté d'un geste impatient.

Ravie, la jeune fille repartit d'un pas bondissant, se promena dans les couloirs, admirant les ingénieurs affairés, les automates qui bourdonnaient dans les couloirs et les théâtres mécaniques qui expliquaient les étapes de la construction de la tour. « Je vais vivre ici ! » se répétait-elle, aux anges.

Liberté redescendit dans le hall et passa les portes gigantesques de la tour. Elle sortit ses pattes blanches. Au moment où elle allait ranger son éventail, elle aperçut la tranche du livre crypté au fond de son sac et une pensée l'arrêta. Le bibliothécaire lui avait bien signalé qu'elle ne pourrait consulter les documents de la section rouge que si elle possédait un laissez-passer officiel ; or, qu'y avait-il de plus officiel que les pattes blanches d'une employée de la tour ? Elle se promit de s'y rendre dès que possible et repartit d'un pas guilleret, bien décidée à profiter de sa journée.

***

Liberté ne se rendait pas compte qu'elle était suivie à bonne distance par un homme blond, un grain de beauté sous l'œil droit et enveloppé dans un élégant manteau noir. Si elle s'était retournée, la jeune fille aurait poussé un cri en reconnaissant celui à qui Carmine et elle avaient dérobé le livre de Louis d'Ombreville. Nathanaël aurait pu lui donner son nom : Alcide Valentine. Celui-ci avait, non sans mal, retrouvé la piste de Liberté sur les indications du docteur Delisle. Les pensions étaient nombreuses à Larispem, et Alcide en avait exploré une dizaine, en perdant beaucoup de temps à suivre des jeunes filles brunes et dodues… Cette fois-ci, c'était la bonne, il en était certain. Il serra plus fort sa canne dans sa main gantée et repensa à son entrevue avec la comtesse. Vérité n'avait pas souri lorsqu'il lui avait fait son rapport. Elle s'était contentée de tendre la main et de lui demander où était le Livre. Alcide avait dû avouer qu'il ne l'avait pas.

– Retournez à Larispem avec Sylvestre, avait-elle ordonné. Cherchez cette pension, trouvez la fille. Récupérez les notes de votre grand-père.

– Comtesse, avait-il dit, je ne sais pas si nous parviendrons à la convaincre de nous rejoindre, elle refusera sans doute de…

– Nous n'avons pas de temps à perdre avec ça, Alcide. Et pour ce qui est de convaincre les Héritiers de nous servir, je vous trouve assez mauvais. Ce petit insolent de Nathanaël en est la preuve. Tuez Liberté ou capturez-la, afin que nous puissions utiliser son sang. Faites ce que vous voulez du moment que j'ai le Livre.

Alcide n'avait pas protesté mais il était revenu à Larispem encore plus en proie au doute qu'avant. Liberté s'arrêta pour acheter une pâtisserie. Il ralentit le pas. La jeune fille avait l'air ravie de déguster son chou à la crème en se mettant du sucre plein les doigts. Après avoir encore ralenti, Alcide s'immobilisa. Il ne voulait pas lui faire de mal. Quand Liberté monta sur son vélo et s'élança dans le trafic, il n'appela pas de fiacre pour se lancer à sa poursuite et la laissa disparaître dans la foule. Peut-être essaierait-il le lendemain. Peut-être pas.

D'un pas lent, il regagna son repaire – une église désaffectée qui servait de point de rendez-vous aux Frères du Sang cachés à

Larispem. La serrure rouillée lui résista quelques secondes. Une fois à l'intérieur, il s'assit sur l'une des marches du chœur.

– Qu'est-ce que je dois faire ? demanda-t-il, le regard tourné vers le plafond où s'étalaient de larges taches d'humidité.

Seul l'écho de sa voix lui répondit. Peut-être Dieu était-il trop en colère pour répondre aux appels venus de Larispem. L'église n'avait en effet plus grand-chose à voir avec un lieu sacré. Les statues avaient été défigurées à coups de burin, l'autel pillé, les bancs transformés, et ce depuis longtemps, en bois de chauffage. Alcide se prit le front dans les mains. Derrière lui, la porte s'ouvrit en grinçant.

– Bonsoir, Valentine.

Celui qui venait d'entrer, les mains dans les poches, était un jeune homme au visage glabre et aux traits mous, aux lèvres épaisses qui dessinaient perpétuellement une moue de dédain. Ses cheveux bruns étaient enduits de brillantine, comme s'il s'était versé un seau d'huile sur la tête. Alcide se leva.

– Sylvestre. Je ne savais pas que tu étais à Paris.

S'il était un Frère du Sang qui ne ressentait jamais aucun doute, c'était bien Sylvestre. Il était impitoyable, brutal ; ses parents l'avaient élevé comme un prince en exil. Son pouvoir le rendait plus redoutable encore. Il ne recevait ses ordres que de Vérité, à qui il obéissait aveuglément. Il haïssait le professeur Alcide Valentine, qui n'avait pas réussi à sauver son jeune frère Valère lorsque le pouvoir s'était éveillé dans les veines de celui-ci. Et il attendait la première occasion de s'en prendre à lui.

– Mademoiselle m'a chargé de quelques missions à Paris.

Il se planta devant Alcide et lui coula un regard venimeux.

– Elle m'a ordonné de ramener les Héritiers à son manoir. Désolé, professeur, mais je crois bien qu'elle estime que tu n'as pas été très efficace avec ces gamins. C'est Delisle qui va se charger d'eux, à partir de maintenant. De mon côté, je dois vérifier que ce Nathanaël est vraiment décidé à nous être utile, et s'il ne l'est pas…

Alcide ferma les poings. C'était exactement ce qu'il avait redouté. Il espéra que Nathanaël et Isabella avaient pu agir à temps. Le professeur jeta un regard à la porte de l'église en se demandant s'il serait assez rapide pour s'enfuir afin d'avertir l'un de ses protégés.

– Et tes autres missions ? demanda-t-il du ton le plus neutre dont il fût capable.

– Retrouver le Livre, puisque tu as échoué, et aussi...

Sylvestre sortit un petit pistolet de sa poche, qu'il braqua sur le professeur.

– ... te ramener, toi. La comtesse Vérité a comme l'impression que tu comptes nous trahir. Et je t'avoue que ça ne m'étonne pas du tout.

Alcide frissonna. Il avait vu la comtesse à l'œuvre quand il s'agissait de punir ceux qui lui manquaient de loyauté. Elle utilisait son pouvoir avec une rare cruauté. Il se redressa.

– Tu ne m'auras pas vivant, Sylvestre. Vas-y, tire si tu veux.

– Tu as tué mon petit frère, alors je ne serais pas contre. Mais Vérité a donné ses ordres. Fini les petits attentats comme ceux de ces dernières années et les tests sur les voxomatons. On passe à la vitesse supérieure, et les Frères ont besoin de tes talents de chimiste. Sans toi, qui fabriquerait ces petites merveilles ?

Il sortit son autre main de sa poche et l'ouvrit lentement. Alcide reconnut sans peine la bille de verre logée au creux de sa paume et sut ce qui allait se passer. Il essaya de fuir ; un geste maladroit, plein de l'énergie du désespoir. Trop tard. Sylvestre lâcha la bille, qui explosa, libérant une brume épaisse, un nuage chargé de sang violet en suspension. La fumée au goût de fer se précipita sur lui, collant à sa peau, envahissant ses poumons. Les dernières pensées d'Alcide furent pour Nathanaël, Isabella et les petits Héritiers. Puis le vide se fit dans son esprit et il fut incapable de penser à qui ou à quoi que ce soit.

4

L'AGNEAU DU COCHON VOLANT

Un jeu qui n'est pas dangereux ne mérite pas d'être appelé un jeu.

Extrait de l'interview
d'un organisateur des jeux du siècle.

On l'avait fait danser, tournoyer comme une toupie, et sauter au-dessus des flammes du feu de joie. On l'avait fait boire, beaucoup, et manger tout autant. Il lui semblait même qu'on l'avait embrassé une ou deux fois à pleine bouche. Lorsqu'il se réveilla le lendemain, affalé sur un matelas dans sa nouvelle chambre au-dessus du Cochon Volant, ce fut aussi sa première gueule de bois.

Les évènements lui revenaient par bribes. Une bonne partie de sa soirée d'intronisation avait disparu dans les brumes du vin, et il aurait été bien incapable de reconnaître à qui appartenaient les lèvres qui s'étaient posées sur les siennes. Pour ce qu'il en savait, elles auraient aussi bien pu appartenir à une vache égarée. Sa seule certitude : ce n'étaient pas celles de Carmine. La louchébem avait dépensé une somme rondelette pour l'avoir dans l'équipe du Cochon Volant, pourtant elle était restée distante et lui avait à peine adressé la parole de toute la soirée. Le lendemain, elle lui remit une ceinture d'un cuir grossier, à laquelle étaient suspendus trois couteaux.

– Désosseur, dit-elle en désignant le premier. Tranchelard. Couteau éplucheur.

Nathanaël, la tête douloureuse, s'était frotté les yeux et avait regardé de plus près les trois lames. La première était large et robuste, la seconde large et souple, et la troisième très longue et fine. Elles n'étaient pas neuves, on apercevait des rayures, et les manches en bois étaient usés.

– Ils ne sont pas très impressionnants, avait-il remarqué en soupesant le tranchelard.

– Tu veux épater qui, lorphelinmuche ? Les lochonquèms crevés ?

– Hein ?

Carmine lui avait administré une claque sur le crâne.

– On te demande pas d'impressionner la viande, loutufuche de létincrèm ! Commence par apprendre le boulot, et ensuite seulement, tu auras tout le loisir de t'acheter des coupe-choux à ta hauteur !

Et elle avait quitté la pièce en claquant la porte avec force, ce qui ajouta encore à la migraine de Nathanaël.

Ce traitement n'était pourtant qu'un agréable préambule, comparé à la suite des évènements : Carmine le faisait travailler sans pitié. Armé d'un balai, d'une éponge et d'un seau, l'apprenti avait pour mission de récurer énergiquement les moindres recoins du Cochon Volant, du sol au plafond. Les consignes de la louchébem avaient été laconiques :

– Tu nettoies et tu observes, d'accord ? Si t'as des questions intelligentes, tu les poses. Sinon, silence.

Nathanaël s'était mordu la langue pour ne pas répliquer. À l'orphelinat, il faisait partie des « grands », il connaissait le fonctionnement des lieux comme le fond de sa poche. Ici, c'était lui le novice. Il se levait donc aux aurores, revêtait la tenue qu'on lui avait donnée (pantalon de coton marron, chemise et long tablier blancs) et ceignait ses trois couteaux avant de descendre l'escalier. Sa première mission consistait à aller chercher des croissants pour toute l'équipe ainsi que le journal du matin. Il devait ensuite préparer un café très fort et lever le rideau de fer. Maître Couteau arrivait souvent le premier et le saluait en argot :

– Lalusji, l'agneau.

Nathanaël avait appris à répondre « Lonjourbèm, latronpem » et à lui apporter une tasse de chicorée avec le journal. Le boucher s'y absorbait aussitôt en commentant haut et fort les dernières actualités, sans se douter que l'orphelin l'avait parcouru juste avant, à la recherche d'informations sur les Frères. Il épluchait aussi la rubrique des faits divers, frémissant lorsqu'il lisait des informations comme : « Découverte du cadavre d'un garde dans une galerie commerçante, Gustave Fiori demande une surveillance renforcée du quartier » ou « Étrange épidémie d'amnésie dans un quartier du premier arrondissement ».

Mais le journal traitait surtout de l'actualité politique : les élections prochaines en France, le voyage sous tension de la Présidente et de Fiori à Lyon, la hausse du prix du blé.

Arrivait ensuite un Antonin mal réveillé qui terminait sa cigarette dans la cour de la boucherie avant de se mettre au travail. Il semblait s'être pris d'affection pour Nathanaël et avait toujours un mot aimable pour lui. Carmine était la dernière. À peine changée, elle commençait par vérifier le travail de son apprenti avec un soin maniaque. Peu importe le temps qu'il avait passé à nettoyer la veille, elle semblait avoir un sixième sens pour repérer les négligences les plus infimes.

– L'agneau ! Pourquoi ton seau traîne au milieu de la cour ? Range-moi ça, lerdemuche !

– L'agneau ! Ton tablier est mis n'importe comment ! Et ta ceinture : serrée, on a dit !

– L'agneau ! Combien de fois il faudra que je t'explique

comment affûter un loutufuche de surin ! Va m'aiguiser ça ou je l'essaye sur ta couenne.

Nathanaël obéissait en maudissant encore et encore le jour où il avait écrit « boucher » sur sa fiche de vœu. Pendant qu'il passait le balai, la serpillière, sortait les poubelles et récurait les joints du carrelage, il observait Carmine en douce. Il aurait donné cher pour la voir faire ne serait-ce qu'une erreur : laisser échapper son couteau ou se tromper en découpant une pièce de viande, n'importe quoi qui aurait pu lui prouver qu'elle était faillible. Hélas, la jeune louchébem était un modèle de rigueur et semblait ignorer le doute. Les mains dans le sang et la graisse, elle faisait danser ses lames avec une efficacité qui forçait le respect. À la fin de la journée, son tablier était à peine taché et aucune fatigue ne se lisait sur ses traits farouches. L'admiration et l'exaspération étaient en concurrence dans l'esprit de Nathanaël. Il était persuadé qu'elle le testait et il était hors de question qu'il renonce aussi facilement. Jamais il n'avait été aussi déterminé à travailler pour décrocher un compliment.

– Tu sais, lorphelinmuche, lui dit Antonin, un soir où Carmine l'avait contraint à refaire toute la plonge, c'est aussi pour elle que c'est un test.

Nathanaël arrêta de frotter le plat qu'il était en train de nettoyer et balança son éponge dans l'évier. Toute la frustration qu'il accumulait sortit d'un seul coup.

– Un test ? Quel test ? Cette fille est parfaite ! Elle n'a rien à prouver à personne. Comment elle fait pour être aussi sûre d'elle ? Je ne suis pas là depuis longtemps, mais je ne l'ai jamais vue faire la moindre erreur ! Pourquoi je ne suis pas comme ça, hein ?

– Tu sais que c'est encore une apprentie ?

Nathanaël ouvrit des yeux ronds.

– Très douée, c'est vrai. Et c'est pour ça que maître Couteau t'a mis dans ses pattes. Il veut savoir quel genre de patron elle ferait. Il n'est plus de première fraîcheur, le latronpem, et il a pensé à notre Larminecji pour assurer la relève. T'imagines la pression, l'agneau ?

Antonin tortilla habilement le boyau qu'il était en train de farcir de viande hachée et passa au suivant.

– Figure-toi que, alors même que son père est un ancien de la Commune et que son frère était déjà louchébem, personne ne voulait embaucher la petite Carmine. Être noir, c'est une chose, être une femme noire, c'en est une autre. Les gens n'aiment pas ça. Pourtant, elle n'a pas lâché le morceau. Elle savait que si elle devenait louchébem, elle pourrait avoir la peau bleue ou trois bras, personne n'oserait plus jamais l'ouvrir en sa présence. Notre agnelle s'est donc présentée dans toutes les boucheries de la ville sans flancher, jour après jour, jusqu'à ce qu'elle arrive ici. Maître Couteau n'était pas plus emballé que les autres. Il lui a demandé pourquoi il l'embaucherait alors que personne n'avait voulu d'elle. Carmine a répondu : « Ça prouvera que t'es plus fin que les autres – Bon, a-t-il alors rétorqué, mais si je t'embauche, je vais être tellement sur ton dos que tu ne tiendras pas un mois. » Et là, tu sais ce qu'elle lui a balancé ?

Nathanaël secoua la tête. Antonin marqua une pause dramatique, un sourire au coin des lèvres :

– « Je m'adapterai. »

L'orphelin prit le temps de digérer l'information.

– C'est pour ça qu'elle m'a choisi, murmura-t-il. Parce que j'ai répondu la même chose...

– En tout cas, c'est pas pour tes muscles d'asticot, ricana le louchébem en enroulant son chapelet de saucisses autour d'un croc. Allez, frotte-moi cette plonge, l'agneau, et garde l'histoire de tonton Antonin pour toi. Si la Larminecji vient à savoir que j'ai mouchardé sur ses débuts, elle fera du civet avec nos abattis.

C'était à croire qu'ils l'avaient invoquée. La porte s'ouvrit avec fracas et parut Carmine, suivie de Liberté. La louchébem paraissait furieuse. Ses cheveux détachés se dressaient autour de son visage. La mécanicienne, quant à elle, avait l'air gênée. Carmine marcha droit sur Nathanaël, qui recula prudemment, son éponge gouttant sur le sol. Avait-elle tout entendu ?

– C'est quoi ça ? rugit-elle. Liberté vient de me l'apporter.

Elle brandissait le dernier numéro du *Petit Larispemois*. Convaincu qu'il avait été démasqué et que sa tête était mise à prix, Nathanaël sentit son estomac se retourner. Il se calma un peu en constatant que l'article titrait :

JEUX DU SIÈCLE : LES NOMS DES PARTICIPANTS !

– Les jeux du siècle ? Qu'est-ce que j'ai à voir avec…

– Là, andouille !

Elle désignait l'équipe numéro 3.

« Carmine Noir : apprentie bouchère
Nathanaël Janvier : apprenti boucher
Liberté Chardon : mécanicienne »

– C'est toi qui as eu cette idée brillante ?

Elle le tenait par le col. Si elle n'avait pas eu l'air décidée à le noyer dans l'évier, Nathanaël aurait sans doute apprécié de pouvoir observer son visage d'aussi près.

– C'est moi qui vous ai inscrits, lança une voix.

Maître Couteau venait d'arriver à son tour, l'air content de lui.

– J'ai trouvé un bulletin d'inscription, dans le vestiaire. Il y avait déjà ton nom et celui de Liberté, mais il manquait une troisième personne. Alors voilà, je l'ai complété et l'ai envoyé au tirage au sort.

Pour une fois, Carmine était réduite au silence. Elle regarda alternativement son patron et Nathanaël comme si elle n'arrivait pas à y croire. Elle lâcha l'apprenti.

– Mais enfin, bredouilla-t-elle, pourquoi lui ?

Maître Couteau lui tapota l'épaule.

– J'suis trop vioque, Antonin trop gras et ton frangin trop fourbe. J'ai parié sur la jeunesse !

– Merci, latronpem, ça me va droit au cœur, maugréa Antonin.

– Allez, reprit maître Couteau, fais pas la gueule, Larminecji ! Ça va vous aider à faire connaissance. Venez Chez Barnabé, faut qu'on fête ça !

Quand ils furent attablés dans le café, Liberté se dévoua pour lire l'article. Carmine, les bras croisés et les mâchoires serrées, avait l'air d'un moteur à vapeur dont on aurait coincé la soupape. Les autres s'étaient prudemment assis à l'autre bout de la table, au cas où elle exploserait de rage.

« Citoyennes et citoyens de Larispem, le hasard a parlé ! Six équipes ont été choisies par tirage au sort parmi les deux mille bulletins envoyés. C'est un bel échantillon de Larispemois que voilà, bien que le sort ait inexplicablement favorisé les louchébems. La main qui a tiré les petits papiers jaunes était, paraît-il, faite de cuivre et de laiton – il faut croire qu'elle n'était pas si innocente que cela. Les machines seraient-elles plus friponnes qu'il ne le paraît ? Voilà une question à soumettre à la confrérie des techniciens, dont nous n'avons aucun membre dans nos équipes. Quel dommage ! »

Liberté posa le journal à plat sur la table pour qu'ils puissent tous regarder la composition des équipes. Sur six, les deux premières étaient constituées uniquement de louchébems. La troisième était celle de Carmine. L'équipe 4 était composée exclusivement de femmes (trois danseuses de cabaret) ; la 5, d'étudiants en lettres, et la 6 comptait deux commerçants et une secrétaire. Antonin, maître Couteau et Carmine examinèrent les noms des louchébems.

– Ça alors, Lackji a été sélectionné dans l'équipe 1 ! s'exclama Carmine.

Liberté ouvrit de grands yeux.

– Celui qui chevauchait ce pauvre bœuf aux abattoirs ? Mais c'est un géant !

– Est-ce qu'on est censés se battre contre lui ? demanda Nathanaël. Parce que, si c'est le cas, je suis d'accord avec Liberté : on ne fera pas le poids.

– Attendez, les agneaux. Les règles suivent.

Antonin s'empara du journal. Un plan de Larispem figurait en bonne place, avec celui, en spirale, des vingt arrondissements.

« Chaque semaine, un dé sera lancé six fois, déterminant ainsi les déplacements des équipes. Tous les jours, l'une d'entre elles aura un défi à relever dans sa "case".

Nos vaillants concurrents partiront du 20e arrondissement et remonteront les arrondissements à rebours, jusqu'à la case du 1er.

Si deux équipes tombent sur la même case, elles devront disputer la compétition l'une contre l'autre : la perdante sera éliminée.

Si une équipe échoue à son épreuve, elle est également éliminée.

L'enjeu, vous le savez déjà, est de prendre place à bord de *L'Esprit de la Commune* lors de son vol inaugural, en compagnie de la Présidente.

Le Petit Larispemois publiera chaque semaine un supplément spécial, afin de suivre les développements du jeu. Ne manquez pas un numéro ! Achetez *Le Petit Larispemois* ! »

Un silence ponctua la lecture d'Antonin. Liberté se racla la gorge.

– Ça n'a pas l'air si terrible, non ?

– On en reparlera une fois qu'on sera tombés contre Lackji et ses gars, bougonna Carmine. Les deux autres se font appeler Eustache le Cure-Dents et Émile le Dessaleur : je ne te fais pas de dessin. Ils vont nous massacrer à cloche-pied avec une main dans le dos.

– Pas forcément, fit remarquer Liberté. On ne sait pas de quelle nature seront les épreuves. Jules Verne a parlé d'esprit d'équipe et d'intelligence, pas uniquement de force. D'ailleurs, si c'était le cas, tu ne m'aurais même pas inscrite.

– Écoute donc ta copine, Carmine, dit maître Couteau. Elle a plus de bon sens que toi. De toute façon, tant que c'est un louchébem qui gagne, c'est comme si on gagnait aussi.

– Garçon, brailla Antonin, tu nous mets une tournée en l'honneur des louchébems !

– Je ne peux pas rester, dit Liberté en se levant. La Présidente a une réunion importante ce soir. Elle veut que j'installe les appareils et que je reste, au cas où.

– Faudra quand même que tu prennes le temps de nous raconter ce que tu fais de tes journées à la tour Verne, dit Carmine. Allez, bonne soirée, Lib.

– Je te raccompagne ! s'exclama Nathanaël en bondissant de sa chaise.

Il traversa la salle de Chez Barnabé sur ses talons. Liberté, un peu étonnée, le laissa la suivre sans faire de commentaire.

Il pleuvait et ils se réfugièrent sous l'arrêt de tram le plus proche.

– Alors, demanda Liberté, ça se passe bien avec Carmine ? Je sais qu'elle peut être difficile à vivre.

– Oui, oui… enfin, je veux dire, elle ne m'a pas encore

assommé à coups de gigot, alors je suppose que c'est bon signe, non ?

Liberté eut un sourire amusé.

– En tout cas, c'est bien que tu sois dans notre équipe. Je t'avoue que j'avais accepté sur le moment mais j'étais un peu inquiète, en réalité.

– Écoute, Liberté, dit Nathanaël, il faut que je te parle de quelque chose d'important. Est-ce que, par hasard, tu aurais remarqué quelque chose d'inhabituel à propos de…

La rame du tram aérien arrivait à grand bruit, ferraillant et cliquetant, poussée par la puissante machine à vapeur située en queue. Cerné par un épais nuage de vapeur et précédé de deux phares jaunes, le tram évoquait une créature un peu inquiétante. Un dragon peut-être, ou une anguille surdimensionnée glissant hors des nuages chargés de pluie.

– À propos de quoi ?

– De… euh… ton sang.

Elle comprenait de moins en moins.

– Mon quoi ?

Le garçon répéta plus fort, mais la longue plainte des freins mit à mal ses dernières tentatives de communication.

– Je suis désolée, Nathanaël, je dois filer. On se voit bientôt, de toute façon !

Liberté lui adressa un signe cordial, montra une sorte de lamelle d'ivoire au contrôleur, qui inclina la tête, et monta dans une voiture. Dépité, il resta planté un moment au milieu du ballet des passagers, qui montaient et descendaient, encombrés de valises, de sacs et d'enfants. Puis le dragon ayant avalé son content de voyageurs s'ébranla et s'éleva en une courbe gracieuse vers les toits d'ardoise lustrés par la pluie.

– Saloperie de lerdemuche, pesta Nathanaël.

5

ÉPREUVES

Larispem ! Nos chaînes sont brisées,
Notre destin nous appartient.
Mieux seuls que mal accompagnés,
Nous poursuivrons notre chemin !
Extrait de l'hymne larispemois.

Flash ! La poudre de magnésium s'enflamma d'un coup, éblouissant Liberté. Pendant quelques secondes, elle resta incapable de distinguer la horde de journalistes et les milliers de spectateurs rassemblés devant le cimetière Lachaise pour découvrir les équipes des jeux du siècle. Le bruit des conversations, des rires et des appels des journalistes lui râpait les tympans. Elle sentait plus qu'elle ne voyait Nathanaël à sa gauche et Carmine à sa droite. Tous les deux plus grands qu'elle, ils lui donnaient l'impression d'être minuscule. Plus loin s'alignaient les autres équipes. Pour le plus grand plaisir des spectateurs, les trois filles de l'équipe 4 avaient revêtu des tenues hautes en couleur, pleines de paillettes et de plumes, tandis que les louchébems, fidèles à eux-mêmes, prenaient des poses de matamore. Un journaliste réussit à repérer Liberté et lui posa une question qu'elle n'entendit pas. Elle dut lui demander, presque en hurlant, de la répéter.

– Je disais : Tes parents doivent être fiers, citoyenne ! Une Française au Jeu de l'oie de Larispem ! Ils sont au courant, n'est-ce pas ?

– Euh…

Liberté se sentit honteuse. Elle n'avait rien dit à ses parents de sa participation aux jeux et croisait les doigts pour que les journaux français ne publient pas la liste des participants.

– Silence ! Silence !

Le Conseiller Fiori venait d'arriver, imposant dans un costume rouge assorti au haut-de-forme planté sur ses cheveux en broussaille. Sa barbe se hérissait autour de son menton puissant et ses moustaches en crocs terminaient de lui donner un air féroce. Jules Verne se trouvait à son côté, habillé avec plus de discrétion mais souriant et enjoué. Liberté chercha des yeux la Présidente ; elle n'était pas là. Sur les gradins surélevés se trouvaient les délégations de pays européens venues assister aux jeux. Fiori les salua avant de présenter les équipes. Celles qui étaient constituées de bouchers récoltaient des applaudissements si sonores qu'on avait l'impression qu'une grêle invisible s'abattait sur la ville. Les danseuses reçurent également un tonnerre d'applaudissements, de sifflets, et un ou deux admirateurs allèrent jusqu'à leur jeter des fleurs.

Jules Verne prit la parole pour remercier les valeureux Larispemois qui avaient accepté de tenter l'aventure. Derrière lui un grand théâtre mécanique figurant le Jeu de l'oie fut mis en place. Six pions de couleurs différentes s'alignaient sur la case du 20e arrondissement, qui était à la fois le point de départ et la première case du Jeu de l'oie.

– Le moment que vous attendez tous, chers amis ! rugit Fiori. Les tirages de ce soir vont déterminer les cases sur lesquelles devront se rendre nos champions au cours de cette semaine !

Deux techniciens apportèrent un dé énorme, haut comme un tabouret. Fiori se débarrassa de sa veste et de son chapeau, souleva l'objet d'une seule main et l'envoya rouler devant lui d'un geste désinvolte. Le dé pirouetta, manqua d'écraser le pied d'un journaliste qui ne s'était pas reculé et tomba sur le chiffre deux. Sur le théâtre mécanique, le premier pion traversa la case du 20e et glissa jusqu'au 19e, celui des abattoirs. Lackji et ses deux coéquipiers se claquèrent dans les mains. Fiori répéta l'opération. La deuxième équipe obtint un six et avança jusqu'au 15e. Les trois bouchers de cette équipe hochèrent la tête, apparemment satisfaits.

– Tirage pour l'équipe numéro 3 !

Carmine, Nathanaël et Liberté échangèrent un regard. Ne sachant pas ce qui les attendait, Liberté espéra qu'elle connaîtrait au moins le quartier. Le dé tournoya et retomba sur le un.

– L'équipe numéro 3 ne va donc pas plus loin que l'arrondissement où nous sommes, le 20e !

– Juste un ? Ce dé est truqué ! s'exclama Carmine.

Il restait trois tirages.

– Maintenant, souffla la louchébem, il faut espérer que personne ne tombe sur notre case, sinon, on va devoir disputer l'épreuve en duel.

L'équipe aux trois danseuses se retrouva sur la même case que la première équipe, ce qui déclencha des exclamations enthousiastes dans le public. Lackji, Eustache le Cure-Dents et Émile le Dessaleur adressèrent des clins d'œil aux danseuses, qui leur tirèrent la langue.

– Elles vont se faire hacher menu, commenta Carmine avec mépris.

L'équipe 5, composée de trois étudiants faméliques, hérita du 16e. Fiori lança le dé une dernière fois.

– La dernière équipe tombe en case 17. C'est parti pour la première semaine !

Le personnel des jeux entraîna les équipes vers un vaste chapiteau où un banquet colossal était préparé. Sur une table gigantesque, recouverte d'une nappe à carreaux, trônait un véritable festin. Il y avait là des cochons de lait rôtis entourés de pommes au four, des entremets à étages, des terrines, des pâtés, des pommes de terre au beurre et des tourtes à la croûte dorée. Remplies à ras bord de jus de viande, de grandes saucières de porcelaine côtoyaient des bouteilles de vin pansues. Des banderoles étaient plantées dans les mets, affichant en lettres capitales le nom des boucheries qui avaient gracieusement garni la table. Les louchébems se jetèrent sur la nourriture, les autres attendirent prudemment qu'ils aient fini de mettre à sac le banquet avant de s'approcher. Carmine, très à l'aise, fila directement saluer ses camarades, suivie de près par Liberté et Nathanaël. Lackji écrasa les côtes de la louchébem et montra Nathanaël du menton.

– Alors, ton agneau ?

Carmine haussa les épaules et répondit, comme si l'orphelin n'était pas là :

– Bof. Trop tôt pour savoir vraiment. T'es drôlement bien tombé pour une première épreuve, Lackji.

L'immense tueur jeta un regard gourmand en direction des trois danseuses, qui étaient occupées à piller le festin tout en échangeant force commentaires chuchotés.

– On essaiera de ne pas trop abîmer ces dames, rigola-t-il tout haut.

Les filles l'entendirent et lui jetèrent des regards noirs. L'une d'entre elles lui adressa discrètement un geste obscène, auquel le tueur répondit par un signe pire encore.

– Ce sera pas une épreuve pour les petites pimbêches à talons, ricana-t-il.

– Ça, on n'en sait rien, murmura Liberté, le nez dans son verre.

Lackji l'entendit et lui adressa un rictus méprisant.

– Tu verras bien, la mécanicienne. Mais enfonce-toi bien un truc dans la terrine : personne ne nous battra. Ni elles ni vous, et je te parie ce que tu veux que le hasard lui-même est de notre côté.

Nathanaël rentra au Cochon Volant avant même que les desserts soient apportés. Liberté s'était esquivée pour retourner à la tour et Carmine l'ignorait complètement : il ne servait à rien de rester. Il fit le chemin à pied, non sans se perdre une fois ou deux, et grimpa dans sa chambre avec l'idée de se changer pour se remettre au travail. Il commençait tout juste à enlever son pantalon quand une silhouette sortit de derrière le paravent défraîchi qui cachait son coin toilette (une bassine en zinc, un pot de chambre et un seau d'eau). Nathanaël fit un bond en arrière, entravé dans son pantalon.

– Aaaargh !

Rouge de confusion, il reconnut Isabella.

– Mais comment... Mais qu'est-ce que...

Il reboucla sa ceinture tout en observant l'orpheline. L'Héritière n'avait jamais été très expressive, le visage encadré de tresses toujours maussade, mais ce jour-là, ses yeux et son nez étaient rouges d'avoir pleuré. Elle le regarda, ouvrit la bouche mais resta muette, des larmes se mettant à couler sur ses joues. Nathanaël se hâta de fermer sa porte à clé et la prit par les épaules.

– Isabella, qu'est-ce qui se passe ?

– Je... j'ai pas réussi... Les Héritiers...

Envahi d'un pressentiment glacial, Nathanaël la fit asseoir et lui apporta un verre d'eau.

– Raconte-moi tout depuis le début.

Isabella hocha la tête et, d'une voix hésitante, raconta que les petits Héritiers du club de chimie avaient disparu. Les quatre enfants issus des sept familles d'aristocrates à qui Louis d'Ombreville avait donné son pouvoir. Ils avaient été enlevés de nuit dans leur dortoir. Pis encore, personne ne gardait de souvenir d'eux à l'orphelinat. Ni les surveillants, ni les professeurs, ni même leurs camarades de classe.

– Comment c'est possible ? demanda Nathanaël, horrifié.

– Tu te souviens de cette bille de verre que je t'ai donnée ?

Ils ont pu en briser une dans les dortoirs pour marquer tout le monde d'un coup. Après, ils ont juste eu à donner l'ordre d'oublier... Pour les professeurs et les surveillants, ils ont pu faire pareil ou alors ils les ont marqués un par un. Je ne sais pas.

Nathanaël pensa au professeur Alcide, qui les avait chargés de protéger les quatre jeunes Héritiers. Ils avaient échoué en beauté.

Isabella secoua la tête. Elle jouait nerveusement avec les cartes de tarot qu'elle tenait entre ses mains.

– Et toi ? Pourquoi ils ne t'ont pas prise ?

– Je n'étais pas dans mon lit, je me promenais dans les greniers cette nuit-là.

Nathanaël se rappela des paroles d'Alcide. Soit le professeur était mort, soit Vérité le retenait prisonnier. L'orphelin sentit une vague de découragement le submerger. Sans lui, Isabella et lui se retrouvaient livrés à eux-mêmes.

– Tu ne peux pas voir l'avenir dans tes cartes ? demanda Nathanaël en désignant le paquet de tarots.

Isabella eut un rire amer.

– Ce jeu appartenait à ma mère mais je ne sais pas les déchiffrer. Tout ça, c'était juste un prétexte pour me faire une place dans la bande de Gueule-de-Passoire. Avec lui comme protecteur, personne ne venait m'embêter à l'orphelinat.

Nathanaël serra les dents. Où pouvaient bien être les enfants ? Il les imagina croupissant dans une cave comme des rats de laboratoire, des aiguilles plantées dans le bras, tandis que l'horrible docteur Delisle bavardait à n'en plus finir.

– On doit aller les chercher, murmura-t-il.

– Tout est ma faute, dit Isabella. J'étais là, j'aurais dû faire attention. Partir avec eux tout de suite. Mais j'espérais que le professeur Alcide reviendrait quand même. Je vais essayer de les retrouver. Si je peux les libérer, je le ferai.

– Tu n'y arriveras jamais.

– Il faut au moins que *j'essaye*. On lui doit bien ça.

Nathanaël chercha quelque chose à dire.

– Isabella, on n'a jamais vraiment discuté tous les deux… Je ne sais pas grand-chose sur toi, mais tu es la seule avec qui je peux vraiment parler librement et je ne tiens pas à ce qu'il t'arrive quelque chose. Je devrais t'accompagner.

Elle leva les yeux vers lui.

– Tu dois rester ici. Des choses terribles se préparent et il faut que tu sois à Larispem si tu veux essayer de déjouer les plans des Frères.

Elle se leva, puis, sur une impulsion, serra brièvement Nathanaël contre elle. Il se rendit compte avec émotion que l'uniforme de l'orpheline avait gardé l'odeur de craie et de cire des salles de cours. Il faillit se mettre à pleurer à son tour, envahi par une nostalgie inattendue.

– Bonne chance, Isabella, souffla-t-il, la voix soudain enrouée.

– Bonne chance.

Elle ouvrit la fenêtre, se glissa sur le toit et disparut en silence.

***

L'épreuve eut lieu le lendemain soir aux abattoirs. Antonin lâcha son torchon dès que l'heure de la fermeture fut arrivée.

– En voiture ! On prend ma vapo !

Nathanaël se redressa avec soulagement. Depuis deux heures, il épluchait et hachait une montagne d'oignons. Ses globes oculaires étaient tellement irrités qu'il travaillait avec les yeux à moitié fermés. Il lâcha son couteau et commença d'ôter son tablier, mais Carmine l'arrêta.

– Dis donc, tu crois que tes oignons vont finir de s'émincer tout seuls ?

Dépité, Nathanaël la fixa de ses yeux larmoyants.

– Je me lèverai plus tôt demain pour terminer…

Carmine désigna son poste de travail, impeccablement rangé et si propre qu'on aurait pu manger dessus.

– Tu finis d'abord ce que tu as commencé, l'agneau. Et ensuite tu fais ce que tu veux.

Antonin eut une grimace de compassion mais ne contredit pas sa collègue.

Nathanaël se mordit l'intérieur des joues pour ne pas répliquer. Il repensa à ce que le louchébem lui avait raconté à propos de sa nouvelle patronne et retourna à sa montagne d'oignons.

– C'est bon, allez-y. Je vais finir.

Antonin lui tapota amicalement l'épaule et rejoignit sa vapomobile.

– On passe récupérer Liberté à la tour ? demanda-t-il à Carmine.

– Non, elle m'a prévenue qu'elle serait en retard. On va directement à la Villette.

***

Lorsque Liberté sortit du tram en courant, l'épreuve allait commencer et les portes menant aux abattoirs se fermèrent pratiquement devant son nez.

Essoufflée, elle chercha du regard quelqu'un qui pourrait lui ouvrir. Elle s'en voulut d'avoir oublié l'heure, passionnée qu'elle était par les explications de l'ingénieur qui avait conçu l'ascenseur de la tour. Au moment où elle aurait dû quitter le travail, elle était toujours en train de prendre des notes sur les mécanismes complexes qui mouvaient l'appareil.

– Si tu veux entrer, je connais un moyen, déclara quelqu'un dans son dos.

Le frère de Carmine, tiré à quatre épingles comme toujours, marchait dans sa direction. Liberté se sentit devenir toute rouge lorsqu'il lui adressa un sourire éblouissant. Il se pencha pour poser un baiser sur sa joue.

– Tu… tu n'es pas dans les gradins ?

– Non, ma jolie. Je me suis un peu, hum, accroché avec l'équipe numéro 1.

– Oh non, s'écria Liberté mortifiée, ne me dis pas que tu as de nouveau des dettes !

Cinabre posa la main sur son cœur.

– Sur la tombe de ma mère, mes couteaux et ma vie, je te jure que non. Quand nous sommes allés au Café Variable ensemble, je te l'ai dit. Fini les bêtises. Je t'en prie, dis-moi que tu me crois, toi, ma sauveuse !

– Oui, je te crois.

Cinabre lui envoya un baiser du bout des doigts.

– Ma Liberté ! Hélas, ces gars-là ne sont pas aussi cléments que toi et ils refusent de penser que j'aie pu changer.

– De toute façon, ce sont des brutes, marmonna Liberté en se rappelant le comportement de Lackji, la veille.

Des rires et des applaudissements leur parvinrent de l'autre côté des portes et elle entendit la voix de Jules Verne jaillir de grands pavillons de cuivre perchés en hauteur.

Aujourd'hui, nous allons donc voir deux de nos équipes s'affronter. D'ici quelques secondes, nous allons lâcher un taureau très singulier dans cette arène.

– C'est une corrida ? demanda Liberté.

– Si on veut, sourit Cinabre d'un air mystérieux. Viens.

Il passa par une porte dérobée pour se glisser dans la grande cour des abattoirs. L'endroit était méconnaissable : l'immense place pavée avait disparu sous un amphithéâtre en bois fraîchement construit. Cinabre la conduisit non pas à l'extérieur, mais sous les gradins. Pliés en deux, ils se glissèrent dans l'obscurité jusqu'à un endroit où ils purent s'asseoir. Un large interstice ménagé dans le bois leur donnait une vue idéale sur l'arène, un grand cercle avec la fontaine des lions comme centre. Au-dessus d'eux, ils entendaient les spectateurs parler et taper des pieds tandis que les deux équipes rivales faisaient leur entrée. Serrée contre Cinabre, le nez plein de l'odeur du bois, Liberté avait la délicieuse sensation d'assister clandestinement aux jeux. La voix de Jules Verne leur parvint, un peu assourdie. Il présenta les deux équipes, puis annonça :

– Citoyens et citoyennes, amis venus d'ailleurs, admirez notre taureau !

Une porte s'ouvrit dans l'arène et Liberté écarquilla les yeux.

– Mais… qu'est-ce que c'est que ça ?

***

– Plus que toi, et j'en ai fini.

Le dernier oignon ne réagit pas à la déclaration de Nathanaël, qui bougea la tête de droite à gauche pour assouplir sa nuque douloureuse avant de l'éplucher. Il consulta l'horloge accrochée au mur carrelé. S'il réussissait à ranger très vite, il avait encore une chance d'assister à la moitié de l'épreuve et de prouver ainsi son efficacité à Carmine. Il traîna la poubelle jusqu'à la table et entreprit d'y entasser les épluchures, tout en se demandant ce que Verne et Fiori avaient bien pu imaginer. Depuis le lancer de dé, les théories allaient bon train, et les paris aussi. Il jeta la dernière pelure, frotta son plan de travail avec une énergie décuplée et poussa un soupir de soulagement. Le temps de se changer et il pourrait sauter dans le premier tram.

Il courut au vestiaire, et il commençait à ôter son tablier lorsqu'il entendit quelqu'un frapper à la porte vitrée de la boutique. Nathanaël hésita, puis décida qu'il n'était pas concerné. Après tout, le Cochon Volant était fermé depuis une demi-heure.

La personne qui avait oublié d'acheter ses côtes de porc n'avait qu'à se faire une salade. Il s'attaquait à ses lacets quand le toc-toc reprit. Il poussa un juron. Est-ce que Carmine considérerait comme une faute de ne pas servir un client alors qu'il était toujours dans la boutique ?

– Nathan ? T'es là ? dit une voix lointaine.

L'orphelin se figea. Il n'y avait qu'une personne qui l'appelait comme ça. Il refit ses lacets en toute hâte, sauta sur ses pieds et attrapa la clé du Cochon Volant avant d'aller ouvrir.

***

Le taureau qui venait de pénétrer dans l'arène était monstrueux. Noir, démesuré, il était campé sur de grosses pattes qui heurtaient le sol avec un bruit métallique. Il avait une démarche curieuse et Liberté se rendit compte qu'il se mouvait grâce à des roues situées sous ses sabots.

– Un automate, comprit-elle, émerveillée.

– Les ateliers sont fiers de vous présenter leur taureau à vapeur, proclama fièrement Jules Verne. La parfaite alliance des énergies électrique et hydraulique et de l'horlogerie ! Contrôlée par un technicien agréé !

Le taureau mugit et se dressa sur ses pattes arrière en soufflant de la vapeur par ses naseaux de laiton.

– C'est incroyable ! Quelle complexité ! Comment c'est possible ? Je savais que les ateliers réalisaient des prouesses, mais à ce point...

– J'ai bien fait de parier sur le fait que les équipes allaient affronter un taureau mécanique, pas vrai ? gloussa Cinabre en montrant un reçu de pari. C'était à vingt contre un.

– Comment tu savais ?

– Il se peut que j'aie écouté aux portes quand Fiori en parlait.

Liberté lui jeta un regard furtif mais elle ne dit rien et reporta son attention sur le taureau. Une trappe s'ouvrit dans son flanc et un homme en descendit. Il portait un bleu de travail mais, quand il salua de la main, Liberté remarqua qu'il était tatoué.

– Il ressemble plus à un louchébem qu'à un technicien, murmura Liberté.

– Étrange coïncidence, n'est-ce pas ?

Dans l'arène, Jules Verne expliquait l'épreuve. Les cornes effilées du taureau mécanique étaient décorées de bracelets de cuir de toutes les couleurs. L'équipe qui en attraperait le plus en une demi-heure de temps aurait gagné.

– Honneur aux dames, annonça Verne.

Les trois danseuses s'avancèrent. Elles étaient vêtues de tenues chamarrées qui brillaient au soleil. À côté de la bête mécanique, elles semblaient bien vulnérables. Le technicien chargé d'actionner le taureau se glissa à l'intérieur de la bête, dont les naseaux se mirent à fumer. Un coup de gong annonça le début de l'épreuve, et le taureau poussa un mugissement qui assourdit Liberté.

– C'est parti ! brailla Fiori.

***

– Jérôme !

– Salut, Nathan !

Malgré la façon dont ils s'étaient quittés, Nathanaël se sentit tellement heureux en reconnaissant son ancien camarade de dortoir que, pendant un bref instant, il oublia tous les évènements des derniers mois. Son enthousiasme retomba très vite : au côté de Jérôme se tenait un homme que Nathanaël n'avait jamais vu. Il était plutôt laid, avait les lèvres épaisses, et ses cheveux luisaient d'huile. Nathanaël le salua tout en interrogeant son ami du regard.

– Bonjour, citoyen, heu… ?

– Le citoyen Sylvestre était en train de t'attendre quand je suis arrivé, précisa Jérôme. Il vient de me dire que vous êtes du même sang. C'est super ! Tu as donc retrouvé ta famille ?

L'homme eut un sourire désagréable et lui fit un clin d'œil. Nathanaël comprit soudain qu'il avait devant lui un Frère du Sang.

– Ouais. Si on veut, répondit-il en plantant son regard dans celui du dénommé Sylvestre.

– Nous avons un peu parlé, Jérôme et moi, dit celui-ci. De son avenir, et de la touchante amitié qui vous liait à l'orphelinat.

– Comme je l'expliquais au citoyen Sylvestre, dit Jérôme, je n'ai pas beaucoup de temps. Demain, je pars en Allemagne avec mon patron. Je vais travailler dans le commerce des fourrures et il veut que je visite leurs magasins là-bas. C'est génial, non ?

– Oui, répondit froidement Nathanaël.

Il aurait donné cher pour pouvoir parler à son ami seul à seul et lui expliquer ce qu'il se passait. Mais c'était impossible et, pour l'instant, Jérôme était en danger. Il devait partir, tout de suite, avant que ce Sylvestre ne décide de le prendre en otage, de le marquer ou pire…

À la fois étonné et peiné par le ton de Nathanaël, Jérôme lui adressa un regard interrogateur.

– Il fallait que je te donne ça avant de partir, dit-il. Tu as oublié de le récupérer.

Il lui tendit un paquet enveloppé de papier brun, grossièrement entouré d'une ficelle.

– Jérôme est un garçon charmant, déclara Sylvestre en tapotant amicalement l'épaule de l'adolescent. Je comprends que vous soyez proches. Ça doit être difficile de le voir partir, non ? Qui sait quels dangers l'attendent au tournant ?

Il avait prononcé cette phrase sur le ton de la plaisanterie mais le principal intéressé perçut la menace. Le regard de Jérôme se fit inquiet et il se rapprocha de Nathanaël.

– Écoute, dit-il un ton plus bas, je suis désolé qu'on se quitte comme ça, je n'aurais pas dû refuser de te parler avant la foire. Tu es certain que tu ne veux rien me dire ?

Il désigna imperceptiblement Sylvestre du menton. Nathanaël secoua la tête.

– Bon voyage. Merci pour le paquet…

– Nathan, chuchota Jérôme, raconte-moi !

– Tu devrais y aller. Comme tu viens de le dire, il fallait venir me voir avant, si tu voulais me parler.

Les lèvres du garçon se mirent à trembler.

– Nathan…

Celui-ci regarda ailleurs. Jérôme fit demi-tour très vite, les larmes aux yeux. Il traversa la rue et s'engouffra dans un fiacre qui l'attendait. Les doigts crispés sur le paquet que son ami venait de lui remettre, Nathanaël le regarda partir. Sylvestre se tourna vers lui.

– Ton ami est tellement bavard que je saurai exactement où le retrouver pour le marquer ou le tuer. Le hasard fait décidément bien les choses, non ? Mademoiselle Vérité m'a beaucoup parlé de toi.

Le Frère du Sang bouscula Nathanaël pour entrer dans le Cochon Volant et promena un regard de dégoût sur les lieux, les affiches écrites en rouge détaillant les prix de la viande et les couteaux alignés sur les billots.

– Tu savais que cette moricaude en pantalon qui te sert de patronne est la fille d'un meurtrier ? Lorsque nous avons évoqué son nom pendant notre dernière réunion, des Frères se sont souvenus que son père, Jean Noir, avait tué le baron et la baronne de Vignac, qui l'avaient pourtant recueilli et nourri pendant des années. Tu ne trouves pas cela répugnant ?

Le garçon haussa les épaules. Sylvestre vérifia que personne ne les regardait et entraîna sans ménagement l'apprenti dans la cuisine de la boucherie.

« Et voilà, pensa Nathanaël, on y est. » D'après ce que lui avaient dit Alcide et Isabella, il se doutait que les Frères allaient s'intéresser à lui – les Héritiers étaient trop peu nombreux pour qu'ils ne cherchent pas à les utiliser, d'une façon ou d'une autre.

– J'ai deux questions pour toi, Nathanaël. La première : Où est passée Isabella de La Cruz, ta camarade d'orphelinat ?

– Je n'en sais rien. Je ne l'ai pas revue depuis la foire.

Sylvestre tendit la main pour saisir un grand couteau suspendu au mur. Carmine s'en était servie un peu plus tôt pour désosser des jambons, et Nathanaël savait que la lame était parfaitement aiguisée. Il essaya de reculer, mais le Frère du Sang le repoussa contre le mur et posa la pointe juste sous son œil droit. Son cœur se mit à battre à toute allure. Il avait du mal à respirer. Si ce Sylvestre avait décidé de le torturer, il n'était pas certain de tenir longtemps avant de tout avouer.

– Il peut arriver tellement d'accidents dans une boucherie. Une chute malencontreuse, une lame mal rangée, et voilà comment on perd bêtement la vue. Alors ? Où est-elle ? À Paris ?

– Je… je ne sais pas mais peut-être que non… Elle m'a dit une fois qu'elle voulait aller retrouver sa famille en Espagne, mentit Nathanaël.

Sylvestre appuya la lame et l'orphelin ferma les yeux, les dents serrées.

– Pour quoi faire ?

– On… on ne parlait pas beaucoup, elle et moi. Je crois qu'elle voulait juste les revoir.

La pression de la lame se fit plus intense et Nathanaël se demanda s'il allait mourir bêtement de peur.

– Si tu me mens, je te le ferai payer, siffla Sylvestre à son oreille.

– Ou… oui, mais je ne sais rien de plus, bredouilla le garçon.

L'homme eut un regard méfiant, puis ajouta :

– Seconde question : J'ai lu dans les journaux que tu faisais partie de l'équipe numéro 3 des jeux, avec deux personnes que nous cherchons : Liberté Chardon et Carmine Noir. Une superbe coïncidence, à croire que c'est le ciel lui-même qui a décidé de nous aider. J'ai pour mission de retrouver le Livre, mais tu ne resteras pas les bras croisés. Je veux que tu essayes de t'en emparer toi aussi.

Il brandit une carte qu'il glissa dans la poche de Nathanaël.

– Si tu le trouves, tu l'apportes à cette adresse.

Sylvestre lui pinça la joue, dans un geste faussement affectueux.

– Au revoir, petit Héritier. Et ne tarde pas trop, je pourrais prendre ça pour de la mauvaise volonté.

***

Les trois danseuses passèrent d'abord plusieurs minutes à fuir le taureau. La bestiole mécanique allait vite, ses roues arrachant des étincelles aux pavés de la cour, et l'une des filles manqua de terminer sous les sabots de fer pour avoir essayé un peu trop tôt d'atteindre un bracelet.

Les jeunes femmes se réfugièrent en haut de la fontaine, pour faire le point rapidement.

– C'est une épreuve très dangereuse, chuchota Liberté en les voyant redescendre avant de se disperser dans l'arène.

Elle sentit la sueur mouiller son front en pensant que, dans deux jours, elle était censée se retrouver dans la même situation. D'un seul coup, elle s'imagina au milieu de l'arène, poursuivie par un monstre de fer sous des milliers de regards narquois.

– Ça va ? Tu n'as pas l'air bien, s'inquiéta Cinabre.

Liberté s'essuya le front d'un geste furtif, horriblement gênée à l'idée d'être en train de transpirer juste à côté de Cinabre. Le louchébem sortit un carré de soie de sa veste et tendit la main pour lui essuyer doucement le front.

– Tu es bouillante, chuchota-t-il en repoussant une mèche de ses cheveux. Je ne devrais peut-être pas te le dire mais tu es adorable avec tes joues rouges. Les filles louchébems ne rougissent jamais. C'est dommage…

Liberté paniqua. Elle essaya de se relever, se cogna le front et retomba assise. Cinabre posa la main sur sa joue pour qu'elle tourne le visage vers lui.

– Reste, s'il te plaît.

Le garçon se pencha vers elle, si près que Liberté ne voyait plus qu'une tache noire et floue, puis, comme par erreur, il posa ses lèvres sur les siennes et l'embrassa.

***

L'une des danseuses se trouvait face au monstre de fer. Il ne restait plus que dix minutes avant la fin de l'épreuve et elles n'avaient décroché aucun bracelet. Les trois louchébems de l'équipe adverse assistaient à la catastrophe, installés à califourchon sur les lions de la fontaine.

– Allez, poupée ! railla Lackji. Encore un petit espoir de nous battre !

La jeune femme ne se donna même pas la peine de lui répondre, concentrée sur le taureau.

– C'est du tout cuit, commenta Antonin. Elles vont perdre.

Carmine jeta un regard derrière son épaule. Dommage que Liberté ait raté ça, pensa-t-elle. Elle aurait adoré la machine. La louchébem reporta son attention sur l'arène. Elle ne voulait pas se l'avouer, mais elle se sentait un peu coupable d'avoir obligé Nathanaël à finir son tas d'oignons. Elle s'ébroua. Il ne fallait pas qu'elle pense comme ça. Si elle commençait à se montrer laxiste, ce serait interprété comme un signe de faiblesse par maître Couteau.

La bête mécanique se mit à rouler vers sa proie, de plus en

plus vite. Les spectateurs poussèrent des cris d'angoisse et d'excitation.

– Elle va se faire embrocher comme un poulet, prédit Antonin en grimaçant par anticipation.

Mais au dernier moment, la danseuse prit son élan, s'appuya des deux mains sur le front de métal de la bête et exécuta un superbe saut périlleux pour retomber sur le dos du taureau. Les spectateurs se levèrent et se mirent à applaudir un tel exploit ; ils hurlaient et tapaient des pieds. La jeune femme manqua de glisser en se retournant mais, malgré les ruades de la machine, elle parvint à s'accrocher à une corne et à arracher trois bracelets d'un coup avant de se faire envoyer valser sur les pavés. Ses amies se précipitèrent vers elle, mais elle se releva sans aide, brandissant les trois trophées au moment où le gong de fin retentissait.

– Très joli ! commenta Jules Verne. Très, très belle performance ! Citoyens et citoyennes, une ovation pour nos trois danseuses, et un tonnerre d'applaudissements pour l'équipe suivante, qui va tenter de faire mieux.

***

Dès que Sylvestre fut parti, Nathanaël se laissa glisser au sol. Plus il découvrait de nouveaux Frères du Sang, pires ils étaient. Au moins, pensa-t-il, celui-là n'en savait pas plus à propos d'Isabella, c'était déjà ça. Le dos contre le carrelage froid, il se rendit compte qu'il tenait toujours dans ses mains le paquet que lui avait donné Jérôme. L'horloge lui indiqua qu'il avait raté l'épreuve. Elle était sans doute en train de se terminer. Carmine devait être persuadée qu'il n'avait pas été capable de finir son travail à temps. Nathanaël ouvrit le paquet. Les objets qui s'y trouvaient lui étaient familiers, même s'il ne les avait pas vus depuis des années : un lange de bébé jauni par le temps, un châle en laine bleu et un rectangle de papier où il était écrit, en lettres capitales, « NATHANAËL ». L'orphelin caressa le tricot. Pendant des années, ces trois objets avaient été ce qu'il avait de plus important au monde. Il les avait touchés, respirés, examinés sous toutes les coutures. C'était tout ce qui lui restait de l'énigme que constituaient ses parents. Deux inconnus qui, il le savait maintenant, ressemblaient à Vérité et à Sylvestre. Des gens qui détestaient tout ce que représentait Larispem, au point de lui léguer une malédiction et la mission de détruire la Cité. Il se rappela la question que lui avait posée Alcide : « Ne serais-tu pas heureux de mettre un nom et un visage sur ces deux mots : "mère" et "père" ? » À présent, il avait une réponse assez précise.

Il remit les objets dans le papier brun et enroula grossièrement la ficelle autour avant de jeter le tout dans la poubelle, enfonçant rageusement les derniers vestiges de son enfance sous les épluchures et les papiers gras.

6

LE PIÈGE

Plus rapides qu'Hermès, plus véloces que Pégase : les vapomobiles larispemoises !

Publicité sur les murs de Larispem.

« Contre toute attente, l'épreuve est donc remportée – certes, de peu – par nos trois intrépides louchébems. Nos jolies danseuses semblaient pourtant bien parties en décrochant trois trophées, mais une chance insolente a, une fois de plus, favorisé ces messieurs, qui ont décroché pas moins de six bracelets ! On pourra arguer que le taureau a *semblé* manquer quelque peu d'agressivité lors de la seconde manche (on aura *peut-être* aussi eu *l'impression* qu'il avait ralenti à un moment, permettant à l'un des bouchers de décrocher deux bracelets à quelques secondes de la fin). Mais il n'empêche que six est plus grand que trois et que notre équipe exclusivement féminine est éliminée dès la première épreuve. On attend impatiemment de savoir comment se comporteront les deux autres jeunes filles de la compétition, Carmine et Liberté, de l'équipe 3. »

Carmine roula le journal et le posa à côté d'elle.

– Dommage que tu aies raté ça, Lib. Je te jure que c'était quelque chose.

Celle-ci acquiesça vaguement, mais ses pensées étaient bien trop occupées à vagabonder pour qu'elle prête attention à ce que son amie lui racontait. Assises sur un banc dans l'arrière-cour du Cochon Volant, elles se partageaient une bouteille de limonade tiède. Un peu plus loin, Nathanaël était en train de récurer les pavés, à quatre pattes sur le sol brûlant. Le soleil avait tapé toute la journée à travers le smog, cuisant à l'étouffée Larispem et ses habitants, diffusant dans l'air immobile le fumet bourbeux de la Seine.

– Tu as une drôle de tête, Lib. C'est le travail, c'est ça ? C'est moche que t'aies pas pu te libérer hier soir.

– Ça va, je te jure.

En fait, elle pensait à Cinabre. La veille, elle n'avait pas pu s'empêcher de lui poser cette question, une fois qu'elle avait réussi à reprendre son souffle :

– Pourquoi moi ?

Cinabre avait eu un sourire désinvolte, et une fois de plus, elle s'était demandé s'il était aussi sincère qu'il le prétendait. Il lui avait effleuré les cheveux de la main avant de répondre :

– Pourquoi pas ? Est-ce que je dois vraiment justifier chacune de mes actions ?

Liberté n'avait pas su quoi répondre.

– Ne le dis pas à ma sœur, d'accord ? Elle serait furieuse… elle me déteste.

Liberté l'avait assuré de garder le silence et ils s'étaient quittés sur la promesse de se revoir bientôt. Elle n'en pouvait déjà plus d'attendre, tout en redoutant le moment. Et si les choses devenaient sérieuses ? Elle regarda Nathanaël descendre son seau au fond du puits et fit un effort pour penser à autre chose qu'à Cinabre.

– Tu es dure avec lui, dit-elle avec un geste vers l'apprenti. Ces pavés sont tout à fait propres et tu le sais.

Carmine haussa les épaules.

– Il faut bien qu'il apprenne la vie.

Liberté fronça les sourcils, agacée par la mauvaise foi de son amie.

– Il la connaît, la vie. Ça ne doit pas être rose tous les jours d'être orphelin. Tu pourrais être un peu plus bienveillante. Pourquoi tu le traites comme ça ?

– Maître Couteau a fait pareil avec moi, c'est comme ça qu'on débute dans le métier. Et puis, il l'a voulu ! Il n'avait qu'à indiquer un autre souhait, à la foire. Franchement, Lib, t'es une vraie mère poule !

– Ce n'est pas ça du tout, protesta celle-ci, je le trouve juste sympathique. Et puis, nous sommes une équipe. Il faut qu'on soit soudés.

– En parlant de ça… Je me demande bien dans quel guêpier ils vont nous balancer pour la première épreuve, s'interrogea Carmine.

Liberté avala une gorgée de limonade et concentra à nouveau ses pensées sur Cinabre, pour oublier ce qui les attendait. La sonnette qui annonçait l'entrée d'un client tinta dans la boutique, les tirant de leurs réflexions.

– L'agneau ! Va aider ! ordonna Carmine.

Nathanaël se redressa, essuya son front en sueur d'un revers de main et s'exécuta.

Il y avait une queue de plusieurs mètres. Les Larispemois, accablés de chaleur, avaient attendu que le soleil décline pour faire leurs emplettes. Un jeune homme à l'allure d'étudiant, son carton à dessin sous le bras, avait remonté toute la file. Il essayait de parler à maître Couteau par-dessus l'épaule d'une cliente qui le fusillait du regard. Le boucher le désigna du menton à Nathanaël.

– Celui-ci est pour toi, l'agneau. Il veut voir Carmine et casse les pieds de tout le monde avec ça. Tu t'en occupes.

L'apprenti hocha la tête et salua le client. Celui-ci se tourna vers lui et Nathanaël eut un choc : l'étudiant avait une expression, ou plutôt une absence d'expression, qu'il commençait à trop bien connaître.

– Que puis-je pour toi, citoyen ? demanda-t-il, sur la défensive.

– Je dois voir Carmine Noir.

– Et pourquoi ?

– Je dois voir Carmine Noir, répéta le jeune homme d'une voix monocorde. J'ai une lettre à lui donner. C'est urgent.

Nathanaël tendit la main mais l'autre resta planté là, le regard fixé sur un point indéterminé, et il répéta sa demande une fois de plus comme un cylindre rayé.

– Oh, mais il nous fatigue ce godelureau-là ! tonna maître Couteau qui suivait l'affaire par-dessus ses côtes de bœuf.

Sans prévenir, il contourna son étal, saisit les pans de la veste du jeune homme, et la lui ôta d'un seul geste en tirant vers le haut. Le carton à dessin tomba par terre, s'ouvrit, et des croquis se répandirent un peu partout, pour la plus grande joie des autres clients. Maître Couteau farfouilla dans les poches de la veste, en tira une enveloppe au nom de l'apprentie et la tendit à Nathanaël. Puis il attrapa l'étudiant par le col et le fond de culotte et le jeta sans ménagement hors du Cochon Volant sous les rires des passants. L'étudiant roula sur le trottoir cul par-dessus tête et se releva sans cris ni protestation, restant planté sur place, les yeux fixés sur la boucherie.

– L'est loufoque celui-là, s'étonna maître Couteau en reprenant sa place. Me demande bien où Carmine l'a ramassé. Tu vois, petiot, faut pas hésiter à te faire respecter. T'es un louchébem, mon gars, et nous autres, on se laisse pas marcher sur les paturons. Jamais.

Par les vitrines de la boutique, Nathanaël vit l'étudiant s'éloigner, la démarche mal assurée, manquant de se faire écraser par un fiacre lancé au galop. Il se mordit les lèvres. Cela n'augurait rien de bon. Il entra dans le vestiaire et, après avoir vérifié que personne ne le remarquait, il ouvrit l'enveloppe et lut la lettre. Le garçon marmonna un juron qui lui aurait valu cinq cents lignes à copier si un professeur l'avait entendu à l'orphelinat. Sylvestre avait évoqué le père de Carmine lors de leur rencontre, il s'en souvenait. Et maintenant il semblait qu'il préparait un piège.

– Qu'est-ce que je vais faire ? chuchota-t-il pour lui-même.

Nathanaël sortit dans l'arrière-cour.

– Un coursier a apporté ça pour toi, Carmine. Ah, et puis maître Couteau dit qu'on va tomber à court de sel. Il faut absolument que l'un d'entre nous aille en acheter ce soir.

– Ce sera toi, répondit Carmine en décachetant le pli qu'il venait de lui tendre, sans remarquer qu'il avait été préalablement ouvert. Moi, je vais voir l'épreuve de ce soir avec Antonin.

Elle lut la lettre et son teint prit une nuance grisâtre.

– Que se passe-t-il ? demanda Liberté.

L'adolescente lui tendit la feuille :

« Carmine,

Il faut que tu te rendes à l'hôtel Noir au plus vite. Je dois te parler d'une affaire pressante.

VIENS ! C'est très important.

Ton père, J. N. »

– Ça a l'air grave, murmura Liberté.

Carmine se passa la main dans les cheveux. Elle ne les avait pas tressés, et seul un foulard rouge domptait sa crinière. Préoccupée, elle se leva et se mit à faire les cent pas.

– Lerdemuche, marmonna-t-elle. J'espérais qu'il m'avait oubliée.

– Pourquoi ?

Carmine poussa un soupir agacé et fit signe à Nathanaël de

s'éloigner. L'apprenti s'exécuta mais, si la louchébem n'avait pas eu l'esprit ailleurs, elle aurait sans doute remarqué qu'il s'était placé de façon à avoir le maximum de chances de les entendre. Elle raconta à son amie ce que son père lui avait révélé lors de leur dernière entrevue : qu'il avait servi de longues années comme domestique dans une famille d'aristocrates parisiens et qu'il avait vu de ses propres yeux Louis d'Ombreville contrôler un homme avec son sang. Il avait terminé son récit en lui confiant une lettre que Carmine aurait dû remettre à la Présidente de Larispem. Malheureusement, elle l'avait égarée.

– Tu as perdu la lettre ? s'exclama Liberté lorsqu'elle eut fini. Mais c'était sûrement très important ! Elle contenait sans doute les noms des familles qui font partie des Frères du Sang.

– Je sais ! s'énerva Carmine en levant les bras au ciel. C'est pour ça que j'espérais qu'il m'avait oubliée. Comment aurais-je pu deviner que son histoire était autre chose que les délires d'un vieil homme ? Tout ça, c'était avant qu'on tombe sur l'homme blond et cette fille aux tresses ! Avant qu'elle n'oblige ce type à assommer son copain par une espèce de tour de magie ! Je… j'ai même essayé de le dire à la Présidente lorsque nous étions dans sa vapomobile, mais…

– Ton père est la preuve que nous n'avons pas rêvé ! Il a raison en disant que quelque chose se trame. Mais pourquoi n'as-tu rien dit ? s'écria Liberté en se levant à son tour.

– MAIS PARCE QUE J'AI FAIT UNE LOUTUFUCHE D'ERREUR ET QUE JE NE VOULAIS PAS L'ADMETTRE ! rugit Carmine.

Deux pigeons, qui picoraient les rares miettes ayant échappé à Nathanaël, s'envolèrent en poussant des roucoulements effrayés. Liberté n'osait plus bouger. Carmine prit une grande inspiration pour se calmer, mais sa voix était encore pleine de colère quand elle déclara :

– J'y vais. Je vais lui raconter que j'ai perdu sa lettre. Il m'expliquera ce que je dois dire à la Présidente et nous irons ensuite à la tour Verne. Toi, tu nous aideras à obtenir une audience tout de suite et tout s'arrangera. On aura même le temps d'aller voir l'épreuve de ce soir.

Elle resserra sa ceinture d'un cran et vérifia que ses trois couteaux étaient bien en place.

– Je vais emprunter la vapo d'Antonin, on ira plus vite.

– Je viens avec vous !

Les filles se tournèrent vers Nathanaël.

– Non mais, de quoi je me mêle ? gronda Carmine.

– Le sel, dit le garçon d'un ton pressant. Il faut acheter du sel. Alors, si vous allez faire une course en vapomobile, autant que je vous accompagne, non ?

La louchébem s'apprêtait à l'envoyer paître, mais Liberté lui adressa un regard appuyé.

– C'est une *bonne idée*, n'est-ce pas, Carmine ? Nathanaël et moi pourrons t'attendre dans la vapo pendant que tu passes chez ton père. Ensuite, nous irons acheter le sel. Ça permettra de gagner du temps. Nathanaël a *raison*.

Cette dernière plissa le nez avec dédain mais finit tout de même par laisser tomber un « oui » plein de mauvaise grâce. Liberté eut un sourire malicieux, et le jeune garçon se détesta pour le rôle qu'il allait devoir jouer auprès d'une fille aussi bienveillante.

Tandis qu'ils s'installaient dans la vapomobile et qu'Antonin menaçait Carmine de nombreuses représailles à la moindre rayure, Nathanaël tâta les trois couteaux à sa ceinture : autant être armé de trois ombrelles. Non seulement il ne savait pas s'en servir, mais la dernière fois qu'il avait menacé quelqu'un, il avait fini assommé.

« Si au moins j'avais une véritable arme. »

Il regarda ses mains et se rappela que c'était le cas. Une arme qu'il s'était juré de ne pas utiliser. Ses mâchoires se contractèrent. Carmine avait beau être coriace, il savait qu'il était sa meilleure chance de ne pas mourir ce soir. La vapomobile démarra en ronflant, l'imposant moteur à vapeur installé à l'arrière se mit à bouillonner comme une marmite, chauffant la nuque de Nathanaël. La cheminée toussa, cracha un panache de fumée et l'engin démarra, lentement au début, puis il prit de la vitesse à mesure que la vapeur circulait dans les tuyaux et actionnait turbines et pistons.

– Je ne savais pas que tu conduisais, Carmine, s'étonna Liberté qui, installée à l'avant, observait attentivement le fonctionnement de la voiture.

– J'ai appris sur le tas. Ce n'est pas compliqué. Il suffit d'appuyer sur cette pédale et de tourner le volant quand la route tourne.

– Et tu ne devrais pas aller un peu moins vite ?

– Non. Nous sommes pressés.

La louchébem prit un virage quasiment à angle droit sans même faire mine de ralentir. Les pneus poussèrent un couinement unanime en dérapant sur les pavés et, avant que Carmine ne ramène le véhicule sur la chaussée d'un coup de volant, Nathanaël eut le temps d'admirer de beaucoup trop près une pancarte sur le mur qui disait « ATTENTION AUX PIÉTONS ».

Heureusement pour eux, ces derniers étaient rares ce soir-là, ce qui évita sans doute à des gens de périr écrasés (car Carmine semblait mettre un point d'honneur à ne pas utiliser le frein, et c'est en un temps record qu'ils rejoignirent le 1er arrondissement). Elle quitta les grands axes, s'enfonçant dans les petites rues pour enfin piler devant de hautes grilles rouillées, qui avaient été laissées entrouvertes. Derrière elles, à travers l'entrelacs d'une végétation luxuriante, on devinait l'hôtel Noir. Le soleil du soir teintait la bâtisse d'une lumière orange, comme un fantôme de l'incendie qui l'avait autrefois ravagée.

– Je reviens, lança Carmine. Vous deux, restez ici.

Elle claqua la portière et, laissant le moteur tourner, s'éloigna dans l'allée d'un pas décidé. Nathanaël jeta un coup d'œil à Liberté. Elle n'avait pas l'air tranquille non plus. Il se demanda si la petite mécanicienne pressentait, comme lui, que tout ça était un piège. Elle tenait sa sacoche de cuir dans ses bras, si serrée qu'il était prêt à parier que le Livre s'y trouvait – une raison supplémentaire d'empêcher les Frères du Sang de parvenir jusqu'à elle.

– Hum ! Écoute, Liberté, je devrais peut-être aller avec elle pour, tu sais…

Il ne trouva pas d'excuse plausible et se contenta de descendre de la voiture avec un geste qui pouvait suggérer n'importe quoi.

– Je viens avec toi, s'écria-t-elle.

« Surtout pas ! Par pitié ne bouge pas de cette vapo ! »

– Tu devrais plutôt rester ici et surveiller la voiture, suggéra Nathanaël de son ton le plus anodin. Antonin a l'air d'y tenir comme à la prunelle de ses…

C'est à cet instant qu'ils entendirent Carmine pousser un hurlement.

Liberté se figea sur son siège, les yeux écarquillés. En un geste réflexe, elle serra son sac plus fort contre elle, les ongles enfoncés dans le cuir.

– Carmine ! Oh, mon Dieu, ils sont là !

Nathanaël essaya de garder son calme.

– J'y vais, mais toi, tu restes là, d'accord ? Tu ne bouges sous aucun prétexte !

Liberté secoua la tête, paniquée.

– Ils vont te tuer. Tu ne sais pas… tu ne les as pas vus… Il faut aller chercher de l'aide…

Le garçon hocha la tête frénétiquement.

– Oui ! C'est ça ! Va chercher la Garde ! Vas-y, Liberté !

Sans attendre, il se rua sur les traces de la louchébem, courant le plus vite possible vers l'entrée de l'hôtel. À peine en eut-il franchi le seuil qu'un homme surgit de l'obscurité, armé d'un pistolet. Nathanaël battit en retraite, poussant au hasard une porte qui se révéla donner sur une pièce aux fenêtres condamnées par des planches clouées. Un coup de feu tout proche lui déchira les tympans et fit voler en éclats un bon morceau de chambranle. Il sentit des échardes lui frôler la joue.

– Sur quoi tu tires, espèce d'abruti ? cria une voix nasillarde. Tu vas alerter la milice de quartier !

« Sylvestre ! » reconnut Nathanaël.

– J'ai vu un type... Il est entré là-dedans.

– Eh bien, vas-y, cherche-le. Mais en silence.

Nathanaël regarda autour de lui ; la pièce n'avait pas d'issue, il n'y avait qu'un placard encastré dans le mur, la porte pendant sur l'un de ses gonds. Il s'y précipita, tandis que les pas de l'homme se rapprochaient, il se blottit contre le mur du fond, humide et craquelé... et passa à travers. Le plâtre attaqué par des années d'infiltration venait de céder sous son poids. Le garçon roula sur le sol de ce qui lui parut être une grande cuisine. À quatre pattes, glissant sur le carrelage, il traversa la longue pièce et franchit une porte donnant sur un salon sombre. En voyant l'homme le chercher dans le couloir, il se plaqua *in extremis* dans l'ombre d'un gigantesque buffet. Nathanaël s'efforçait de calmer sa respiration mais sa poitrine lui semblait trop petite pour ses poumons. Il était terrifié. Où était Carmine ?

Des voix à l'extérieur lui fournirent la réponse : dans le jardin. Millimètre par millimètre, il se déplaça dans l'ombre du mur jusqu'à une fenêtre ouverte. Et soudain il la vit, maintenue par un grand homme noir au visage buriné et aux yeux voilés : Jean Noir, bien sûr. Il ne la serrait pas très étroitement, pourtant Carmine n'osait pas se débattre. Nathanaël comprit que ses soupçons étaient fondés quand il aperçut Sylvestre, assis sur une chaise et occupé à éplucher une pomme avec l'un des couteaux de Carmine. Un autre homme attendait à quelques mètres, surveillant les environs.

– Qu'est-ce que tu lui as fait, salaud de Frère du Sang ! criait Carmine.

– Je lui ai imposé ma volonté, répondit Sylvestre en découpant le fruit en quartiers. En ce moment, il m'est entièrement soumis. Nègre, tiens-la un peu mieux que ça.

Le bras de Jean Noir, passé autour du cou de sa fille, se resserra.

– Papa ! s'époumona Carmine, c'est moi ! Arrête !

– Il ne t'entend même pas, tu te fatigues pour rien. Et puis, franchement, il a bien mérité ce qui lui arrive. Même dans cette parodie de démocratie que vous appelez Larispem, il faut bien que les assassins paient pour leurs crimes, non ?

Sylvestre croqua dans un quartier de pomme, s'essuya soigneusement les mains avec un mouchoir et s'étira sur sa chaise.

– Réponds à ma question, reprit-il. Où est le Livre ? Celui que toi et ta copine, vous avez volé.

– Ordonne à mon père de me lâcher et je te répondrai peut-être !

Malgré la situation, Nathanaël sentit son admiration pour Carmine croître encore d'un cran. Son courage forçait le respect. Il serra les dents en voyant Sylvestre se lever, le couteau dans la main.

– Tu parleras, de toute façon. Tu vois, nous autres, Frères du Sang, avons un pouvoir, un pouvoir très particulier. Tu n'as pas cru ton père quand il t'en a parlé. Tu aurais dû, pourtant…

Nathanaël chercha désespérément quelque chose qui puisse l'aider, n'importe quoi. Son regard tomba sur deux pistolets poussiéreux, entrecroisés au-dessus d'une cheminée éteinte. Il les arracha de leur support et se rendit compte tout de suite que c'étaient des antiquités qui n'avaient pas dû servir depuis un siècle. Ils devaient être à peu près aussi dangereux que des fusils à bouchon.

Au même moment, le grondement d'un moteur de vapomobile lancé à pleine vapeur fit tourner la tête du guetteur. Nathanaël reconnut la voiture d'Antonin, lancée à fond sur la pelouse, juste avant qu'elle ne percute l'homme. Il y eut un bruit écœurant et celui-ci fut projeté sur le côté comme une poupée de chiffon. La voiture continua sa course sans ralentir, mais presque aussitôt l'une des roues mordit sur une pierre et le véhicule fut littéralement projeté en l'air. Il retomba hors du champ de vision de Nathanaël, dans un fracas de fer broyé. Par réflexe, l'adolescent plaqua ses paumes contre ses oreilles. Lorsqu'il les retira, la première chose qu'il entendit fut un long sifflement suraigu. Dans un flash, il se remémora ce qu'un de ses professeurs de sciences avait expliqué à propos des vapomobiles : « … des engins très modernes, très sûrs… sauf si la chaudière subit un choc important, car alors… eh bien, elle explose ». Il se laissa tomber à plat ventre sous la fenêtre.

Dans un panache de vapeur et d'eau bouillante, la vapomobile fit exactement ce que son professeur avait prédit : elle sauta. La déflagration ébranla les murs de l'hôtel et du crépi tomba en pluie du plafond. Nathanaël cligna des yeux, étourdi. Des cloches sonnaient à la volée dans ses oreilles. « Carmine », pensa-t-il, puis tout de suite après : « Liberté ! » Il se mit debout, ramassa ses pistolets et courut à l'extérieur.

Carmine secoua la tête. Ses oreilles étaient horriblement douloureuses et elle s'était fait mal dans sa chute : sa chemise était déchirée, coupures et écorchures lui brûlaient la peau. Elle se releva lentement, constatant qu'elle n'avait rien de cassé, et pressa ses paumes contre ses oreilles. Ses tympans sifflaient, mais elle décida d'ignorer la douleur pour regarder autour d'elle. Du coin de l'œil elle vit la vapomobile, littéralement déchiquetée.

Un liquide sombre gouttait de ce qui restait de la carcasse sur l'herbe du jardin. L'adolescente détourna le regard. Elle ne voulait pas penser à ce qu'elle allait trouver sous les débris. Pas encore. Carmine reporta son attention sur une silhouette qui s'éloignait de la catastrophe : Sylvestre.

Une toux pénible lui fit tourner la tête : Jean Noir gisait au sol, ses yeux aveugles fixés sur sa fille. Il essayait de se relever et Carmine se rendit compte avec horreur qu'il était blessé. Un éclat de fonte lui avait ouvert l'épaule et le sang coulait, maculant la manche de son habit. La jeune fille pouvait voir la chair déchirée à travers les lambeaux de tissu. Jean, lui, ne semblait pas s'en rendre compte. Il tendit la main vers sa fille, non pour implorer de l'aide mais pour essayer de la saisir de nouveau. Carmine serra les mâchoires et recula d'un pas, hors de portée. Sylvestre gagnait du terrain, elle devait faire un choix.

– Je reviens, murmura-t-elle. Tiens bon.

Et elle se lança à la poursuite du Frère du Sang.

Sylvestre jeta un regard par-dessus son épaule et accéléra en constatant qu'il était suivi. Le bruit caractéristique des hélices d'un aérostat brassant l'air fit lever la tête à la louchébem. Un petit dirigeable se dirigeait vers eux, ses fanaux clignotant dans le ciel crépusculaire. Sylvestre arrêta de courir, se retourna. L'appareil avançait rapidement et il se trouva bientôt au-dessus de lui. Une échelle de corde fut lancée du pont et l'aristocrate s'accrocha aux barreaux. Carmine sortit l'un des deux couteaux qui lui restait, une lame impressionnante, affûtée comme un rasoir. Elle la pointa sur Sylvestre.

– Tu vas regretter d'avoir mis les pieds à Larispem, hurla-t-elle pour couvrir les bruits des moteurs. Viens donc te battre !

– Fais un pas de plus, égorgeuse de porcs, et ton père meurt.

– Et comment ? Il est hors de ta portée, maintenant. Et tu n'as même pas d'arme !

Sylvestre eut un sourire mauvais.

– J'ai beaucoup mieux que ça.

Il désigna Jean Noir, qui s'était relevé et avançait péniblement dans leur direction. Le Frère du Sang ouvrit les mains.

– C'est comme un tour de magie. L'instant d'avant on est vivant et celui d'après…

Le vieil homme fit encore un pas, les mains tendues vers sa fille. Ses lèvres bougèrent, il tentait peut-être de dire quelque chose malgré l'aérostat qui grondait au-dessus de leurs têtes.

Les doigts de Sylvestre se refermèrent sur le vide. Jean Noir s'écroula.

Carmine poussa un rugissement et se rua sur le Frère du Sang, mais ce dernier fit un signe et le dirigeable quitta son vol stationnaire pour s'élever rapidement dans le ciel.

– À la prochaine, mademoiselle Noir ! cria Sylvestre avec un salut ironique, tandis que ses complices le remontaient dans la nacelle.

Carmine lança son couteau mais il était déjà hors de portée. La lame tournoya inutilement dans l'air avant de retomber.

– Je te tuerai ! hurla Carmine de toute la puissance de ses poumons, tandis que l'aérostat frôlait le toit de l'hôtel Noir. Tu m'entends ? Je vais te tuer !

Elle le répéta encore et encore, bien après que le dirigeable eut disparu, et ce jusqu'à ce que sa voix se brise. Alors la louchébem se laissa tomber sur le sol, réduite au silence.

Nathanaël sortit de l'hôtel au moment où l'aérostat emportait Sylvestre. Il vit ses fanaux disparaître dans le crépuscule, au-dessus des toits.

– Oh, non ! souffla-t-il en s'approchant de la silhouette étendue dans l'herbe.

Il s'agenouilla, sans oser toucher le corps pour vérifier son pouls. Du sang coulait, en larmes visqueuses, des oreilles et des yeux du vieil homme. Le pouvoir du sang l'avait tué, exactement comme il avait tué le professeur Devernois. Par une simple pensée. Nathanaël se sentit terrassé par l'impuissance. Le combat n'était pas loyal. Il se tourna vers la vapomobile et se leva lentement, essayant de se faire à l'idée de ce qu'il allait trouver dans les débris.

– Nathanaël !

Une vague de soulagement le submergea lorsqu'il se rendit compte que c'était Liberté qui courait vers lui. Son visage ruisselait de larmes, elle avait des égratignures au visage et aux mains, ses cheveux défaits lui tombaient sur les yeux, mais elle était bien vivante.

– Oh, Nathanaël je suis tellement désolée ! J'ai cherché la Garde ou une milice mais il n'y avait personne dans les rues. Je ne pouvais pas vous laisser vous faire tuer, alors j'ai voulu faire quelque chose… J'ai démarré la vapomobile, je l'ai lancée à fond et j'ai sauté en marche. Je voulais faire une diversion…

Ses yeux tombèrent sur le cadavre de Jean Noir et s'écarquillèrent. Elle éclata en sanglots, les larmes coulant de plus belle sur ses joues rebondies. Nathanaël lui tapota maladroitement l'épaule.

– On ne pouvait rien faire. C'était trop tard. Ta diversion n'a peut-être pas sauvé cet homme, mais si tu n'avais pas agi, on aurait aussi perdu Carmine.

Liberté essuya ses larmes d'un revers de manche et secoua la tête.

– La pauvre… Comment on va lui dire ?

– Je crois qu'elle le sait déjà, dit sombrement Nathanaël en désignant une forme recroquevillée sur la pelouse, au fond du jardin.

Il plissa les yeux et se rendit compte que la louchébem n'était pas seule. Un homme s'avançait vers elle : probablement celui qui l'avait surpris lorsqu'il était entré dans le manoir. Il semblait décidé à finir ce que Sylvestre avait commencé. Nathanaël cria mais Carmine ne réagit pas. L'homme, en revanche, se tourna vers lui. Le garçon brandit ses pistolets avec l'impression d'être un mauvais comédien. Heureusement, le Frère du Sang, lui, semblait ne plus être armé.

– Lâche-la ou je tire ! hurla-t-il d'une voix trop aiguë.

– Ah ouais ? T'attends quoi ?

– C'est mon dernier avertissement ! glapit Nathanaël.

L'autre haussa les épaules et continua de marcher sur Carmine.

– Fais quelque chose ! cria Liberté.

Aiguillonné par la peur, Nathanaël jeta ses armes, inutiles, et se mit à courir vers l'homme en hurlant, sans avoir la moindre idée de ce qu'il allait faire, une fois en face de son adversaire. Celui-ci décida pour lui : il l'attrapa, le souleva comme s'il n'avait été qu'une vulgaire poupée de chiffon et le projeta au loin. Nathanaël avait eu beau essayer de s'accrocher à son agresseur, il s'étala dans l'herbe. Le choc lui coupa le souffle.

Deux mains l'attrapèrent sous les bras.

– Debout, fit à son oreille la voix de Carmine, réduite à un murmure rauque.

Elle tira de toutes ses forces pour essayer de le relever mais Nathanaël, sonné, ne réussit qu'à s'asseoir.

– Je vais vous tuer tous les deux, gronda l'homme en marchant sur eux, je vais vous écraser la tête et je rapporterai vos cervelles aux Frères du Sang.

Carmine porta machinalement la main à sa ceinture mais elle n'avait plus un seul couteau. Elle agrippa le bras de Nathanaël si fort qu'il grimaça, tandis que l'homme levait des poings immenses.

Un coup de feu fit voler une motte de terre à ses pieds.

– Allez-vous-en ! cria Liberté.

Apparemment, elle avait mis la main sur un véritable pistolet, sorti d'on ne sait où. Elle tremblait mais s'agrippait fermement à l'arme. L'homme hésita ; l'adolescente replète qui braquait l'arme sur lui n'avait pas l'air bien redoutable. Finalement, il sembla conclure que ça ne valait pas la peine de risquer sa vie et se contenta de cracher aux pieds de Nathanaël.

– On se reverra, les mioches, promit-il avant de prendre la fuite.

Carmine lâcha le bras de son apprenti et le regarda comme si elle ne s'était pas vraiment rendu compte que c'était lui. Elle avait les yeux secs, mais tout son visage était crispé de douleur. Elle lui adressa un signe de tête, un merci muet.

Liberté se jeta littéralement sur Carmine et l'étreignit en hoquetant, les yeux pleins de larmes :

– Je suis désolée, je suis tellement désolée…

Son amie la repoussa avec douceur.

– Tu n'es pas morte, murmura-t-elle, c'est déjà bien.

Elle serra les mâchoires et fixa la forme noire allongée sur le sol un peu plus loin.

– Je dois…, commença-t-elle.

Nathanaël comprit qu'elle craignait que sa voix ne flanche.

La louchébem se tourna et s'éloigna sans ajouter un mot, d'une démarche saccadée qui ne lui ressemblait pas. Liberté l'appela, inquiète, mais Nathanaël secoua la tête.

– Il vaut mieux qu'on la laisse seule un moment. Merci au fait, ajouta-t-il avec ferveur. Mais où as-tu trouvé ce pistolet ?

Liberté désigna une forme qui ressemblait à un tas de chiffons noircis : le guetteur que la vapomobile avait percuté.

– Son pistolet était tombé près de lui. Je l'ai ramassé.

Nathanaël prit une grande inspiration. Il avait l'impression d'évoluer dans un cauchemar. Le parc tournait autour de lui et il se sentait encore tout tremblant. Cependant, il ne pouvait pas flancher maintenant. Le moment était venu, il avait trop attendu.

– Il faut absolument que je te parle de quelque chose. Quelque chose que Carmine ne doit jamais apprendre. J'aurais préféré que ce soit à un autre moment mais, vu les circonstances…

Des bruits leur firent tourner la tête. Des gens s'approchaient, on voyait briller des luxomatons.

– Qu'est-ce qui se passe ? cria une voix. Y a eu un accident ?

La milice de quartier arrivait enfin, beaucoup trop tard. L'index posé sur les lèvres, Nathanaël attrapa la main de Liberté et l'entraîna à l'intérieur de l'hôtel Noir. Il trouva une boîte d'allumettes dans la cuisine et en gratta une pour allumer une bougie à demi fondue.

– Je ne sais pas par où commencer et on n'a pas beaucoup de temps, chuchota-t-il, alors je vais te montrer. D'accord ?

D'un geste décidé, il saisit un de ses couteaux et s'entailla la paume. Une goutte de sang violet sombre, de la taille d'un grain de sel d'abord, puis d'une tête d'épingle, naquit sur sa peau. Liberté eut un mouvement de recul et Nathanaël l'entendit inspirer convulsivement. Sans lui laisser le temps de réagir, il lui prit la main.

– Désolé, dit-il, et il la piqua d'un coup sec avec la pointe de sa lame.

Liberté poussa un cri et retira vivement sa main. Ses pupilles étaient tellement dilatées qu'elles semblaient avoir dévoré toute la couleur des iris. Elle le regarda comme s'il venait de se changer en un être terrifiant.

– Nathanaël, souffla-t-elle, qu'est-ce qui te prend ?

Elle baissa les yeux vers sa main et se figea. La goutte qui perlait sur sa peau avait la couleur du raisin écrasé.

– Voilà, soupira l'orphelin. Nous avons le même problème.

Fascinée, Liberté continua de fixer le sang qui coulait maintenant sur sa main.

– Ce n'est vraiment pas une bonne nouvelle. Nous sommes des Héritiers, Liberté. Des Frères du Sang. Il va falloir qu'on parle, tous les deux.

7

COMPLOT

… ne l'avez-vous pas constaté vous-même que le sang a bonne mémoire ? Ne dit-on pas « bon sang ne saurait mentir » ou encore « c'est ma chair et mon sang »…

Extrait du Livre de Louis d'Ombreville.

Quelque part en France.

Deux personnes patientaient sur un quai de gare en pleine campagne. L'endroit était désert. Un wagon à bestiaux rouillait sur une voie de garage et des herbes folles poussaient entre les rails. La gare elle-même était délabrée. La peinture se craquelait, mettant à nu le bois rongé par les insectes et la pluie. Les espaces sous le toit étaient colonisés par des générations de nids d'oiseaux. On aurait cherché en vain à déchiffrer le nom du lieu : les lettres étaient si délavées qu'elles en étaient illisibles.

Le docteur Delisle transpirait à grosses gouttes sous son gilet de satin. Il épongea son crâne chauve avec un mouchoir brodé et poussa un soupir. Le ciel d'un blanc aveuglant laissait espérer depuis des heures un orage qui ne venait pas. Il consulta sa montre à gousset. Leur rendez-vous se faisait désirer, il était déjà en retard de vingt minutes. Un peu plus loin sur le quai, la comtesse Vérité de Maugardin gardait son visage dans l'ombre d'une voilette de dentelle. Elle était comme à son habitude vêtue de noir, depuis ses bottines jusqu'à l'ombrelle qui protégeait son teint pâle. Sa robe sophistiquée, dont la traîne ondulait dans la poussière, paraissait bien incongrue dans ce lieu décrépit. Des diamants scintillèrent au poignet de l'aristocrate lorsqu'elle remit en place une mèche de cheveux échappée de son chignon, avant de contrôler la perfection de sa coiffure dans un petit miroir de poche. Son autre bras reposait inerte dans les plis de sa robe. Elle examina longuement son visage, maquillé avec soin et rendu plus pâle encore par la poudre de riz. L'apparence était primordiale. De sa seule main valide, Vérité sortit un flacon de parfum d'une aumônière brodée de perles et s'en vaporisa. Lis et gardénia ; cette fragrance éclipsa temporairement les odeurs de la campagne. La jeune femme respira à fond, les yeux mi-clos. Elle détestait attendre mais rien dans son attitude ne le laissait deviner – d'autant plus qu'elle se doutait que ce retard était étudié pour lui faire sentir qu'elle n'était pas importante. Pas encore. Le bruit d'un train à l'approche lui fit tourner la tête.

Une locomotive émergea du tunnel et s'avança vers le quai à faible allure, sa cheminée lançant vers le ciel une épaisse fumée noire. Delisle battit légèrement des mains, son visage rond soudain envahi par une expression de ravissement.

– Enfin ! Voici nos interlocuteurs !

La locomotive ne tractait que deux voitures, aux fenêtres occultées par des rideaux de velours rouge. Elle freina en douceur et s'immobilisa à la hauteur de Vérité. Un domestique en livrée ouvrit la porte et déploya un marchepied.

– Mademoiselle de Maugardin, monsieur Delisle, si vous voulez bien vous donner la peine.

Le médecin sautilla jusqu'aux marches et aida Vérité à monter. La comtesse lui tendit son ombrelle, ramassa jupe et jupon, qui balayaient le sol, et monta à bord du train.

La voiture était aménagée comme un salon : moquette et tentures, fauteuils de cuir, bureau de bois sombre encombré de dossiers et de feuilles volantes. Un portrait du président de la République française était encadré d'or et suspendu à un mur. Quelqu'un avait installé un petit piano dans un coin, et le regard de Vérité s'attarda sur l'instrument avant de se reporter sur les deux hommes. Le premier approchait de la quarantaine, le second devait en avoir plus de cinquante. Gras et rougeaud, celui-ci était calé dans un fauteuil roulant et sa respiration d'asthmatique faisait autant de bruit que la locomotive. Le domestique referma la porte et disparut, probablement pour se rendre dans l'autre wagon. Le train redémarra et la gare délabrée fut remplacée par des hangars mangés de lierre, puis par des champs brûlés par le soleil. Le docteur Delisle s'avança et entreprit de secouer vigoureusement les mains des occupants de la voiture.

– Bonjour, messieurs ! Ah, que je suis content de vous revoir ! Le temps m'a semblé in-ter-mi-nable depuis notre dernière entrevue, je n'ai cessé de compter les jours. Et quelle chaleur, n'est-ce pas ? Pas étonnant que les récoltes s'annoncent mauvaises ! Enfin, nous ne sommes pas là pour parler salades et haricots, pas vrai ? Laissez-moi vous présenter celle dont je vous ai tant parlé : la comtesse Vérité de Maugardin.

Cette dernière inclina légèrement la tête sous sa voilette, ses yeux verts se posant tour à tour sur les deux hommes qui lui faisaient face. Elle semblait ne rien manquer des réactions qu'ils s'efforçaient de camoufler sous un masque de neutralité : étonnement, méfiance, dédain… L'homme handicapé secoua la tête.

– Allons donc, ricana-t-il. Une cocotte en satin noir. C'est grotesque.

– Saint-Germain, je vous en prie.

Le plus jeune des deux venait de se lever. Une fine moustache soulignait ses lèvres et il était impeccablement coiffé, ses cheveux bruns séparés par une raie qui semblait tracée à la règle. Ses lunettes à monture d'acier achevaient de lui donner un air sérieux.

– Je suis Eugène Allier, chef des services secrets du président Quart.

Il observait Vérité avec la concentration d'un naturaliste ayant trouvé un spécimen inconnu. La comtesse soutint son regard. Elle s'était abondamment renseignée sur le personnage. Ambitieux, il avait obtenu son poste récemment et comptait beaucoup d'admirateurs qui pariaient sur lui pour gravir tous les échelons et incarner une politique nouvelle.

– Je vais être franc, dit-il enfin. Si votre ami Delisle ne s'était pas montré aussi convaincant, nous aurions refusé de vous rencontrer. Vous êtes jeune, aristocrate… les apparences ne jouent pas en votre faveur.

Vérité eut un sourire subtil.

– Je vais être aussi franche que vous, monsieur. Je suis déçue qu'un homme de votre trempe ne cherche pas à voir au-delà des apparences. Ignorez-vous qu'il ne faut pas juger un livre d'après sa couverture ? Sinon, je ne vois pas pourquoi vous ne vous êtes pas débarrassé de celui-ci, qui me semble passablement poussiéreux.

D'un geste éloquent, elle se tourna vers l'homme en fauteuil roulant. Lequel s'étouffa d'indignation.

– Comment osez-vous ! Monsieur Allier, faites quelque chose ! Jetez-moi cette créature hors du train !

– Taisez-vous, ordonna Eugène d'un ton sec. Votre incrédulité ne vous autorise pas à être grossier.

– Messieurs, intervint Delisle, vous ne serez pas déçus le moins du monde. Je m'en suis porté garant lors de notre première rencontre. Tenez, si vous veniez à regretter cette entrevue, je suis prêt à laisser ce train me passer sur le corps ! Oui, parfaitement !

Eugène toussota.

– Hum, je pense que nous devrions examiner chaque point l'un après l'autre. Nous avons beaucoup de choses à nous dire, soyons donc logiques et procédons par ordre.

Il apporta un siège à Vérité et désigna un tabouret au docteur Delisle avant de tirer un cordon.

– Laissez-moi vous présenter dans les formes M. Saint-Germain. Autrefois dans l'armée et aujourd'hui un précieux conseiller.

L'intéressé grommela un vague salut. Vérité ne lui accorda qu'une froide inclinaison de la tête.

– Bien, dit Eugène en s'asseyant à son bureau. Je vous rappelle au passage que cette entrevue n'a officiellement jamais eu lieu. Quoi qu'il arrive, le président Quart ne devra jamais être associé aux Frères du Sang, ni de près ni de loin. À la moindre fuite, non seulement nous opposerions un démenti, mais nous nous verrions dans l'obligation de vous faire disparaître.

– Une tâche dont nous nous chargerions avec plaisir, marmonna Saint-Germain dans son fauteuil.

Eugène l'ignora et joignit les mains sous le menton, toute son attention concentrée sur la comtesse.

– Mademoiselle, la France va mal. Il y a presque trente ans, les communards ont tranché la tête de ce pays. Je suis fils de paysans et j'ai eu très souvent l'occasion de voir des poulets égorgés. Certains d'entre eux survivent quelques instants après qu'on leur a coupé le cou. Mais ils ne font que courir au hasard, ils se cognent aux murs… Voilà ce qui arrive à notre pays. Lyon est censée être la nouvelle capitale, mais Bordeaux lui dispute le titre. Les régions se referment sur elles-mêmes ; la Bretagne et la Bourgogne commencent à parler de sécession. Les grèves et les manifestations se multiplient. Quant au président, sa popularité est en chute libre. On lui reproche d'aller contre la volonté du peuple, de manquer de fermeté ou d'en avoir trop. Et j'en passe. Or, cette impopularité ne pourrait pas plus mal tomber : les élections approchent et le président Quart n'entend pas livrer ce pays à l'incompétence des partis adverses.

– Votre ambition, dit Vérité en souriant et en jouant avec la chaîne d'argent pendue à son cou, est donc de recoller la tête du poulet afin que le président gagne les élections.

– On peut le dire ainsi.

La porte entre les deux voitures s'ouvrit et le domestique entra, un grand plateau en équilibre précaire entre les mains. Il distribua des sandwichs à la ronde et fit sauter le bouchon d'une bouteille de champagne.

– Laissez-nous, je vous prie, ordonna Eugène.

– Attendez, dit Vérité en effleurant le poignet du domestique, pourriez-vous d'abord me donner un peu d'eau ?

Le domestique attrapa une carafe et servit la comtesse. Puis il s'inclina et sortit du wagon. Le chef des services secrets se leva pour verser lui-même le champagne. Vérité trempa ses lèvres dans sa coupe.

– Monsieur Allier, dit-elle, puis-je vous demander où vous en êtes de cette opération de « chirurgie » ? Je suppose que le président a essayé d'autres solutions avant que vous ne pensiez à nous…

Eugène caressa un moment les flancs de son verre.

– Effectivement. Hélas, aucune tentative n'a abouti. Jamais nous n'aurions envisagé de traiter avec vous, mais nous sommes aujourd'hui dans une impasse, ce qui nous contraint à réfléchir à des alliances, disons… contre nature.

– Une sacrée impasse, même, lança le conseiller dans son fauteuil roulant. Il y a quelques jours, nous avons assisté à un entretien entre le président Quart et cette… garce de Lancien. Comment peut-on laisser une femme diriger une ville ? Ça me dépasse ! Et cette brute qui lui sert de conseiller ! Autant pisser dans un violon, oui ! Un siège ! Une attaque ! Il n'y a que comme ça qu'on fera plier ces…

Il s'étrangla avec une miette de pain, et le reste de sa phrase se perdit dans une quinte de toux.

– Veuillez pardonner à mon conseiller, dit Eugène. Il a parfois des opinions un peu tranchées. Malgré ce qu'il vient de dire, ce n'est pas la Présidente qui nous pose le plus de problèmes. Elle n'est pas défavorable à une ouverture de la Cité. Mme Lancien est en effet assez intelligente pour se rendre compte que la situation de Larispem est au moins aussi compliquée que celle de la France.

– C'est-à-dire ? demanda Vérité.

Le chef fit un signe de tête à son conseiller :

– Allez-y, Saint-Germain, expliquez-lui.

Saint-Germain bourra et alluma une énorme pipe avant de se mettre à parler.

– Bon, alors… hum… La prospérité de Larispem repose sur des fondations peu solides : sur les fortunes volées aux familles exilées, sur les brevets d'inventions qu'elle monnaye aux entreprises françaises et européennes pour des millions, et sur ses alliances commerciales, qu'elle noue grâce à son prestige. Sans compter que le gouvernement profite sans vergogne de la situation fragile de la France. Larispem fait miroiter son utopie à des étudiants, à des ingénieurs et à des inventeurs, qui tous gobent l'appât et préfèrent délaisser la France pour rallier la Cité-État.

– Mais ce n'est pas suffisant, dit Delisle.

– En effet, reprit le conseiller. Je ne sais pas si vous comprenez bien, mais…

– Je comprends parfaitement, le coupa Vérité. Larispem est enclavée dans la France, elle n'a pas de terres à cultiver, pas de possibilités de s'étendre et aucune autre richesse que celles que vous venez de mentionner. Aucun accès à la mer non plus, ce qui la handicape grandement pour commercer avec l'étranger.

Saint-Germain cligna des yeux. Il n'aurait pas été plus surpris si un chat s'était mis à lui parler. Il se donna une contenance en tirant une grosse bouffée de sa pipe, sous le regard amusé du docteur Delisle.

– C'est ça, parvint-il enfin à répondre. Les autres difficultés sont d'ordre politique. La Présidente, Fiori et Jules Verne sont à la tête de la ville depuis trop longtemps. Ce qui devait être un gouvernement de transition après la Commune est devenu un trio permanent. Devant le président Quart, Michelle Lancien a admis qu'une ouverture serait une bonne chose, mais Fiori refuse tout en bloc et veut faire de Larispem une sorte de place forte, encore plus fermée sur elle-même qu'elle ne l'est aujourd'hui. Ce boucher est un fauve, il n'y a rien à en tirer. Bref, tout accord est voué à l'échec.

– Et une prise d'assaut serait-elle envisageable ? demanda Vérité.

– Nous y avons pensé, bien sûr, ronchonna Saint-Germain, dont la pipe fumait presque autant que la locomotive, mais ces fous furieux menacent de brûler la Cité depuis les catacombes jusqu'aux flèches de Notre-Dame en cas d'offensive armée ou de siège.

– Larispem finira par tomber, ajouta Eugène. Ce n'est qu'une question de temps. Nous voudrions juste précipiter sa chute.

La locomotive aborda une courbe. De lourds nuages roulaient au-dessus de la campagne, et bientôt, la pluie se mit à gifler les vitres du train.

– Vous aimeriez donc vous débarrasser de la Présidente et de Fiori, résuma Vérité. Sans trop abîmer Paris.

Les trois hommes hochèrent la tête ensemble.

– Le mieux serait de faire disparaître Fiori, puis de faire signer un accord à Lancien, précisa le conseiller. Cela nous permettrait d'enclencher une transition en douceur. Nous voulons éviter autant que possible le conflit ouvert. Le docteur Delisle nous a assuré que votre organisation pouvait nous aider. Mais je dois confesser que, vue de France, la confrérie des Frères du Sang n'est qu'un groupuscule terroriste – monarchiste de surcroît – qui était autrefois guidé par un homme se prenant pour un sorcier et est à présent contrôlé par une femme sortie de nulle part. C'est pourquoi il va falloir nous convaincre de votre motivation et de votre utilité, mademoiselle.

– Larispem est la cause de tous les malheurs que j'ai eus dans ma vie, déclara Vérité. Voilà pour ce qui est de ma motivation.

– La vengeance est votre seul mobile ?

– Bien sûr que non. Je désire également que la justice punisse les crimes du Taureau, que nos privilèges soient rétablis et que Larispem retourne dans le giron français.

Les deux Français eurent l'air soulagés qu'elle ne réclame rien de plus. Vérité se demanda s'ils ne soupçonnaient pas que ses projets ne coïncidaient pas totalement avec ceux du président Quart. Elle continua donc :

– Quant à mon utilité, comme vous dites…

Elle ôta la mitaine de dentelle qui couvrait sa main droite en la pinçant entre ses dents, puis elle saisit une petite médaille d'argent qui reposait sur sa poitrine et la pressa fortement contre son pouce. Elle lâcha le bijou et leva la main pour présenter aux trois hommes le sang violet qui coulait d'une piqûre minuscule.

– Bon Dieu, murmura Saint-Germain en chaussant son monocle, il y avait donc du vrai dans cette histoire de sang.

La comtesse se tourna vers lui.

– Monsieur, savez-vous jouer du piano ?

Interdit, le conseiller répondit que non. Il fut encore plus perplexe lorsque Vérité s'approcha et posa délicatement son pouce ensanglanté au milieu de son front. La comtesse fit mine de se désintéresser de lui et picora un petit four. Mais le conseiller recula son fauteuil roulant comme un automate, traversa la voiture et s'installa devant l'instrument de musique. Il en releva le couvercle et, sans aucune hésitation, se mit à jouer une valse.

Cette fois, le chef des services secrets perdit de sa contenance. Il observait son collaborateur faire courir ses doigts sur le clavier avec un mélange d'incrédulité et de stupeur. Ravi de l'effet produit, Delisle gloussait doucement dans son coin. Le charme fut rompu par le domestique, qui revint débarrasser la table et apporta un plateau de fruits de mer. Eugène se tourna vers la comtesse qui regardait le paysage avec un détachement calculé. Un éclair illumina le ciel et, l'espace d'une seconde, la lumière donna un éclat surnaturel à ses yeux.

– C'est vous qui…, commença-t-il.

– Oui.

– Le contact avec votre sang, c'est ça ?

Vérité répondit par un sourire de sphinx. Le vieux conseiller continuait à jouer, sa pipe éteinte au coin des lèvres. Eugène fronça les sourcils et joignit les doigts, essayant de ne pas trop montrer à quel point il était impressionné.

– Bon. Je suis bien forcé de croire ce que je vois… Mais que se passe-t-il si je fais ceci ?

Il se leva, se saisit de la carafe et humecta sa serviette. Il s'approcha de Saint-Germain avec prudence, comme s'il risquait de laisser son piano à tout instant pour lui sauter à la gorge. Voyant qu'il n'en était rien, il lui essuya le front. Le sang de Vérité se dilua en une tache aubergine, les gestes du conseiller se firent moins précis, puis il cligna des yeux et arrêta complètement de jouer.

– Qu'est-ce que…, bafouilla-t-il en se frottant les yeux. Que s'est-il passé ? Qu'est-ce que je fais devant ce piano ?

Eugène fit un geste qui semblait vouloir dire « tout ça pour si peu », visiblement soulagé d'avoir trouvé une parade aussi simple au pouvoir de la comtesse.

– Une serviette humide vient donc à bout de votre sortilège, mademoiselle. Votre tour est impressionnant, et je vous conseillerais de commencer une carrière chez les forains, mais ce ne sera jamais suffisant pour…

Il s'interrompit brutalement lorsque le domestique agrippa ses cheveux parfaitement coiffés. D'un coup à l'arrière des genoux, il le contraignit à s'agenouiller et posa un couteau devant sa gorge. Vérité piocha une crevette et en arracha la tête du bout des dents. Le domestique n'avait plus aucune expression. Quant au conseiller, il osait à peine respirer.

– Vous me sous-estimez, monsieur Allier, déclara Vérité d'une voix douce. J'ai discrètement marqué votre domestique tout à l'heure, lorsque je lui ai demandé de me servir de l'eau. Un ordre de moi et vous n'aurez plus qu'à recommander votre âme à Dieu. (Elle croqua pensivement la crevette avant d'ajouter :) Ah, mais j'oubliais, il vous suffit d'avoir ceci pour vous libérer. Tenez.

Vérité ramassa sa serviette et la lui jeta à la figure. Eugène déglutit péniblement mais ne bougea pas. Le couteau n'était qu'à quelques millimètres de sa peau.

– Je crois que vous avez mal jugé Mademoiselle, gloussa le docteur. Pas vrai ? Ah, c'est fou comme on peut se tromper sur les gens…

– D'accord, admit le chef des services secrets d'une voix étranglée. M. Delisle a raison, nous avons eu tort. Je vous prie de nous pardonner.

Un sourire se dessina sur les lèvres de la comtesse et le domestique le lâcha.

– Retourne en cuisine et efface la tache de sang sur ton poignet, ordonna-t-elle.

L'homme obéit comme un somnambule. Eugène se frotta la gorge, tandis que son collaborateur poussait un soupir de soulagement. Ils regardaient tous deux Vérité avec un respect nouveau. La comtesse se rassit tranquillement, lissa sa robe et savoura une gorgée de champagne avant de demander :

– Pouvons-nous enfin parler sérieusement ? Nous avons une ville à reprendre, il serait temps de nous mettre au travail.

Il faisait presque nuit lorsque Vérité et le docteur Delisle descendirent du train.

– L'entrevue s'est bien passée, n'est-ce pas, Mademoiselle ? Ah, ah ! je pense qu'ils ne sont pas près de l'oublier. Pensez-vous qu'ils se doutent de quelque chose ?

– Ils nous méprisent autant que possible. Nous ne les duperons pas facilement, mais lorsqu'ils se rendront compte que notre alliance est seulement destinée à me permettre d'accomplir *mes* objectifs, il sera déjà trop tard. Larispem sera à moi.

Delisle poussa un bref gloussement de ravissement.

– Quoi qu'il en soit, je ne doute pas de votre réussite. Le traitement que j'administre aux petits Héritiers ne tardera pas à faire effet, j'en suis persuadé. Quant à notre Alcide, il est très utile… du moins quand on l'y oblige.

Ils sortirent de la gare. Une belle calèche attelée de deux chevaux blancs était garée juste devant, gardée par un adolescent en haillons.

– Bonsoir, petit, dit Vérité. Tu surveilles la voiture ?

L'adolescent leva des yeux ébahis vers la belle jeune femme qui lui adressait la parole.

– Oui, m'dame. On m'a promis quelques pièces si je gardais les ch'vaux.

L'odeur de fleurs qui se dégageait de Vérité était presque aussi étourdissante que ses yeux verts.

– Des pièces pour que ta famille puisse manger, je suppose ? Vous ne devez pas être bien riches.

– Euh… non, m'dame, marmonna le garçon avec un regard honteux pour ses habits sales et déchirés.

– Eh bien, tant pis pour vous.

Et la comtesse traça d'un geste désinvolte un trait sanglant sur le front de l'adolescent, puis elle se tourna vers Delisle.

– Voici notre voiture. Prenez donc les rênes, docteur. Je suis fatiguée.

8

MARTHE CHARDON

... vouloir échapper à son destin est vain...
Extrait du Livre de Louis d'Ombreville.

Liberté et Nathanaël étaient restés à l'hôtel Noir le temps d'expliquer à la milice ce qui s'était passé. Ensuite, ils se réfugièrent dans une gargote enfumée et mal éclairée où ils commandèrent deux verres. Ils ne les touchèrent pas, incapables d'avaler quoi que ce soit, sursautant chaque fois qu'un client passait la porte. Nathanaël tourna autour du pot un bon moment, jusqu'à ce que Liberté le supplie de lui expliquer. À voix basse, il lui raconta donc ce qu'il savait, remontant le temps jusqu'à cette journée où tout avait commencé, celle où sans le vouloir il avait marqué et tué son professeur de mathématiques. Plus il avançait dans son histoire, plus Liberté blêmissait.

– Voilà donc ce que je sais, résuma le garçon : tu as le pouvoir du sang et tu as volé le Livre de Louis d'Ombreville. Tu es en danger. Encore plus depuis que tu fais partie de notre équipe. Ce malade de Sylvestre n'aura qu'à prendre un ticket pour les jeux et attendre que tu apparaisses pour te tomber dessus. Il veut que je récupère le Livre mais il n'est pas patient. Il attendra une semaine, deux peut-être, puis il passera à l'attaque.

Liberté se prit la tête entre les mains avec l'impression que le trop-plein d'informations allait la faire exploser. Pour le moment, c'était encore pire que le danger qui planait au-dessus d'elle. Grâce à la conversation qu'avait surprise Nathanaël, certaines choses devenaient plus claires. Elle comprenait enfin pourquoi sa mère l'avait envoyée à Larispem.

– Pauvre maman, gémit-elle. Moi qui croyais qu'elle avait décidé de me faire confiance en me laissant partir, alors qu'en fait, c'est le docteur Delisle qui l'a obligée !

Liberté se remit à pleurer et Nathanaël détourna les yeux, gêné. Il n'était pas habitué à un tel déluge de larmes et ne savait pas comment le gérer.

La jeune fille finit par se moucher et leva des yeux rougis vers lui.

– Il faut que j'aille à la tour. Je dois récupérer mes affaires et partir.

– Partir ? Tu veux dire quitter Larispem ?

Liberté ne répondit pas tout de suite. Elle pensa à son travail, à Carmine et à Cinabre, qui l'avait embrassée. Désespérée, elle hocha la tête.

– Je dois rejoindre ma famille pour qu'on soit en sécurité, tous ensemble. Regarde-moi, je ne suis pas forte comme Carmine ou courageuse comme toi. Je ne vous servirai à rien contre ces gens.

– Moi, courageux ?

Nathanaël l'avait regardée, les sourcils froncés, l'air de se demander si elle se moquait de lui. Liberté avait continué :

– C'est décidé, je m'en vais.

Elle repoussa sa chaise et se précipita vers la sortie, trébuchant contre un pied de la table, sous les ricanements des clients du café. Nathanaël cria quelque chose mais elle courait déjà dans la rue pour trouver un fiacre. Elle suivit le trottoir, bousculant un couple en promenade sans même s'en rendre compte ; les lumières des lampadaires s'étiraient en étoiles à travers le prisme de ses larmes. Un fiacre passa au pas, elle le héla en se jetant presque sous les sabots du cheval qui se cabra en hennissant.

– T'es cinglée, citoyenne! beugla le cocher du haut de son siège. Dégage de ma route!

Il fit claquer son fouet au-dessus de la tête de Liberté, aussi bien pour faire avancer le cheval que pour intimider la jeune fille. Une main se posa sur l'épaule de l'adolescente et elle poussa un cri de terreur avant de se rendre compte que c'était Nathanaël.

– Liberté, attends. Je comprends que tu veuilles partir et je ne peux pas te retenir, mais les Frères du Sang te font peut-être suivre. Je préfère venir avec toi.

Ils trouvèrent un autre fiacre. Le ciel nocturne semblait envahi de petits dirigeables biplaces qui volaient au ras des toits : les aérostats de la Garde. Les faisceaux de leurs projecteurs balayaient le trottoir.

– Ils arrivent un peu tard, marmonna le garçon avec amertume.

– Paraît qu'y a eu une explosion, dit le cocher tandis qu'ils s'installaient dans la voiture. Paraît que ce sont les Frères. Devriez pas traîner dehors, les jeunes.

Le fiacre stoppa sur le parvis de la tour.

– Dépêche-toi, dit Nathanaël alors qu'ils descendaient en même temps.

Il parcourut la place du regard. De nombreux promeneurs étaient venus profiter de la douceur du soir. Un musicien jouait une ritournelle sur un automatophone portatif, des amoureux marchaient au ralenti, échangeant des sourires. Apparemment tout était normal, sauf peut-être cette femme qui marchait droit sur eux, aussi vite que sa longue jupe à la française le lui permettait. Elle portait un petit sac de voyage en cuir. Nathanaël retint Liberté par le bras, inquiet.

– Attends, il y a quelqu'un qui arrive…

La jeune fille regarda dans la direction qu'il lui indiquait et crut que les émotions de la soirée lui donnaient des hallucinations.

– Maman ? s'écria-t-elle.

– Oh, Liberté ! répondit la femme.

Et elle se précipita sur sa fille, l'étreignant de toutes ses forces sous le regard éberlué de Nathanaël. Il essaya en vain de déceler une ressemblance entre sa rondelette camarade et cette petite femme sèche, au visage ridé et aux cheveux coiffés en un chignon élaboré, strié de mèches grises. Elles ne se ressemblaient pas beaucoup.

Marthe Chardon prit le visage de l'adolescente entre ses mains, scrutant ses traits avec une angoisse évidente. Elle vit les égratignures que son enfant s'était faites en sautant de la vapomobile en marche et les toucha d'une main tremblante. Liberté clignait des yeux, persuadée d'être en train de rêver.

– Mais qu'est-ce que tu fais ici ? Et papa ? Et les jumeaux ?

Marthe Chardon lança un regard nerveux par-dessus son épaule. Elle sembla enfin remarquer Nathanaël et se figea.

– Qui est-ce ?

– Nathanaël, un ami, répondit Liberté. Maman, il vient de m'apprendre quelque chose d'horrible, mon sang est…

D'un geste impérieux, sa mère lui plaqua une main sur la bouche. Ses yeux volaient de Nathanaël à elle comme des papillons affolés.

– Vous êtes un Frère du Sang… chuchota-t-elle.

– Oui, mais je ne suis pas un membre de la confrérie.

Marthe Chardon eut l'air soulagée.

– Je n'ai pas beaucoup de temps. Vite… vite… ils me suivent.

Elle désigna un point derrière eux et, en effet, deux hommes arrivaient d'un pas faussement nonchalant. Liberté comprit aussitôt qu'ils devaient fuir, mais elle était dans un tel état de stupeur qu'elle n'arrivait plus à bouger. L'orphelin décida d'agir.

– Dans le fiacre, dit-il en la poussant devant lui. Vite !

Marthe Chardon ramassa son sac et ils se précipitèrent à l'intérieur de la voiture dont ils venaient de descendre, sous le regard étonné du cocher.

– À la gare ferroviaire, s'il vous plaît, monsieur, dit la mère de Liberté.

L'homme tiqua.

– J'peux savoir ce qui se passe ? grommela-t-il, agacé par le vouvoiement et étonné par leur précipitation.

Nathanaël vit du coin de l'œil que leurs poursuivants s'étaient mis à courir vers eux.

– Ces hommes nous suivent ! cria-t-il en les pointant du doigt. Aidez-nous !

Le cocher choisit son camp. Il lança un ordre à son cheval, un animal bien dressé, qui s'élança aussitôt sur les pavés. Nathanaël se retourna sur son siège et risqua un coup d'œil par la petite vitre à l'arrière. Les deux hommes montaient maintenant dans une vapomobile rouge. Sylvestre n'avait pas perdu de temps, songea-t-il avec un frisson d'angoisse. À moins qu'ils n'aient été là depuis plusieurs jours, attendant le bon moment pour frapper…

Marthe Chardon se mit à parler, très vite.

– Je t'ai attendue toute la journée, Liberté. Ces deux hommes… ils surveillaient la tour. C'est sans doute toi qu'ils voulaient. Ils savaient où te trouver – comme moi, d'ailleurs. Tu n'aurais jamais dû participer à ces jeux, tu es bien trop exposée ! Qu'est-ce qui t'a prise ? C'est de la folie !

– Mais maman…

– Liberté, ma chérie, j'ai commis une erreur, une terrible erreur en te laissant partir…

– Je sais que vous n'avez pas vraiment eu le choix, intervint Nathanaël. Delisle vous a retrouvée et menacée, n'est-ce pas ?

Marthe Chardon hocha la tête.

– Seigneur... il a dit qu'il allait tuer Adélaïde et Arthur. J'ai paniqué !

– Adélaïde et Arthur ? s'étonna le garçon.

– Mon frère et ma sœur, souffla Liberté. Ce sont des Héritiers, eux aussi ?

Sa mère se tordait les mains, désespérée.

– Oh, mon Dieu, mon Dieu ! tout est ma faute, j'ai caché tant de choses... Liberté, mon enfant, je suis bien une aristocrate, mon nom de jeune fille est de Sélène, mais... Alfred n'est pas ton vrai père. Même s'il t'a élevée comme sa fille, il est le père des jumeaux, pas le tien.

Liberté secoua lentement la tête. Elle était abasourdie et pourtant, elle se rendait compte qu'elle s'en était toujours doutée, que les faisceaux d'indices semés çà et là pendant toute son enfance lui avaient mis inconsciemment la puce à l'oreille. Comme, par exemple, la différence de traitement entre elle, toujours surveillée, toujours couvée, et les jumeaux qu'on laissait libres de grimper aux arbres et de jouer dehors.

– C'est pour ça que mon frère et ma sœur n'intéressaient pas Delisle ? Ils n'ont pas le pouvoir ?

– Oui ! Un enfant ne peut être un Héritier que si ses deux parents ont reçu le sang de Louis d'Ombreville. C'est Delisle qui me l'a dit...

– Mais alors, qui est mon vrai père ? Qu'est-ce qui s'est passé ?

Marthe Chardon prit une grande inspiration et se mit à raconter, ses doigts pétrissant son sac avec nervosité.

– Autrefois, je vivais ici... à Paris. J'étais fiancée à un jeune homme, Edmond de Vignac. Un mariage arrangé entre deux grandes familles parisiennes. Comme nous, les Vignac étaient riches : immense hôtel particulier, serviteurs venant d'Amérique, nombreuses terres en France. Et puis... et puis les choses ont commencé à mal tourner. Il y a eu la Commune, cette révolution du peuple. Les barricades, l'encerclement de la ville...

Vous connaissez l'histoire. Même quand les révolutionnaires ont gagné, nous sommes restés, alors que nos amis déménageaient en France ou ailleurs en Europe. Nous avions encore l'espoir que tout redevienne comme avant. Nous étions proches de la famille d'Ombreville. Louis d'Ombreville en personne a organisé une sorte de résistance, et même quand Fiori a signé un décret obligeant les familles fortunées à renoncer à leurs privilèges et à leurs richesses ou à s'enfuir, il n'a rien voulu lâcher et nous l'avons imité. Une nuit… il a rassemblé les membres des sept familles dont il était le plus proche. La nôtre en faisait partie. En gage de loyauté, nous avons dû écrire notre nom dans un registre crypté. Et puis, il nous a montré son pouvoir… mon Dieu, je ne pourrai jamais l'oublier… il nous a annoncé qu'il allait nous en faire cadeau. Delisle a prélevé le sang de Louis… il avait des aiguilles, des tuyaux de caoutchouc… J'ai hurlé, je ne voulais pas. Ils ont dû me maintenir et j'ai fini par m'évanouir. C'était comme si on m'avait injecté un poison. Louis d'Ombreville croyait se sacrifier en nous léguant son pouvoir… mais il s'est trompé. Jamais nous n'aurions pu imaginer que ce serait à nos enfants de subir ce fardeau. Edmond et moi avons fini par fuir en France. Nous avons changé de nom, caché nos origines et, quand tu es née quelque temps plus tard, nous avons décidé de te donner un prénom révolutionnaire, afin de brouiller encore plus les pistes.

– Qu'est devenu mon vrai père, alors, cet… Edmond ?

Marthe serra les lèvres.

– Il est mort. Quand tu étais toute petite.

– Les Frères du Sang ? demanda Liberté.

– Non. Une étrange maladie l'a emporté en peu de temps. Peut-être a-t-il été empoisonné par le sang de Louis qui, comme je te l'ai dit, n'avait pas eu le temps d'aller jusqu'au bout de son expérience. C'est sans doute pour ça que son pouvoir a sauté une génération.

– Est-ce que papa… enfin, mon père adoptif… est-ce qu'il sait tout ça ?

Sa mère hocha la tête.

– Il a bien fallu que je lui en parle, avec les derniers évènements… Il voulait venir te chercher lui-même, mais je l'ai supplié de ne pas le faire. Il fallait qu'il s'occupe des petits, et moi, je devais réparer ce que j'avais fait en t'envoyant ici. Oh, Liberté, je croyais tellement pouvoir te protéger !

Elle étouffa un sanglot et se tamponna les yeux avec un mouchoir.

– Il y a une phrase… quelque chose que disait Louis d'Ombreville. « L'épée du destin est au-dessus de toute existence. » Je n'avais pas compris, mais à présent… J'ai eu beau fuir, je n'ai pas pu échapper à mon destin, et c'est ton existence qu'il a frappée en retour.

Le grondement d'un moteur l'interrompit et les phares de la vapomobile rouge illuminèrent toute la cabine du fiacre. Les trois passagers échangèrent un regard paniqué.

Le véhicule les doubla par la droite, remontant sans effort leur voiture tirée par un cheval. Nathanaël risqua un coup d'œil par la portière et vit les deux hommes dans l'habitacle. Le conducteur, cheveux grisonnants et petite moustache soignée, tourna brusquement le volant et la vapomobile heurta le fiacre qui dérapa sur les pavés, grinçant de toutes parts. Le cocher poussa un horrible juron et insulta copieusement le conducteur.

– Mais ils sont cinglés, ces…

La vapomobile accéléra, essayant de leur couper la route, mais le cocher, en bon Larispemois, ne comptait pas laisser quiconque se mettre en travers de son chemin. Dans une embardée qui jeta ses passagers contre la portière, il tourna dans une ruelle étroite. Leurs poursuivants durent piler net, car leur véhicule était trop imposant pour les suivre. Nathanaël les vit faire demi-tour, sans doute pour trouver un autre accès plus loin. Le fiacre s'arrêta au milieu de la rue. Le cocher sauta à terre et ouvrit la porte.

– Écoutez, j'sais pas ce que vous avez fait à ces types mais j'tiens à ma voiture et à mon ch'val. Descendez.

– Monsieur, supplia Marthe, je vous en prie…

Le cocher lui lança un regard mauvais.

– Désolé, mais je suis pas très enclin à aider les Françaises. La gare n'est pas loin si vous marchez tout droit dans cette direction. Je peux pas faire plus.

À peine furent-ils descendus que le fiacre repartit, les sabots du cheval claquant sur les pavés.

– Lerdemuche de lerdemuche, jura Nathanaël.

Ils continuèrent à pied, marchant aussi vite que possible.

– Pourquoi as-tu décidé de venir me retrouver maintenant ? demanda Liberté à sa mère qui se pressait, trébuchant sur les pavés. Est-ce qu'on ne pouvait pas juste fuir quand Delisle t'a retrouvée ?

Sa voix dérapait dans les aigus, tandis qu'elle essayait de comprendre.

– Je sais, je sais, je te demande pardon… j'ai paniqué. Et puis Delisle a prétendu que lorsque le sang transmutait, certains enfants en mouraient et que lui seul saurait te soigner. Je l'ai cru…

– Il disait vrai, intervint Nathanaël. J'ai vu un Héritier qui n'a pas supporté la transformation de son sang. Il en est mort…

– L'essentiel, c'est que je sois là, dit Marthe.

Liberté s'arrêta.

– Mais c'est trop tard ! cria-t-elle, les poings serrés.

Le bruit d'une vapomobile les fit sursauter. Ils se remirent à marcher, courant à moitié, et bientôt ils entendirent le sifflement plaintif d'une locomotive entrant en gare. Ils traversèrent l'esplanade de la gare au pas de course, redoutant à tout moment de voir surgir leurs poursuivants. Une fois dans la gare, ils reprirent leur respiration, haletants. La mère de Liberté s'étreignait la poitrine et son visage était marbré de rouge. Une locomotive entra lentement à quai, crachant un panache de vapeur.

– C'est mon train, haleta Marthe, soulagée.

Elle fouilla dans son sac et en sortit deux billets.

– Voilà, il y en a un pour toi ! Nous partons maintenant, ensemble.

– Hé, protesta Nathanaël, vous ne pouvez pas faire ça ! Nous avons besoin de ce que vous savez sur Louis d'Ombreville. Vous l'avez connu, vous étiez là lorsque tout a commencé il y a plus de vingt ans ! Les Frères du Sang veulent prendre Larispem et personne ne peut nous aider, alors, s'il vous plaît…

La mère de Liberté secoua la tête, refusant de l'écouter.

– Je ne peux rien faire. J'ai déjà perdu beaucoup à cause des Frères. Mes autres enfants et mon mari m'attendent pour partir à l'étranger, là où nous serons en sûreté. Suis-moi, Liberté, ma chérie.

La mécanicienne hésita. Elle lança un regard désespéré à Nathanaël, puis au train.

– Voie A, départ dans deux minutes ! annonça un voxomaton planté en bordure du quai.

– Viens, je t'en supplie !

Les yeux de Liberté s'agrandirent soudain de terreur.

– Ils sont là !

Et en effet, les deux Frères du Sang franchissaient l'une des portes de la gare et les cherchaient du regard. Alors que Marthe, Liberté et Nathanaël se cachaient derrière un pilier, le voxomaton annonça le départ imminent du train. Les contrôleurs commençaient à fermer les portes. Nathanaël vérifia discrètement que les deux hommes ne regardaient pas dans leur direction, puis il chuchota :

– Vite, Marthe, allez-y !

Elle sortit de leur cachette, trottant si lentement jusqu'au train qu'elle faillit se faire repérer.

– Dernier appel pour le départ du train au quai A, brailla le voxomaton, dernier appel pour le quai A.

Liberté fit passer la sangle de sa sacoche par-dessus sa tête et la tendit à Nathanaël.

– Tiens, prends-la, le Livre est dedans. Je suis désolée.

Elle se détourna très vite pour éviter le regard de l'orphelin et s'élança à son tour. Deux coups de feu claquèrent alors entre les murs de la gare. Le voxomaton vola en éclats, projetant des morceaux de ferraille et des petits rouages un peu partout. Les gens sur le quai se mirent à crier et à courir dans toutes les directions, tandis que Liberté sautait à bord du train, juste au moment où il s'ébranlait. Nathanaël vit les Frères du Sang se précipiter derrière le wagon dans lequel la mécanicienne avait disparu. Ils l'avaient presque atteint lorsque des gardes, probablement alertés par les détonations, leur barrèrent la route. Les deux hommes essayèrent de s'enfuir mais ils furent plaqués au sol sans ménagement. La confusion régnait partout dans la gare : un homme serrait ses enfants contre lui en cherchant un abri, une jeune fille s'était blottie sous un banc, et le voxomaton, disloqué par les balles, produisait d'horribles râles tandis que son cylindre continuait à tourner de travers. Nathanaël suivit du regard la dernière voiture qui rapetissait au fur et à mesure que le train prenait de la vitesse et quittait la gare.

Les Frères du Sang furent entraînés au-dehors par les gardes.

Épuisé, il se laissa glisser au pied d'un pilier et enfouit son visage dans ses mains.

– Nathanaël…

Il leva la tête en entendant son prénom et vit Liberté, debout devant lui. Il cligna des yeux, se demandant s'il n'était pas en train de dérailler.

– Je croyais que t'étais dans le train, dit-il stupidement.

– Je suis descendue de l'autre côté du wagon, renifla-t-elle. En fait, j'ai pas pu partir. J'ai changé d'avis. Je ne peux pas faire comme si je n'étais pas impliquée. C'est moi qu'ils veulent, ma famille sera peut-être plus en sécurité si je ne les accompagne pas.

Nathanaël se remit debout et lui rendit sa sacoche. Il mesurait le sacrifice considérable que sa camarade venait de faire et, pendant quelques secondes, il essaya de trouver les mots justes pour le lui dire. Sans succès. Il se contenta alors de lui rendre sa sacoche et de la remercier.

– Merci, Liberté. Merci, vraiment.

Ils prirent un nouveau fiacre pour retourner à la tour. Ni l'un ni l'autre ne parlaient, perdus dans leurs pensées. Le front posé contre la vitre, Liberté, pâle et tourmentée, avait l'air d'un fantôme. Nathanaël tournait et retournait dans sa tête ce qu'il avait appris ce soir-là.

– Tu crois qu'on a une toute petite chance de s'en sortir ? demanda la jeune fille d'une voix étranglée.

– Je n'en sais rien, mais on a tous les deux choisi de ne pas fuir, alors on va se battre. Ils n'auront pas le Livre, ils ne nous attraperont pas et ne régneront pas sur Larispem.

Liberté s'essuya les yeux.

– Nous ne sommes que des adolescents livrés à nous-mêmes, dit-elle d'une voix étouffée. Les adolescents ne sauvent pas le monde.

Nathanaël lui prit la main et la serra fermement.

– On va déjà sauver notre peau. Je te rappelle que, Frères du Sang ou pas, on doit affronter les équipes du Jeu de l'oie.

Il sourit un peu et continua, en essayant de plaisanter :

– Si on réussit, ce sera ensuite du gâteau de sauver Larispem. D'accord ?

– D'accord, souffla Liberté. Je suis avec toi. Qu'est-ce que je dois faire ?

– On trouvera toutes les réponses à nos questions dans le carnet, j'en suis certain. Il faut qu'on le décrypte, et vite.

9

LE SECTEUR ROUGE

Il n'y a rien de pire qu'une mauvaise information entre de mauvaises mains. Nous ne détruirons pas les livres qui célèbrent tout ce que nous rejetons, mais nous les conserverons à l'abri, en mémoire de cette civilisation dépassée que nous avons détruite.

Discours de Michelle Lancien.

Il s'était écoulé trois jours depuis la mort de Jean Noir et, en se réveillant chaque matin après une nuit de sommeil agité, Liberté mettait quelques secondes avant de se souvenir pourquoi elle se sentait si mal. Puis elle se rappelait les récents évènements et, aussitôt, le poids des révélations de sa mère et de Nathanaël revenait l'écraser pour la journée. C'était comme de vivre avec une montagne sur les épaules. Pourtant, elle se levait, consultait le programme de sa journée et se mettait au travail en essayant de ne pas penser à sa famille. Heureusement, elle était très occupée, surtout depuis le lancement des jeux. La tour était une véritable vitrine des technologies de Larispem. La mécanique, les machines à vapeur, l'électricité, bref, toutes les innovations les plus récentes étaient mises au service du gigantesque bâtiment. Il y avait des salles de théâtre mécanique, des automatons ménagers qui ronronnaient dans les couloirs – en promenant dans leur sillage une douce odeur de cire d'abeille –, et des serres intérieures arrosées automatiquement toutes les heures. Les délégations étrangères venues assister aux jeux avaient été logées dans la tour, afin qu'elles puissent ne rien manquer de toutes ces merveilles technologiques. L'adolescente ne cessait de croiser des groupes béats d'admiration, baladés le long des couloirs par des guides en uniforme gris. Comme le proclamaient les aérostats de propagande, les ressources de la Cité-État n'étaient ni l'or ni le blé, mais les ingénieuses idées des Larispemois. Liberté savait que les brevets de toutes ces machines seraient cédés des millions de taureaux-or aux autres pays.

En plus de son travail habituel pour la Présidente, Liberté avait été réquisitionnée pour veiller au confort des invités. Le Mildé installé dans sa chambre ne cessait de sonner. Il semblait qu'il y ait toujours un problème : l'eau n'était pas assez chaude dans la baignoire de l'épouse d'un diplomate belge ; le théâtre mécanique ne fonctionnait plus chez l'ambassadeur londonien ; l'automaton de nettoyage qui lavait le sol de la suite d'un général madrilène avait avalé par mégarde toute une collection de médailles militaires (Liberté se fit même insulter en espagnol quand elle ouvrit l'appareil pour récupérer les précieux objets coincés au milieu d'une pelote de poussière). Malgré tout, la jeune fille travaillait sans se plaindre. Réparer des machines, vérifier des tuyaux et des engrenages, cela lui occupait l'esprit. Quand elle se concentrait sur un problème, elle parvenait à oublier pendant quelques minutes la montagne qui l'écrasait. Quant à ses sentiments pour Cinabre, ils n'étaient plus qu'une lueur vacillante au milieu de tout ce magma. Elle ne l'avait même pas revu et n'avait pas assisté aux autres épreuves. En fait, elle n'était sortie que pour aller voir Carmine. La louchébem semblait tenir le coup, mais son amie savait qu'elle souffrait en silence. Tous les matins, Liberté lisait *Le Petit Larispemois* pour se tenir au courant. C'est ainsi qu'elle apprit que les deux hommes qui les avaient poursuivis étaient morts en prison. Ils s'étaient tous les deux suicidés, préférant mourir plutôt que de subir un interrogatoire. Sur les murs de leur cellule, ils avaient écrit la devise des Frères avec leur propre sang. Liberté en cauchemardait toutes les nuits.

Ce jour-là, elle était dans le bureau présidentiel, en train de vérifier le fonctionnement des tubes pneumatiques. Perchée en haut d'une échelle, les mains pleines de graisse et de poussière, elle évitait de regarder ce qui se passait dans le bureau en contrebas. Tout ce qu'elle entendait, c'était le bruit nerveux de la plume de la Présidente qui glissait sur des feuilles de papier, régulièrement interrompu par la sonnerie du Mildé posé sur son bureau. Au bout d'un moment, la Présidente poussa un soupir exaspéré et Liberté l'entendit se lever et entrouvrir la porte pour demander à Odette qu'on ne la dérange pas pendant un moment.

– Descends de là, jeune fille, lança-t-elle à Liberté. Je crois que tu as mérité de boire un petit quelque chose, et moi aussi.

Liberté se retrouva assise dans le jardin suspendu de la Présidente, une tasse de café entre les mains, sans savoir comment se comporter. Elle avait beau s'essuyer les mains sur sa jupe, elle mettait de la crasse partout sur la porcelaine blanche. Le jardin était un petit îlot triangulaire planté d'arbustes et de fleurs, maintenu au-dessus du vide par de puissants câbles d'acier. La vue sur Larispem était sans doute magnifique au-delà de l'élégante rambarde de fer forgé, mais Liberté y tournait obstinément le dos. Le sol qui oscillait doucement sous ses pieds ajoutait encore à son malaise. Elle n'osait pas plus regarder le vide que la Présidente. Michelle Lancien s'en rendit compte.

– Ne sois pas impressionnée, jeune fille. Avant de diriger Larispem, j'ai été ouvrière pendant des années. Je reliais des livres toute la journée. J'avais les doigts mangés par la colle, qui puait le poisson, et je touchais un salaire dérisoire. À cette époque, tu m'aurais trouvée quelconque, je te l'assure.

Elle poussa un sucrier et une assiette de biscuits vers Liberté.

– Parfois, je regrette de ne plus être cette ouvrière. Les choses étaient bien différentes, plus simples évidemment. Jamais je n'aurais pensé être un jour à la tête de tout ça.

D'un geste de la main, elle engloba le paysage autour du jardin.

– Je ne sais pas combien de temps ça durera, soupira-t-elle, plus pour elle-même que pour Liberté.

– Que voulez-vous dire, citoyenne Présidente ? demanda la jeune fille en grignotant un gâteau.

Michelle Lancien secoua la tête.

– Peu importe. Je ne vais pas t'assommer avec une leçon de politique. Parlons un peu de toi. Odette m'a dit que tu étais dans une équipe des jeux. J'espère bien que, dès demain, tu vas montrer à Larispem de quoi est capable une jeune fille intelligente comme toi.

– Merci, citoyenne Présidente. Je ne sais pas si c'était une très bonne idée de ma part mais…

– Dis-moi, j'ai vu que, dans ton équipe, il y avait cette bouchère dont le père a été assassiné il y a quelques jours. Va-t-elle continuer le Jeu ?

Liberté sourit tristement.

– Elle a dit qu'elle ne renoncerait pour rien au monde. J'ai essayé de la dissuader mais elle se fiche de mon avis.

La Présidente hocha la tête.

– Une vrai louchébem. J'ai vu qu'il y avait aussi un orphelin avec vous ?

– Oui, citoyenne. Il s'appelle Nathanaël Janvier.

« Et si tu savais ce qu'il m'a appris ! » pensa Liberté.

La Présidente trempa pensivement un petit gâteau dans son café.

– Quel âge a-t-il ?

– Quinze ans, je crois.

Michelle Lancien ne semblait pas s'être rendu compte que la moitié de son gâteau était tombée au fond de sa tasse.

– Eh bien… murmura-t-elle.

Elle allait ajouter quelque chose mais on frappa à la porte du bureau. Des coups énormes qui faisaient osciller les tableaux pendus au mur. La Présidente fronça les sourcils.

– Fiori, dit-elle d'une voix tendue en se levant.

Liberté l'imita.

– Je vais vous laisser, citoyenne.

– Oui, dit la Présidente sans la regarder. Prends ton après-midi, tu as mauvaise mine, jeune fille. Bonne chance pour l'épreuve de demain.

Liberté reposa précipitamment sa tasse et se leva au moment où la porte s'ouvrait sur le Conseiller, visiblement furieux. La secrétaire de la Présidente, qui était sur ses talons, avait l'air d'un caniche harcelant un molosse.

– Citoyen Fiori ! Je m'excuse mais tu n'as pas été autorisé à entrer !

– Michelle ! beugla Fiori sans se préoccuper d'Odette.

– Ce n'est pas la peine de hurler, Gustave. Je suis là, comme tu peux le voir. Odette, merci. Je vais recevoir le Conseiller.

Celle-ci hésita mais ferma tout de même la porte.

Liberté quitta le jardin suspendu et se dépêcha de rejoindre l'ascenseur. Elle appuya sur le bouton d'appel et se fit toute petite.

– Dépêche, dépêche ! siffla-t-elle entre ses dents.

Elle ne tenait vraiment pas à rester dans le champ de vision du Conseiller.

– Tu pensais vraiment m'empêcher d'avoir une discussion avec toi ? Comment oses-tu me fermer ta porte ? Je suis ton Conseiller, nom d'un chien ! D'abord, tu boudes la cérémonie de lancement des jeux et les premières épreuves ; ensuite, tu refuses de doubler les patrouilles de sécurité, malgré le meurtre d'un héros de la Commune… À quoi tu joues, lerdemuche !

– Pas au même jeu que toi, Gustave. C'est certain.

Liberté appuyait frénétiquement sur le bouton. L'aiguille indiquant les étages avançait avec la lenteur d'un escargot. La Présidente avait croisé les bras et se tenait très droite, nullement intimidée.

– Pour ce qui est des jeux, je ne suis pas venue parce que tu as été trop loin, Gustave. Tu sais très bien que nous les avons mis en place plus tôt que prévu, puisqu'ils auraient dû être célébrés en 1901, pour célébrer la véritable date du changement de siècle, et…

– Tout le monde se fout de 1901 ! 1900, ça, c'est une date qui cause !

– Laisse-moi finir. Je disais : il nous fallait d'urgence un évènement qui montre l'unité de la Cité au monde entier, particulièrement à nos ennemis. C'était aussi l'occasion pour Verne et les ateliers de présenter une vitrine de nos innovations, d'épater la galerie internationale, de vendre des inventions. Mais toi, Gustave, qu'est-ce que tu as fait de cette idée ? Tu l'as récupérée à *ton* compte ! Je n'ignore rien de tes manœuvres, je sais très bien que c'est avec ta bénédiction que les boucheries les plus riches de Larispem ont graissé la patte des organisateurs, afin que ce soient leurs employés qui participent ! Tirage au sort ? Sur six équipes, il y en a la moitié avec des bouchers ! Tout Larispem sait que c'est truqué ! Quant à ma réaction à propos du meurtre de ce vieil homme, elle est *mesurée*. Ce terme est difficile à comprendre, je sais. La sécurité est déjà renforcée et je n'ai pas un nombre illimité de gardes. Jusqu'à présent, les ateliers ne savent pas les fabriquer en série.

Il y avait une terrible déception dans la voix de la Présidente. Elle reprit :

– Toi, moi et ce pauvre Jacques, nous avions une certaine idée de Larispem. La fin des privilèges, de l'aristocratie, une volonté de paix et d'équilibre. Regarde-toi, Gustave, tu es en train de fabriquer une nouvelle caste de seigneurs, violents et sanguinaires.

Elle eut un geste du menton éloquent en direction des vêtements criards du boucher, de l'énorme chaîne en or qui barrait sa poitrine et de ses couteaux.

L'ascenseur arriva enfin. Liberté se jeta littéralement dedans et pressa le bouton du rez-de-chaussée. Les portes se refermèrent, mais pas suffisamment vite, et Liberté eut le temps d'entendre la dernière réplique de Fiori, proférée sur un ton sourd, lourd de menaces :

– Tu m'insultes, Michelle, et avec moi toute la profession. Jusqu'à présent, j'ai fermé les yeux sur certaines choses par amitié pour toi et en souvenir du passé, de Jacques et de tout le reste. Mais c'est fini, Présidente. Fini. Et tu sais quoi ? Vu ce que tu fais de Larispem, ce n'est pas plus mal.

Arrivée en bas de la tour, Liberté hésita un moment. Elle pensa à Cinabre et se demanda si lui aussi songeait à elle. Elle aurait voulu le voir. Carmine prétendait que la mort de leur père ne l'avait pas affecté mais elle n'y croyait pas. Il avait sans doute besoin de soutien.

Liberté se coiffa d'un chapeau à larges bords, qui lui dissimulait le visage. Jetant des regards angoissés autour d'elle, elle commença à marcher d'un bon pas vers l'arrêt de tram qui conduisait à la Villette. Au bout de quelques pas, elle ralentit et finit par s'arrêter. Il y avait plus important. À contrecœur, elle fit demi-tour et prit un omnibus en direction de la Bibliothèque centrale. Comme elle le faisait plusieurs fois par jour, elle vérifia que le Livre était bien dans sa sacoche. Elle ne pouvait s'empêcher de regarder autour d'elle, de scruter les visages et les attitudes, de crisper ses mains sur son sac lorsque quelqu'un la regardait avec un peu trop d'attention. Depuis les explications de Nathanaël, elle avait compris qui était la fillette aux tresses et comment elle avait ensorcelé un homme pour le pousser à attaquer son camarade. Même sans la traquer eux-mêmes, les Frères du Sang pouvaient changer n'importe qui en tueur. Cette jolie fille, ce vieux monsieur à l'air tranquille, ce mendiant en haillons, tous pouvaient devenir la main de Vérité, de Sylvestre ou de tout autre Héritier de Louis d'Ombreville. Pis encore, Liberté avait le sentiment que les Frères n'étaient plus la seule ombre projetée sur Larispem. La conversation entre Fiori et la Présidente ne lui avait pas du tout plu.

– Citoyenne ?

Liberté eut un mouvement de recul mais ce n'était que le contrôleur. Il lui jeta un regard suspicieux qui s'estompa en voyant la patte blanche qu'elle lui tendait.

Ce fut presque au pas de course qu'elle traversa l'esplanade menant à la bibliothèque. Elle entra et respira un peu mieux en retrouvant son ambiance feutrée et studieuse. Elle aperçut le même jeune apprenti que lors de sa dernière visite derrière le bureau de l'accueil. Il jeta un regard curieux sous son chapeau, la reconnut et ajusta ses lunettes d'un air ravi.

– Liberté, chuchota-t-il, ça fait plaisir de te revoir !

– Bonjour, euh…

L'apprenti parut déçu qu'elle ne se souvienne pas de son prénom.

– Justin, moi, c'est Justin, lui rappela-t-il. J'ai vu ton nom dans le journal ! Tu es dans le Jeu, bravo ! Compte sur moi pour venir t'applaudir.

Liberté le remercia et il reprit :

– Alors, ça y est ? Tu as une autorisation ? Pour, tu sais…

Le chuchotis se mua en un murmure à peine audible. Décidément, pensa la jeune fille, c'était à croire qu'il fallait être dépourvu de cordes vocales normales pour travailler dans cet endroit.

– ... l'accès au secteur rouge.

Liberté lui tendit ses pattes blanches et Justin les examina, impressionné. Il considéra la jeune fille avec une admiration presque palpable.

– On ne peut pas trouver meilleur laissez-passer, dit-il. Suis moi.

Il courut chercher la fiche où figuraient les titres des trois livres que l'adolescente voulait consulter, puis la précéda au centre de la bibliothèque. Les étagères et les tables de travail étaient disposées comme les rayons d'une roue. En guise de moyeu, un impressionnant escalier de bois et de métal s'élevait en une spirale serrée. Des bibliothécaires et des étudiants chargés de documents montaient et descendaient, le bruit de leurs pas étouffé par l'épaisse moquette rouge qui garnissait les marches.

– Nous descendons.

Liberté compta une bonne dizaine de marches avant qu'ils parviennent à une pièce sans fenêtre ni porte, éclairée par des veilleuses. Elle était seulement meublée d'un imposant engin, hybride entre une machine à écrire et le genre de balance qu'on utilise pour peser les sacs de grains. Coincé derrière un tout petit bureau, un bibliothécaire âgé travaillait, le nez dans ses fiches. De temps en temps, il en mettait une de côté et tournait la manivelle d'une déchiqueteuse pour réduire le papier en lambeaux. Il redressa la tête en les voyant entrer et adressa un regard sévère à Justin.

– Qu'est-ce que tu fais ici, toi ? grommela-t-il. Je te croyais au prêt.

Liberté vit distinctement les oreilles de l'apprenti devenir écarlates.

– C'est une technicienne de la tour, expliqua celui-ci. Elle doit visiter le secteur rouge.

Le vieux bibliothécaire hocha la tête et toussa avant de se

moucher dans un grand carré de tissu. Il tendit ses mains, l'une en direction de Liberté, l'autre vers l'apprenti.

– Autorisation et requête, renifla-t-il.

Liberté lui remit ses pattes blanches et Justin sa fiche. Le bibliothécaire la lut à mi-voix.

– D'Ombreville. Tsss… On aurait mieux fait de brûler les bouquins de ce dégénéré. Me demande pourquoi la tour a besoin de remuer ce genre de poussière.

Il désigna l'appareil du menton.

– Grimpe là-dessus, citoyenne.

Liberté jeta un regard perplexe à Justin. Y avait-il une limite de poids pour pénétrer dans les archives ? Aurait-elle dû envisager un régime pour consulter des documents secrets ?

– C'est une balance extrêmement sensible, notre système de protection contre les vols, expliqua le garçon, l'air un peu gêné. On pèse les visiteurs à l'entrée et à la sortie. Si tu es plus lourde au retour, c'est que tu as volé un document et, dans ce cas… Mais bon, ça ne te concerne pas, tout ça, pas vrai ?

Liberté grimaça un sourire et se demanda pourquoi, dans une ville où l'on construisait des machines incroyables, il avait fallu choisir un moyen aussi grossier pour contrôler le secteur rouge. Elle se plaça sur la balance de façon à masquer le cadran, espérant que Justin ne voie pas le chiffre indiqué par l'aiguille. Peine perdue, le vieux bibliothécaire se leva lentement, ses articulations craquant comme du bois sec ; il examina les graduations et eut une moue moqueuse.

– Ah oui, tout de même.

Liberté reporta son attention sur la machine, les joues brûlantes d'embarras. Le vieil homme tapa son nom et son poids, puis pesa Justin sans faire de commentaire. Il entra ensuite l'heure, la date et la nature des documents consultés. La machine s'ébranla avec un bruit de rouages bien huilés et cracha un feuillet imprimé. Le bibliothécaire le récupéra pour le ranger aussitôt dans un épais classeur.

– Enregistrée, maugréa-t-il, avant d'enclencher un nouveau bouton.

Une trotteuse se mit en route à rebours sur le cadran de chronomètre qui trônait en haut de la machine. Le bibliothécaire se moucha un bon coup.

– Tu as droit à une heure de consultation. Pas plus. Au-delà, une alarme se déclenche et c'est la Garde qui te sortira de là. Pigé ?

Une nouvelle pression, et la machine glissa en douceur sur le côté, dévoilant une porte ouverte sur les ténèbres.

– C'est quand vous voulez.

Si la bibliothèque était silencieuse, il aurait fallu utiliser un autre mot pour désigner l'absence de bruit qui régnait dans le secteur rouge. Justin remonta quelques luxomatons fixés aux murs. Le cliquetis des appareils n'éveilla aucun écho, à croire que les ténèbres avalaient tout son. Liberté regarda autour d'elle : des étagères, des étagères et encore des étagères surchargées de livres. Volumes épais reliés en cuir, petits in-quarto serrés les uns contre les autres, feuillets en vrac liés par des cordelettes, boîtes d'archives débordant de parchemins. Le plafond se perdait dans les ténèbres au-dessus de leurs têtes et les livres rangés tout en haut des étagères étaient noyés dans l'obscurité. L'adolescente sentit un début de malaise la prendre à la nuque. Ce n'était pas seulement lié au silence de tombeau, à la faible lumière qui sourdait des luxomatons que Justin remontait au fur et à mesure, ou encore au peu d'espace entre les rayons. C'était aussi l'histoire de ces volumes. Liberté se demanda s'il y avait, quelque part autour d'eux, des romans que sa mère avait lus, des livres qu'elle avait parcourus alors qu'elle vivait à Paris, ignorante de ce que l'avenir lui réservait.

– C'est tout ça, le secteur rouge ?

– Il paraît qu'il y a plus de cinquante kilomètres d'étagères sous terre. Les livres proviennent des anciennes bibliothèques publiques et privées de Paris ainsi que des archives. Ils ont été collectés juste après les lois sur la mise en commun. Des milices spéciales étaient alors chargées de se rendre chez les aristocrates, les bourgeois et les prêtres pour confisquer tous les livres (surtout ceux qui traitaient de thèmes interdits). On raconte que certains les ont cachés, que d'autres ont essayé de les faire sortir de Larispem dissimulés dans des caisses de légumes ou dans des sacs de blé ; il y en a même qui ont préféré les brûler plutôt que de les céder au Taureau. Cet endroit est donc très sécurisé. Tu imagines si un dissident ou, pire, un Frère du Sang s'introduisait ici ?

Liberté sentit ses joues s'enflammer. Elle agrippa un peu plus fort la lanière de son sac. Justin, trop occupé à se repérer dans le labyrinthe des archives, ne remarqua rien.

– On y est presque. Tu as vu ces bibles ?

Il actionna un luxomaton, et un faisceau de lumière dorée balaya les dos d'énormes volumes reliés de cuir, avant de les rendre à l'obscurité.

– Pourquoi ne les ont-ils pas détruits, tout simplement ?

– Il paraît que c'est ce qui était prévu, mais c'est Jacques Vilain et la Présidente qui ont décidé qu'il était plus sage de les stocker. Je suppose que, même s'ils ne sont pas d'accord avec leur contenu, ils n'avaient pas envie de mettre le feu à des siècles de savoir.

Justin consulta la fiche rouge et leva le nez pour se repérer. Il tourna à droite, longea plusieurs étagères et contourna un chariot rempli de livres, échoué au milieu de l'allée.

– Voilà ! On y est !

Les trois ouvrages de Louis d'Ombreville étaient bien là. De petite taille, ils avaient la même reliure en cuir violet. Le monogramme de leur ancien propriétaire, imprimé en doré sur le dos, réfléchissait la faible lueur des veilleuses. Justin fouilla dans sa poche et en retira deux paires de gants en tissu. Il tendit la première à Liberté et enfila la seconde pour les saisir précautioneusement.

– Tu te rends compte que Louis d'Ombreville en personne les a tenus entre ses mains ? J'en ai la chair de poule.

C'était aussi le cas de Liberté. Les ténèbres lui semblaient épaisses comme du sirop. Ou du sang. Elle devait faire appel à toute sa raison pour résister à l'envie de vérifier s'il n'y avait personne derrière elle. Justin la conduisit à une table qui n'était guère qu'une tablette perchée à hauteur de poitrine, sans chaise devant, mal éclairée par un luxomaton dont il fallait régulièrement remonter le mécanisme. Les lieux avaient clairement été conçus pour qu'on ne s'y attarde pas. Le jeune bibliothécaire se racla la gorge.

– J'ai oublié de te dire… je n'ai pas le droit de te laisser seule dans les archives.

– Ce n'est pas grave. Je n'ai aucune envie que tu t'en ailles.

Liberté avait prononcé ces mots en pensant à l'atmosphère des lieux, mais elle remarqua que Justin se mettait à sourire.

– Je peux t'aider ?

– Désolée, mais c'est confidentiel.

– Oh, dit-il, déçu. Alors, je t'attends un peu plus loin. Si tu as besoin de moi, tu m'appelles, d'accord ?

Liberté ne l'écoutait plus, elle était concentrée sur les trois livres reliés de violet, le sang battant à ses tempes à un rythme étrangement irrégulier. Elle frotta machinalement ses mains parcourues de fourmillements et ouvrit le carnet crypté à l'une des pages où figuraient des chiffres qui ressemblaient à des formules chimiques. D'après ce que lui avait raconté Nathanaël, elle était presque certaine qu'il s'agissait là des formules grâce auxquelles Louis d'Ombreville avait transmuté son sang ainsi que celui de ses Héritiers une génération plus tard.

Elle ouvrit le premier livre, *Le Chiffre du sang*, et tomba nez à nez avec une gravure inquiétante : un ange menaçant, armé d'un glaive, survolait une ville plongée dans les ténèbres. Quelques mots étaient écrits dans son sillage :

Ex-libris Louis d'Ombreville

Un tampon à l'encre rouge figurait au bas de la page ; c'était une tête de taureau entourée de ces mots : *Propriété de la Bibliothèque centrale de Larispem*. Liberté passa à la table des matières, sans savoir exactement quoi chercher. Le texte, complexe, ne l'aidait pas. Elle parcourut quelques lignes avec un sentiment d'angoisse croissant, écrasée par le silence des archives. Le luxomaton perdait régulièrement en puissance, jusqu'à ce que le mécanisme arrive en bout de course et que Liberté doive le relancer. Elle referma *Le Chiffre du sang* et passa à *Codes, secrets et énigmes : les voiles du mystère*. Le même dessin sinistre l'accueillit en page de garde.

– Il ne reste plus qu'un quart d'heure, Liberté. On devrait commencer à y aller, dit Justin.

La jeune fille sentit une goutte de sueur lui rouler dans le dos, mais elle continua à feuilleter l'ouvrage. Là aussi, le texte était obscur, farci de termes mystérieux et de tournures de phrase alambiquées.

– Liberté, on doit vraiment y aller.

Celle-ci s'épongea le front.

– S'il te plaît, Justin… Il me faudrait plus de temps.

Elle ouvrit le troisième volume. L'ange malfaisant de l'ex-libris lui jeta un regard de défi, comme si Louis d'Ombreville la narguait depuis la mort.

– Si on ne sort pas, ils vont prévenir la Garde. Et vu les livres que tu es en train de consulter, ils paniqueront et penseront que tu manigances quelque chose de louche.

Liberté lut au hasard :

« Le chiffre de Vigenère est le plus complexe des trois codes décrits dans cet ouvrage. Bien que l'opération consistant à la crypter soit longue, elle repose sur un système de permutations de lettres qui ne suivent pas l'alphabet. On fabrique le code en partant d'une clé qui peut être un mot ou une phrase (voir Annexe 1 pour un exemple de tableau de cryptage/décryptage). »

– Liberté… ?

La voix de Justin était tendue à présent. Il était paniqué à l'idée d'avoir fait une bêtise en la laissant accéder à ces documents. Liberté sentit son cœur s'emballer. Le chiffre de Vigenère. C'était ça, elle en était certaine, mais il lui fallait plus de temps pour comprendre exactement comment fonctionnait la méthode et pour déchiffrer le carnet.

Une idée dangereuse lui vint à l'esprit, mais elle la rejeta aussitôt.

– Je sais que c'est un temps trop court mais, Liberté, il faut absolument qu'on sorte…

Tout en parlant, Justin commença à rassembler les trois livres pour les remettre en rayon. La lumière du luxomaton baissait de seconde en seconde. Liberté calcula ses chances de pouvoir revenir rapidement dans les archives du secteur rouge. Elles étaient réduites : entre son travail et le Jeu, il pourrait se passer des semaines avant qu'elle puisse à nouveau se libérer.

La même idée revint frapper à la porte de son esprit. Cette fois-ci, elle l'accepta, avec un manque d'hésitation qui la choqua elle-même. Justin était penché vers l'étagère, rangeant les ouvrages avec mille précautions. Liberté glissa une main dans son sac, sentit sous ses doigts le manche de bois lisse d'un petit couteau de poche qu'elle utilisait pour ses réparations. La morsure de l'acier sur sa paume la fit grimacer mais ensuite tout alla très vite. Justin ne se méfiait pas d'elle et il ne prit pas la peine de tourner la tête lorsqu'elle s'approcha de lui pour le marquer à la nuque.

– Vous en avez mis du temps à revenir, les gamins. Un peu plus et je donnais l'alerte. Qu'est-ce que vous fichiez là-dedans, hein ?

Le vieux bibliothécaire acariâtre était encore en train d'actionner la manivelle de sa déchiqueteuse. Il les épingla d'un regard suspicieux avant de rajouter une feuille dans la machine. Justin franchit la porte le premier et monta sur la balance sans un mot, le regard flou. Liberté attendait sagement son tour, les yeux baissés. Le vieux bibliothécaire ne lui jeta qu'un regard méprisant et lui tourna le dos pour vérifier la pesée. Liberté n'eut guère de mal à s'approcher et à le marquer d'une traînée de sang sur la main. Elle posa ensuite les trois livres à terre avant de grimper à son tour sur la balance.

– Note que tout est en règle, citoyen, dit-elle au vieil homme d'une voix qui tremblait un peu.

– Oui, citoyenne, répondit celui-ci d'une voix atone.

Liberté enroula les volumes dans un chiffon et les glissa dans son sac avant de se tourner vers Justin. Elle claqua des doigts devant ses lunettes mais il ne réagit pas. Nathanaël lui avait décrit les effets du marquage ; en revanche, il n'avait pas raconté que l'Héritier qui prenait le contrôle d'un esprit ressentait lui aussi quelque chose. C'était une sensation très étrange comme si, d'un seul coup, l'esprit des deux hommes était lié au sien par une multitude de fils qu'elle était capable de manier à volonté. Les yeux mi-clos, elle pouvait presque les voir, les effleurer de sa pensée comme les cordes d'un instrument. Elle sut aussi, d'instinct, qu'elle pouvait les trancher. Une euphorie teintée d'horreur l'envahit, devant la puissance de son nouveau pouvoir.

Liberté posa les yeux sur Justin et pensa : « Regarde-moi. » Il ne réagit pas et elle dut répéter les mots à haute voix pour qu'il obéisse. Elle se demanda si c'était à force d'entraînement que la comtesse Vérité parvenait à se faire obéir sans même ouvrir la bouche. Elle donna ses consignes à Justin, les répétant plusieurs fois par mesure de précaution. Le jeune apprenti acquiesça et disparut d'un pas lourd dans l'escalier. Liberté s'apprêtait à donner la même consigne au vieux bibliothécaire, mais elle changea d'avis en se rappelant à quel point il avait été désagréable.

Elle lui donna un dernier ordre qu'il exécuta sans protester, puis elle se sauva.

Liberté traversa le hall de la bibliothèque. Justin était retourné à sa place devant la banque de prêt. Le col de sa chemise, légèrement mouillé, indiquait qu'il avait suivi les indications de Liberté à la lettre en lavant la tache de sang sur sa nuque. L'adolescente passa devant lui et il lui sourit, remontant ses lunettes sur son nez.

– Je peux t'aider, citoyenne ?

Elle l'observait attentivement, son cœur battant à tout rompre. Le garçon attendait qu'elle réponde, un peu surpris par le silence de cette cliente.

– Non, répondit-elle enfin. Merci quand même.

10

VIEUX ENNEMIS

On n'est pas des légumistes, nous ! Y a pas de jus de navet dans nos veines, mais du sang ! Un raisiné bien rouge, bien bouillant ! Et on n'a pas peur d'en offrir des rasades au pavé quand il le faut !

Un louchébem.

Au Cochon Volant, Nathanaël observait Carmine à la dérobée tout en préparant des marinades ou en tournant la manivelle du hachoir à viande. Bien que maître Couteau lui ait proposé de rester chez elle, la louchébem s'entêtait à venir travailler, malgré la mort de son père. Elle ne râlait pas, ne poussait pas de jurons en argot et se montrait beaucoup plus aimable avec Nathanaël, mais ce calme apparent cachait un brasier de rage. Elle découpait la viande ou mettait en pièces les carcasses avec une violence tout intérieure, qui faisait froid dans le dos. Nathanaël était certain que c'était Sylvestre qu'elle voyait lorsqu'elle séparait au tranchoir des côtes de porc. Sa lame s'enfonçait profondément dans le billot et elle devait tirer dessus de toutes ses forces pour l'en arracher. À aucun moment elle ne parla de ce qu'elle ressentait, se contentant d'affirmer que ça allait et de demander qu'on lui fiche la paix.

Petit à petit, Nathanaël se mit à réviser son jugement sur la louchébem. Il n'était plus certain de l'envier. Sous l'apparence d'un roc inflexible, elle était peut-être bien aussi seule que lui. À ce qu'il avait compris, son frère était un vaurien, et même si elle sortait régulièrement, il n'avait pas l'impression qu'elle ait d'autres véritables amis que Liberté. Il aurait voulu lui dire quelque chose de gentil, ou au moins lui faire comprendre qu'il compatissait, mais elle était capable de lui faire payer son accès d'attendrissement. Antonin, lui, ne savait pas sur quel pied danser, oscillant entre le dépit d'avoir perdu sa vapomobile chérie et la gêne d'y penser alors que Carmine était en deuil. Beaucoup de ses phrases commençaient par « Je n'arrive pas à croire que ma vapo soit en miettes ! » pour se terminer par « Mais ce n'est qu'un tas de ferraille, pas vrai ? ». Comme il ne pouvait en vouloir ni à Carmine ni à Liberté, il reportait sa colère sur les Frères du Sang, promettant à qui voulait l'entendre de dépecer vivant le premier qui lui tomberait sous la main. Nathanaël hochait la tête et approuvait, avec l'impression d'être un renard déguisé en lapin qui se serait infiltré dans un terrier. À moins que ce ne fût le contraire.

Le seul qui était fidèle à lui-même, c'était maître Couteau. C'est tout juste s'il ne fredonnait pas en emballant les lots de saucisses dans du papier ciré. Nathanaël comprit pourquoi il était si euphorique en l'entendant fanfaronner devant ses clients.

– Oui, ça va être le tour de mes agneaux d'entrer en piste ! Vous allez en avoir pour vos taureaux, croyez-moi. Je compte sur vous pour être devant les grilles de Lachaise à la tombée de la nuit.

– Dans l'équipe, y a pas votre petite Carmine dont le père a été assassiné il y a quelques jours ? demanda un vieux monsieur courbé sur sa canne.

Maître Couteau hocha la tête, un masque tragique sur le visage.

– Tout à fait… Quelle sale histoire, pas vrai ? Et la Présidente qui ne fait rien. Vous vous rendez compte ? Ces terroristes se promènent dans notre Larispem en toute impunité ! Et vous savez qui propose les bonnes solutions ? Le Conseiller Fiori !

À la fin de la journée, Nathanaël prit son courage à deux mains et proposa à Carmine de la raccompagner jusque chez elle. La louchébem lui jeta un regard perçant et parut sur le point de l'envoyer se faire voir ; mais, contre toute attente, elle accepta.

Ils sortirent du Cochon Volant côte à côte pour gagner l'arrêt de tram le plus proche. Des têtes se tournaient sur leur passage, et Nathanaël entendit distinctement une femme chuchoter à son compagnon :

– Tu vois, c'est elle, la fille noire des jeux !

– On dirait que je suis en train de devenir célèbre, maugréa Carmine.

Nathanaël se serait bien passé de cette notoriété. Il ne cessait de regarder autour de lui, craignant que Sylvestre ait décidé de finir le travail. Il lui sembla qu'une silhouette les suivait de loin, le visage dissimulé dans l'ombre d'une casquette enfoncée jusqu'aux yeux. Il la perdit de vue en montant dans le tram au côté de Carmine. La louchébem se cala en face de son apprenti, le dévisageant comme si elle le voyait pour la première fois.

Tes cheveux sont en train de repousser, observa-t-elle.

Celui-ci passa la main sur son crâne. C'était une sensation nouvelle de sentir une petite épaisseur se dresser au-dessus de son cuir chevelu. On commençait à distinguer la couleur : châtain clair.

– Je n'en ai jamais eu autant, dit-il avec un sourire. Je pense que je ne voudrai à aucun prix les couper.

– T'es plutôt pas mal, commenta Carmine avec le ton qu'elle aurait adopté pour parler du temps ou du prix du pâté en croûte.

Nathanaël en resta muet. Il aurait voulu répondre quelque chose de drôle et de léger comme Jérôme savait si bien le faire, ou profiter de la perche que lui tendait la louchébem pour lui tourner un joli compliment, ou placer une invitation à… À quoi d'ailleurs ? À boire ? À danser ? À se promener ? Est-ce que ce n'était pas trop tôt, alors qu'elle était en deuil ? Le temps qu'il réfléchisse à ce qu'il allait dire, c'était déjà trop tard. Carmine était passée à un autre sujet. Elle regardait par la fenêtre, en apparence absorbée par une nuée d'étourneaux évoluant au-dessus des toits de l'Opéra.

– C'est comment d'être orphelin ?

De la part d'une fille qui venait de voir mourir le seul parent qui lui restait, la question n'était pas très surprenante. Nathanaël répondit avec précaution :

– Pour moi, c'était assez facile en fait. J'avais à peu près deux ans quand j'ai été abandonné. Et ce n'était pas si triste, parce qu'on était tous dans le même cas à l'orphelinat : nos parents, c'étaient les nourrices. Ç'a été plus douloureux quand on a tous commencé à grandir et qu'on s'est rendu compte qu'il nous manquait quelque chose. Alors, on s'est mis à aller dans la salle des archives pour consulter le peu qui nous restait de nos familles. Les moins chanceux n'avaient rien. Ceux-là, on les avait retrouvés dans la rue, sous un porche, laissés pour mort, sans même un lange ou une couverture. On passait notre temps à imaginer à quoi pouvaient ressembler nos parents. On se racontait des histoires pas possibles sur le pourquoi de notre abandon. On était tous plus ou moins convaincus que quelqu'un finirait par venir nous chercher.

– Et c'est déjà arrivé ?

– Peut-être trois ou quatre fois sur tout le temps que j'ai passé là-bas. Des mères qui avaient été obligées d'abandonner leurs enfants parce qu'elles ne pouvaient pas les nourrir et qui avaient réussi à retrouver une vie normale. On espérait tous que ça nous arriverait, et puis finalement, on a cessé d'y croire et, même s'il était impossible d'oublier qu'on était orphelins, on s'est mis à avoir d'autres buts dans la vie que de savoir ce qui était arrivé à nos parents.

Carmine acquiesça en silence. Nathanaël, qui avait tout le loisir de l'observer, voyait son masque de rudesse s'effacer de minute en minute sous l'effet de la fatigue et du chagrin. Faire semblant d'être insensible devait lui demander une énergie folle, pensa-t-il.

– Les moments où ça n'allait pas, ajouta-t-il lentement, on savait que l'important, c'était de ne pas s'isoler. De s'occuper, de parler avec les autres, et de ne pas faire semblant de pouvoir garder toute sa tristesse pour soi.

– Ah oui ? s'écria Carmine avec une agressivité soudaine. Parler avec les autres ? Pour des gars, vous étiez bien tendres. Ça vous chatouillait pas la fierté de chialer sur l'épaule de vos copains ?

Nathanaël soutint le regard de la louchébem.

– Personnellement, je n'ai jamais vu la fierté consoler qui que ce soit.

Le tram arriva au-dessus du quartier de Pigalle, le repère des artistes et des noceurs. Vu d'en haut, l'endroit bondé et plein de lumières avait des allures de fête foraine géante. On entendait jusque dans le tram la musique venant des rues. Carmine et Nathanaël descendirent en même temps qu'un groupe de jolies filles aux robes de couleurs vives, pressées d'aller s'amuser. Le quartier était incroyablement vivant. Il y avait des camelots qui faisaient cuire de la friture ou des saucisses sur des grils bricolés avec de la tôle et du grillage, des enfants qui proposaient des pommes enrobées de sucre rouge en échange de quelques porcelets, des types louches qui vendaient à la sauvette des cigarettes, des porte-bonheur ou des antiquités aristocratiques plus ou moins authentiques. Les deux adolescents croisèrent des artistes plantés sur le trottoir avec leurs chevalets ou leurs carnets de croquis, des musiciens des rues qui jouaient des ritournelles populaires sur des violons éraflés. Carmine demeurait silencieuse mais elle marchait juste à côté de Nathanaël, suffisamment près pour que leurs bras se frôlent. Le garçon suivait son rythme. Il sentait que leur discussion avait contribué à ouvrir une petite brèche dans la carapace de la louchébem, une toute petite fissure par laquelle il pouvait apercevoir une Carmine différente, plus humaine. Ils passèrent devant plusieurs voxomatons de réclame : des danseuses de fer-blanc, des bustes qui ôtaient et remettaient leurs chapeaux hauts-de-forme, des chaussures qui marchaient dans le vide.

– Un jour, déclara soudain la jeune fille, un ancien collègue m'a dit que je n'étais qu'un automaton sans cœur. (Elle ralentit et finit par s'arrêter pour se tourner vers Nathanaël.) Je n'étais pas très proche de mon père. J'ai commencé à me débrouiller toute seule dès que j'ai pu. Ce n'était pas facile. Mon frère, Cinabre, est un vrai panier percé et mon père… les enfants, ce n'était pas son truc. Mais c'était quand même mon père, et maintenant, il est mort. Je devrais être en train de pleurer, non ? Ce n'est pas ce qu'on est censé faire ?

Nathanaël n'arrivait pas à croire qu'elle était en train de parler d'elle. Il fit comme si de rien n'était et répondit le plus sincèrement possible :

– On ne choisit pas comment on est triste. Ça ne fait pas de toi une machine.

– Hum !

Carmine allait répondre quelque chose lorsqu'elle fronça les sourcils. L'apprenti se rendit compte qu'elle regardait par-dessus son épaule.

– Je crois qu'on est suivis, dit-elle.

Nathanaël se retourna et fouilla du regard la place circulaire où ils se trouvaient. Un groupe d'étudiants hilares lui bouchait la vue, mais lorsqu'ils s'égaillèrent pour gagner le cabaret le plus proche, il reconnut tout de suite l'homme à la casquette qu'il avait repéré plus tôt. Il n'était pas seul. Deux personnes, aux visages dissimulés, l'un sous un chapeau, l'autre sous un béret informe, l'accompagnaient. Il devenait de plus en plus évident qu'ils ne leur collaient pas aux basques pour parler de la pluie et du beau temps. L'orphelin sentit son estomac tomber en chute libre, comme s'il venait de sauter du haut de la tour Verne.

Il fallait fuir.

– Carmine, c'est les Frères du Sang.

Il regarda autour de lui. La rue était pleine de Larispemois en promenade. S'ils couraient, ils pourraient peut-être semer leurs poursuivants. La louchébem lui fit signe de la suivre.

– Par ici.

Ils quittèrent la place. Carmine le guidait rapidement et sans aucune hésitation. Ils se retrouvèrent dans une ruelle, cernés de boutiques sordides. Des femmes très maquillées les regardèrent filer, d'un œil indifférent. Ils arrivèrent ensuite sur une placette déserte, encadrée de bâtiments aux volets clos. Des herbes folles poussaient entre les pavés et une odeur de vieille urine leur sauta à la gorge. Le lieu avait tout l'air d'un cul-de-sac et Nathanaël sentit la panique le saisir à la gorge. Carmine tira deux de ses couteaux et se campa au centre de la place minuscule, bien plantée sur ses talons. Le garçon comprit alors qu'elle l'avait fait exprès.

– Ils n'auraient pas dû nous suivre ce soir, confirma la louchébem. J'ai besoin de suriner quelqu'un et ceux-là tombent à pic.

– Tu es folle ! protesta Nathanaël. Tu as bien vu ce qu'ils ont fait à ton père.

– Oh que oui, et j'ai tout un tas de questions à leur poser à propos de leur loutufuche de magie.

Nathanaël n'eut pas le temps de répliquer, car l'homme à la casquette venait de débouler sur la place, suivi de près par ses deux sbires. Maintenant qu'il les voyait de près, le trio (un grand, un petit et un gorille aux épaules carrées) semblait curieusement familier à l'orphelin. Il n'eut pas à réfléchir très longtemps avant de comprendre d'où il connaissait ces trois-là. Carmine fit sauter son couteau dans sa main, prête à le lancer.

– Non, arrête ! cria Nathanaël. C'est pas des Frères !

– La vache, Janvier, lança la voix traînante de Gueule-de-Passoire tandis qu'il relevait son couvre-chef, on dirait que tu t'es trouvé une garde du corps.

Raoul émit un de ses rires de hyène, qui rebondit entre les murs de la placette, tandis que Germain, toujours aussi taciturne, ôtait son béret, le regard lourd de menaces.

– Hé, Nathanaël, elle est dangereuse, ta chérie !

– Tu les connais, ces abrutis ? demanda Carmine en baissant la garde, surprise du tour que prenaient les évènements.

– Ouais, la louchébem, on se connaît. C'était pas une idée bien brillante de t'inscrire aux jeux, mon vieux. On n'a pas eu de mal à te retrouver. Tu t'es sauvé bien vite le jour de la foire et on n'a pas eu le temps de t'attraper. Tu nous en voudras pas si on est en retard pour te faire cracher tes excuses en même temps que tes dents.

– Des excuses ? s'étonna Carmine.

– Ton petit copain avait besoin d'un service, répondit Armand. Je lui en ai demandé un autre en échange et il m'a bien pigeonné. Du coup, au lieu d'être boucher, je suis égoutier. Toute la journée, je brasse la crotte dans les égouts de Larispem. Je me fais attaquer par des rats gros comme des cabots et je dois me mettre des bouts de chiffon camphrés dans le pif pour pas tourner de l'œil tellement ça schlingue dans les canalisations. Sans compter que, bien entendu, ma Rosie n'a pas mis longtemps pour mettre les voiles et s'acoquiner avec un autre que moi.

Carmine se mit à rire.

– Sérieusement ? Tu as fait ça, Nathanaël ?

Ce dernier acquiesça. Il se sentait un peu coupable. Une lueur à la fois de surprise et d'admiration scintilla dans les prunelles café de la louchébem.

– Lerdemuche ! Et moi qui croyais que tu étais un type bien comme il faut…

C'était, Nathanaël s'en rendit compte, un compliment. La louchébem rengaina ses couteaux et découvrit ses dents dans un rictus inquiétant.

– Bon, écoute, l'égoutier. Je suis de mauvais poil et t'es laid à faire avorter une couvée de singes. Moi, ça me passerait les nerfs de te poncer la gueule sur les pavés, mais voilà, je suis sensible à la justice, alors je te propose de régler tes comptes avec Nathanaël. Maintenant, et aux poings, comme des hommes.

Nathanaël écarquilla les yeux, tandis qu'un sourire mauvais se dessinait sur les lèvres de Gueule-de-Passoire. Il gratta sa joue où une barbe éparse poussait au milieu de son acné.

– Riche idée, la louchébem.

Il claqua des doigts en direction de Germain qui fit craquer les jointures de ses poings. Carmine secoua la tête.

– Ah, non. C'est toi qui dois te battre. Je veux un duel à la régulière, sinon, ce n'est pas la peine.

Armand eut un ricanement désagréable et fit signe à l'autre acolyte de ne pas se soucier d'elle. Ce fut un mauvais calcul.

Carmine se rua en avant, mais c'est Raoul qu'elle attaqua. D'une béquille violente, elle lui faucha une jambe, le déséquilibra et le projeta d'une bourrade dans les pieds de Germain qui avançait les poings levés et dut faire une sorte d'entrechat grotesque pour l'éviter. La louchébem en profita pour attraper le poignet gauche de celui-ci, le glisser sous son bras dans un mouvement fluide et lui luxer proprement le coude. Germain poussa un beuglement de douleur. Il se retourna, tenta un coup de pied à l'aveuglette qui rata de très loin la bouchère. Sans lui laisser le temps de reprendre son souffle, Carmine revint sur lui et lui allongea un crochet du droit qui le cueillit à la mâchoire avec tant de force que Nathanaël grimaça de compassion.

Pourtant, Germain était coriace. Il grommela, cracha un jet de salive mêlée de sang sur le pavé et s'essuya la bouche.

– T'es morte, gronda-t-il.

Carmine exécuta une révérence ironique et repartit à l'assaut.

Germain l'attrapa d'une seule main par le devant de sa chemise et la rejeta en arrière contre les pavés. Nathanaël réprima un cri, prêt à voler à son aide, mais Carmine décocha une ruade dans la rotule de Germain et rampa hors de sa portée pour se relever. Elle se frotta l'arrière du crâne avec une mimique de douleur et l'apprenti vit toute la rage qu'elle avait dissimulée au cours des derniers jours se concentrer dans son regard. Il comprit que Germain allait passer un très mauvais moment.

Il était difficile de savoir exactement comment elle s'y était prise mais, trente secondes plus tard, l'adolescent qui avait terrorisé ses camarades d'orphelinat pendant des années gisait par terre. Le sol était jonché de gouttes de sang grosses comme des taureaux d'or, tombées lorsque la louchébem avait donné un coup de coude dans le nez de Germain juste avant de le mettre au sol. À califourchon sur la poitrine de sa victime, Carmine lui frappait le visage méthodiquement de ses poings fermés. Déjà tuméfié, il ressemblait de plus en plus à un paquet de viande hachée.

– Va l'aider !

Gueule-de-Passoire poussa Raoul vers les combattants mais son lieutenant secoua la tête, effrayé. En voyant l'arcade sourcilière de Germain se fendre, Nathanaël décida que c'en était assez.

– Arrête ! Tu vas le tuer !

Carmine s'interrompit, les mains poisseuses de sang.

– Laisse-moi, l'orphelin.

Celui-ci secoua la tête et l'agrippa doucement, mais fermement, par les épaules pour la forcer à lâcher prise. Elle se laissa faire ;

pourtant il la sentait frémir de rage, tous ses muscles contractés. L'espace d'une seconde, il crut qu'elle allait l'assommer avant de retourner peaufiner son carnage. Au lieu de ça, elle finit par se détendre imperceptiblement.

– Allez-vous-en, lança Nathanaël. Prenez Germain et laissez-nous tranquilles.

Gueule-de-Passoire hésita. Malgré la raclée que Carmine venait d'infliger à son lieutenant, il refusait de céder si facilement. Nathanaël avala sa salive. C'était le moment ou jamais de s'affirmer. Il remonta ses manches et saisit l'un de ses couteaux en essayant de prendre l'air le plus menaçant possible.

– Tu m'as entendu, Armand ? Si tu restes, je m'occupe de toi et tu verras que ma copine m'a appris deux ou trois trucs qui font très mal.

Il marcha sur son adversaire en espérant qu'il se dégonflerait avant lui. Si un combat s'engageait pour de bon, il n'était pas certain de l'issue – et il se trouverait en mauvaise posture dans le cas où son sang viendrait à couler. Heureusement, son bluff et l'intimidation de Carmine suffirent à dissuader son adversaire d'engager le combat.

– D'accord, d'accord, finit par lâcher Armand en levant les mains.

Il ordonna sèchement à Raoul d'aider Germain à se relever. La brute tenait à peine sur ses jambes. Ils reculèrent prudemment sans quitter les deux louchébems des yeux.

– C'est pas fini, gronda Armand.

– C'est fini, répliqua Carmine. Si j'apprends que tu te mets de nouveau sur la route de mon collègue, c'est toute la corporation que je lancerai à tes trousses.

Gueule-de-Passoire cracha par terre et prit la fuite, suivi par Raoul ployant sous le poids de son camarade.

Quand ils eurent disparu, Nathanaël poussa un immense soupir de soulagement. Les jambes soudain flageolantes, il dut faire appel à toute sa volonté pour ne pas se laisser choir sur le pavé. Carmine se frotta lentement le visage, le barbouillant du sang de Germain.

– Lerdemuche, souffla-t-elle les yeux fermés, j'ai vraiment besoin de finir la soirée un peu mieux que ça.

Nathanaël avait raté la première opportunité, il bondit sur la seconde.

– Donne-moi le nom de ton café préféré et je t'invite à boire un verre tout de suite !

Le goût amer laissé par la rencontre avec le trio de l'orphelinat ne tarda pas à se dissoudre dans les généreuses rations de bière que leur servit le patron du Rat Mort, le troquet choisi par Carmine une fois qu'elle eut lavé son visage à une fontaine. Assis à une table isolée, ils commandèrent des pommes de terre sautées et du poulet frit. Les doigts pleins de graisse, ils bavardèrent tête à tête. Nathanaël raconta à Carmine quelques anecdotes de l'orphelinat en ayant l'impression de remporter une petite victoire chaque fois qu'il arrivait à la faire sourire. Il l'interrogea sur ses débuts au Cochon Volant et écouta chacune de ses réponses avec attention.

– Tu as du mérite d'avoir réussi à te faire une place, déclara-t-il, admiratif.

– Je n'avais pas le choix, répondit la louchébem. J'étais comme toi, je voulais gagner ma vie, donc je me suis adaptée. Entre nous, c'est quand même dommage que t'aies passé ton enfance à l'orphelinat. Tu aurais fait un tabac dans la rue.

Comme Nathanaël ne comprenait pas, elle expliqua :

– Ta belle gueule, tes talents de faussaire, ton numéro de comédien avec ce Gueule-de-Passoire. Tricheur, va !

Nathanaël pensa au sang violet qui coulait dans ses veines et il se sentit mal à l'aise. Il se dépêcha de changer de sujet :

– Tu as une idée de ce qui nous attend demain sur la case du 20e arrondissement ? demanda-t-il.

Carmine réfléchit en grignotant un os.

– Personne ne sait ce qu'ils ont en tête, mais ce qui est sûr, c'est qu'ils vont vouloir du spectacle ! Et le seul endroit un peu spectaculaire du coin, c'est le cimetière Lachaise.

Nathanaël se souvint de ses cours d'histoire de Larispem et grimaça.

– Le cimetière est fermé depuis la Seconde Révolution. Ça doit être une vraie forêt là-dedans. Sans compter qu'il y a des automates qui quadrillent l'endroit, non ? Des genres de sentinelles automatiques…

– Un endroit parfait pour tester les nerfs de trois pigeons comme nous.

– J'espère que Liberté sera en forme. Si on doit se battre contre des machines, une mécanicienne ne sera peut-être pas de trop…

La louchébem eut une moue dédaigneuse.

– C'est que du fer-blanc farci aux rouages. On va la gagner en beauté, cette épreuve, tu verras. Une victoire rien que pour faire enrager les Frères qui voudraient nous voir trembler de peur.

Un court silence s'installa, puis Nathanaël demanda :

– Je peux te demander quelque chose, Carmine ?

Celle-ci l'encouragea du regard.

– Comment tu fais pour avoir autant confiance en toi ? Je voudrais bien connaître ta recette.

La louchébem attaqua une nouvelle cuisse de poulet ; elle en avala une bonne bouchée avant de répondre :

– C'est simple. Amis ou pas, famille ou pas, au final, tu es le seul sur qui tu vas devoir compter toute ta vie. Alors, autant entretenir de bonnes relations avec toi-même, non ? (Elle eut un petit rire et ajouta :) Ne pas trop réfléchir, ça aide aussi.

À minuit, l'ambiance était toujours animée dans le café, mais Carmine décida qu'il était temps pour elle d'aller dormir. Elle s'étira de tout son long, posa ses coudes sur la table, le visage calé sur les paumes. Difficile de dire si c'était à cause de la bière ou de l'éclairage, mais le regard qu'elle adressa à Nathanaël était presque doux.

– J'ai passé une bonne soirée, dit-elle. Tu sais, je suis sortie avec pas mal de louchébems. Des tueurs, des charcutiers, des apprentis… Ils avaient tous un point commun. Tu devines lequel ?

Nathanaël haussa les épaules en réprimant un sourire.

– De très grands couteaux ?

Carmine lui donna un coup de pied sous la table.

– Non, idiot. Ils se fichaient tous éperdument de ce que je pouvais bien leur raconter. Quand ils parlaient avec moi, c'était pour causer de leurs pommes et m'expliquer en long et en large à quel point ils étaient des diamants pur jus. Toi, tu es différent. J'ai l'impression que je pourrais te raconter n'importe quoi, tu m'écouterais quand même. Les filles de ton orphelinat devaient te tomber dans les bras, non ?

Les joues soudain plus brûlantes qu'un fond de poêle à frire, Nathanaël lui sourit, d'un sourire qu'il espérait plein de charme et qui se révéla particulièrement benêt lorsqu'il surprit son reflet dans un des miroirs du café. Il se dépêcha de changer d'expression pour répondre :

– J'aurais bien aimé mais l'orphelinat n'était pas mixte.

Il se remémora avec une pointe de mélancolie ses excursions clandestines dans le dortoir des filles et pensa que, de toute façon, aucune des orphelines n'arrivait à la cheville de Carmine, même pas Rosie qui lui avait fait tant d'effet lors des soirées de Gueule-de-Passoire.

La louchébem lui fit signe de se rapprocher. Nathanaël se pencha au-dessus des reliefs de leur repas, si près qu'il aurait pu poser ses lèvres sur le bout de son nez.

– Tu marques des points, murmura-t-elle. T'as pas intérêt à me décevoir. Je t'en voudrais vraiment beaucoup.

Elle repoussa sa chaise et se leva.

– À demain… J'espère que tu es prêt à m'éblouir pour notre première épreuve.

Nathanaël la regarda se diriger vers la sortie, les clients du Rat Mort s'écartant avec déférence sur son passage. Beaucoup se retournaient sur elle. L'apprenti se sentait soudain euphorique. Le moral propulsé dans les étoiles, il resta un moment les yeux dans le vague à imaginer qu'il triomphait avec brio des épreuves concoctées par le Taureau et gagnait l'admiration de Carmine. Il y pensa tout le trajet du retour, puis une bonne partie de la nuit, jusqu'à ce qu'il réussisse enfin à s'endormir. Ensuite, ce furent ses rêves qui prirent le relais.

11

ENTRE LES TOMBES

Beaucoup de nos citoyens réclament que le cimetière Lachaise soit enfin rasé et aplani, afin qu'on puisse y bâtir des maisons ou y installer des cultures. Au nom de la mémoire des combats qui s'y sont tenus durant la Commune, la Présidente a pour l'instant toujours refusé. À n'en pas douter, les morts doivent vraiment apprécier la citoyenne Lancien !

Article paru dans *Le Petit Larispemois.*

Carmine avait vu juste. À l'aube, des affiches rouge vif fleurirent sur les murs de Larispem, annonçant que leur première épreuve des jeux se déroulerait à la nuit tombée, au cimetière Lachaise. Au-dessus du texte figurait un portrait approximatif de Carmine, Liberté et Nathanaël. Antonin détacha une des affiches et l'épingla sur le mur de la boucherie pour la montrer à l'équipe du Cochon Volant. Carmine plissa le nez : sur le dessin, ses traits étaient accentués à l'excès, ses cheveux en bataille jetaient une ombre hachurée sur son visage, et son expression était un mélange de morgue et de férocité.

– C'est tout juste si je ne montre pas les dents en bavant, grommela-t-elle. Si je trouve le barbouilleur du dimanche qui m'a tiré le portrait, je lui taille les oreilles en pointe.

Nathanaël, au contraire, avait été idéalisé. Il avait de beaux cheveux ondulés qui n'existaient que dans l'imagination de l'illustrateur, et ses yeux gris étaient deux fois plus grands que dans la réalité. Pour Liberté, le dessinateur n'avait pas été très inspiré. Tournée de profil et plus petite que les deux autres, elle n'entretenait qu'une lointaine ressemblance avec son modèle. Carmine froissa l'affiche et la balança à la poubelle.

Plus tard dans la soirée, des vapomobiles officielles vinrent chercher les trois héros du jour pour les conduire sur le lieu de leur première épreuve. Carmine et Nathanaël se retrouvèrent sous une immense tente dressée devant les grilles du cimetière Lachaise, à l'endroit même où Fiori avait lancé le dé une semaine plus tôt.

– Hé, Lib !

Carmine étreignit Liberté, qui arrivait quelques minutes après eux.

La mécanicienne scruta le visage de son amie.

– Ça va, toi ?

Elle savait que le père de Carmine avait été enterré quelques jours plus tôt. En tant qu'ancien héros de la Commune, il avait eu droit à une belle tombe payée par le gouvernement. La louchébem avait refusé catégoriquement que ses amis l'accompagnent à la cérémonie.

Carmine grimaça.

– C'était pas évident, avoua-t-elle. Mais ça va.

– Si tu veux en parler, tu sais que…

La jeune fille secoua la tête.

– Je préfère pas, mais merci, Lib. Et toi ?

– Tu n'imagines pas le travail que j'ai ces temps-ci à la tour, expliqua Liberté en regardant autour d'elle avec nervosité. Non seulement les délégations étrangères me pourrissent la vie, mais en plus, c'est la semaine où le système de synchronisation des cent cinquante horloges de la tour a choisi de planter. On doit tout revoir, tout régler à la demi-seconde près, c'est l'enfer.

La tente était meublée confortablement, et s'il n'y avait pas eu la rumeur de la foule à l'extérieur (rires, cris, bruits de conversations surexcitées), on se serait cru dans un salon. Nathanaël, qui essayait tant bien que mal de voir ce qui se passait dehors, rejoignit ses deux coéquipières.

– On est attendus, annonça-t-il, le teint encore plus pâle qu'à l'ordinaire.

– Écoutez, déclara soudain Carmine, avant qu'on ne nous lâche dans l'arène, je voulais que vous sachiez… Bref, je me suis rendu compte que je ne vous ai pas dit… euh… merci.

La louchébem parlait vite et regardait obstinément ailleurs. Elle s'éclaircit la voix et reprit :

– Et Nathanaël, j'aurais dû le faire hier, mais… bon, je voulais m'excuser de t'avoir traité comme hum… enfin, mal. Tu mérites tes couteaux.

Liberté n'en croyait pas ses oreilles. C'était la seconde fois que Carmine reconnaissait publiquement s'être trompée. Elle jeta un coup d'œil à Nathanaël qui était devenu rouge vif, des joues aux oreilles.

– Voilà. Je suis contente d'avoir des… des amis comme vous, sur qui je peux compter, conclut la jeune fille avec raideur.

– Nous aussi, on est contents, répondit Nathanaël.

La louchébem et lui échangèrent un regard qui s'éternisa.

Liberté toussota pour attirer leur attention et sortit le Livre de sa sacoche. Carmine se rembrunit aussitôt.

– Ce loutufuche de bouquin maudit, gronda-t-elle. Pourquoi as-tu apporté cette saleté ?

– Désolée, Carmine, mais c'est important. Le témoignage de ton père est perdu, alors je me suis concentrée là-dessus. Je suis allée à la bibliothèque hier, et j'ai trouvé des livres ayant appartenu à Louis d'Ombreville. J'ai travaillé dessus tout l'après-midi et je suis presque sûre de savoir comment le carnet est crypté.

– Vas-y, explique-nous, l'encouragea Nathanaël.

– C'est un système qui s'appelle le cryptage de Vigenère. Il repose sur la permutation des lettres d'un texte à partir d'une clé qui peut être une phrase ou un mot. Le problème, c'est qu'un même caractère peut, suivant sa position, être remplacé par une lettre différente.

– Comprends pas, ronchonna Carmine.

– Écoute-moi jusqu'au bout, au moins ! répliqua Liberté d'un ton sec qui fit hausser les sourcils à la louchébem. Je disais donc que c'est un système très fiable puisque sans ce mot ou cette phrase, il est quasiment impossible de déchiffrer un texte crypté.

Nathanaël prit le carnet et le feuilleta.

– Bravo, Liberté, tu as bien avancé ! As-tu une idée de ce que pourrait être cette clé ?

La jeune fille avait réfléchi à la question et elle avait essayé avec le nom de d'Ombreville ou la devise des Frères du Sang, sans résultat.

– Non, je ne l'ai pas trouvée. Toi, tu aurais choisi quoi comme code, Carmine ?

Celle-ci haussa les épaules.

– Une phrase courte, que je connais par cœur. Évidente pour moi mais pas pour les autres.

– Vu ce qu'on sait du personnage, glissa Nathanaël, c'est sans doute quelque chose de très symbolique.

– Ouais, conclut Carmine sombrement. En gros, ça pourrait être n'importe quoi.

Liberté rangea le Livre entre le carnet où elle prenait ses notes et un roman de Jules Verne. Ainsi dissimulé, il paraissait complètement anodin.

– En quoi consiste l'épreuve ? demanda-t-elle. Vous en avez une idée ?

– Nous nous sommes déjà changés, expliqua Nathanaël en montrant sa tenue, mais ils vont revenir nous donner d'autres indications.

– Je ne savais pas que c'était aussi un concours d'élégance, s'étonna Liberté en regardant de plus près ses amis.

En effet, les deux bouchers portaient des vêtements visiblement neufs : chemise à rayures dont les manches étaient retroussées sur les bras, pantalon de toile solide et gilet en soie rouge sang. Leurs couteaux étaient glissés dans des étuis tout neufs, frappés du taureau tricéphale.

– On nous a expliqué qu'on devait porter ça pour les jeux, dit Nathanaël, avant d'ajouter, embarrassé : Il y a aussi une tenue pour toi.

Carmine lui tendit une boîte en carton garnie de papier de soie. Visiblement, elle se retenait pour ne pas rire. Liberté regarda à l'intérieur.

– C'est une blague ?

Elle en sortit une robe courte et froufroutante, des bas rayés, un gilet identique à celui de ses coéquipiers et une large ceinture de cuir à laquelle était accrochée une trousse à outils. Une paire de hautes bottines complétait la tenue.

– Je ne peux pas mettre ça, je vais être ridicule ! Qui porte ce genre de choses ?

– Personne, mais il paraît que c'est l'idée que se font les étrangers des mécaniciennes de Larispem. Fiori veut qu'ils en aient pour leur argent.

– Non et non. Je ne peux pas mettre un truc pareil !

– Alors ? l'interrompit une voix de stentor. Nos champions sont-ils prêts ?

C'était Fiori, suivi des organisateurs des jeux, de journalistes et de photographes. Carmine poussa Liberté derrière un paravent.

– Vite ! siffla-t-elle en lui flanquant la tenue dans les bras.

La mécanicienne n'avait guère le choix. Elle enfila sa tenue, se débattant si frénétiquement avec les bas qu'elle les fila sur dix centimètres. Tout en sautillant sur un pied pour enfiler une bottine récalcitrante, elle entendait la conversation de l'autre côté du paravent. Fiori s'adressait à Carmine :

– J'aurais préféré que vous soyez un trio de bouchers, mais maître Couteau a voulu la jouer stratégique en inscrivant votre copine mécano. Elle est où, d'ailleurs ?

À cloche-pied, Liberté laça sa bottine en catastrophe, trébucha, se rattrapa au paravent qui bascula dans un grand fracas, l'entraînant dans sa chute. Confuse, elle se releva, se sentant complètement ridicule dans sa tenue.

– Je suis ici, citoyen Conseiller.

Fiori la regarda comme si elle avait été un plat végétarien. Il tira une pipe gigantesque de la poche de sa veste et l'alluma avant de faire un signe aux journalistes qui patientaient derrière lui.

– Allez-y, les pisse-copies. Vous avez deux minutes pour me pondre un papier. Ensuite, dehors.

Les journalistes ne semblaient pas à la fête – sûrement en raison du ton que Fiori avait pris avec eux –, et les questions qu'ils posèrent avaient tout l'air d'avoir été décidées par le Conseiller lui-même. Fiori attendait impatiemment, crachant des ronds de fumée dont l'odeur âcre emplit bientôt la tente. Quand ils eurent terminé, il chassa rapidement les journalistes.

– Bon. Écoutez-moi bien, vous trois. On va vous lâcher de l'autre côté des grilles et le but de votre épreuve va être de trouver un objet que nous avons planqué quelque part chez nos amis les macchabées. Vous avez deux heures, et l'objet en question est un luxomaton à lumière verte.

– Ça sonne simple, citoyen Conseiller, dit Carmine.

– T'emballe pas, lolijem. Je te rappelle que Lachaise s'étend sur quarante-trois hectares de terrain vallonné, et même sans ça, les ateliers vous ont concocté de quoi vous tenir occupés, je vous le garantis. Les grosses légumes internationales vont s'en prendre plein les quinquets. On compte sur vous pour faire le spectacle. Des questions ?

– Où est la Présidente ? demanda Liberté.

Fiori la fixa, souffla lentement de la fumée par les narines, l'air de se demander s'il allait écraser ce moucheron insolent ou le laisser vivre encore un peu.

– C'est moi qui représente le gouvernement, aujourd'hui. Tu n'as rien besoin de savoir d'autre, finit-il par laisser tomber.

À l'extérieur, un gong sonna un coup unique et puissant, qui roula jusque dans la tente et fit résonner l'estomac des trois équipiers.

Fiori les poussa sans ménagement vers la sortie.

– Amusez-vous bien.

Liberté, Carmine et Nathanaël sortirent et clignèrent des yeux devant le spectacle qui s'offrait à eux.

Les murs du cimetière étaient éclairés par des centaines d'ampoules qui brillaient dans le noir, dessinant les contours de ce qui était devenu une arène. Entre les lumières, des badauds enthousiastes s'étaient installés sur le mur et agitaient des petits drapeaux. En voyant les participants sortir de la tente, ils se mirent à hurler, à applaudir et à taper des pieds. Le plus impressionnant se situait encore plus en hauteur : le ciel nocturne était rempli de ballons reliés au sol par de solides filins. Les aérostats, dont les ventres blancs réfléchissaient les lumières, supportaient des tribunes suspendues, joliment éclairées, où l'on distinguait des silhouettes attentives, sans doute celles des « grosses légumes » mentionnées par Fiori.

Un nouveau ballon s'éleva sur leur droite avec une lenteur majestueuse. Le Conseiller venait de monter à bord, escorté par deux louchébems armés jusqu'aux dents. Quatre hélices en contrôlaient l'ascension. Cet aérostat passa juste au-dessus des grilles du cimetière pour rejoindre les autres et former avec eux une sorte de demi-cercle géant.

Carmine, impressionnée, marmonna un juron. Liberté et Nathanaël n'en menaient pas large non plus.

Un nouveau coup de gong les fit frémir. La foule se mit à s'époumoner de plus belle, comme si elle avait reçu la consigne de se faire entendre jusqu'en France.

– La partie commence ! rugit Fiori du ciel. Équipe 3, vous avez deux heures pour trouver le luxomaton sans vous faire capturer ! Lonnebèm lanssechèm à vous !

Alors, les trois adolescents franchirent les grilles.

Une longue allée s'ouvrait devant eux. Les pavés étaient disjoints mais la voie semblait à peu près entretenue. Plus loin, des arbres vigoureux élevaient leur ramure au-dessus du cimetière, formant une véritable petite forêt. C'est à peine si on distinguait les formes noires et compactes des premières tombes alignées de chaque côté. Des caveaux hauts et étroits dessinaient çà et là des zones de noirceur. Les éclairages du mur et les lumières des aérostats permettaient aux trois jeunes gens de voir où ils posaient les pieds, mais il y avait fort à parier qu'il ferait noir comme dans un four au milieu du cimetière, sous les arbres qui poussaient anarchiquement.

Nathanaël gonfla la poitrine et lança :

– S'ils pensent nous faire peur en nous lâchant de nuit dans un cimetière abandonné, ils se trompent.

– Ah bon ? couina Liberté en fouillant du regard un buisson de ronces qui ressemblait à une bête accroupie. À ton avis, il voulait dire quoi par « capturer » ?

– Il devait parler des patrouilleurs, supposa Nathanaël.

– J'ai lu un livre là-dessus. Ce sont de vieux modèles de sentinelles, ils ne sont pas programmés pour capturer. Il doit y avoir autre chose.

– Stratégie, lança Carmine, la main sur ses couteaux. Le machin qu'on doit récupérer est lumineux. Faut qu'on prenne un peu de hauteur. Liberté, tu vas rester sur le plancher des vaches pour le surveiller ; ce n'est pas la peine que tu nous fasses une crise de vertige. Moi, je vais grimper dans cet arbre, et toi, Nathanaël, je crois que j'aperçois un genre de construction là-bas. Tu peux l'escalader ? Tu devrais avoir une vue dégagée sur l'est. Si on ne repère aucun danger, nous avancerons vers le centre du cimetière.

Nathanaël hocha la tête.

– Surtout, fais attention à ne pas te blesser ! lança Liberté d'une voix tendue.

L'orphelin comprit tout de suite ce qu'elle voulait dire : il ne fallait pas qu'il fasse couler une seule goutte de son sang.

– Je vais être prudent, assura-t-il en quittant l'allée principale pour rejoindre le caveau désigné par Carmine, une sorte de dôme surmonté d'un clocheton. Quand il eut fait quelques pas, elles l'entendirent pousser une exclamation.

– Nathanaël ! cria Liberté.

– Ça va. Je me suis pris le pied dans une racine. Faites attention, c'est la jungle ici.

– Tout est trop calme, marmonna Carmine en s'approchant d'un arbre, un grand frêne aux branches basses. Ouvre l'œil, Lib. Je suis certaine qu'ils nous ont prévu une petite attaque d'automatons de surveillance.

Elle se figea. Il y avait eu un petit *cling* métallique.

– Encore moi ! cria la voix de Nathanaël au loin. Le caveau que j'escalade est en ferraille. Je suis presque en haut.

Liberté fronça les sourcils. Un caveau en métal ? Elle sentit un bourdonnement sourd sous les semelles de ses bottines et, l'instant d'après, le faisceau d'un puissant projecteur l'éblouissait.

– Descends de là, Nathanaël ! hurla-t-elle, ce n'est pas un caveau !

La construction sur laquelle s'était juché le garçon semblait s'être changée en phare. Elle se mit soudain à grandir. L'orphelin continuait de s'agripper au clocheton tandis que le dôme se mettait à tanguer. Trois longues pattes articulées se déplièrent lentement, entraînant Nathanaël à plus de cinq mètres au-dessus du sol. Le clocheton émit une lumière rouge et, lorsqu'il se mit à pivoter, le garçon comprit qu'il se retenait à une sorte de périscope. Il entendit confusément des cris de surprise tomber des tribunes suspendues.

– Oh-oh, tonitrua la voix amplifiée de Fiori, nos jeunes champions viennent de tomber sur l'un de nos tripodes.

La gigantesque machine se mit en marche en soulevant alternativement ses pattes fuselées pour les poser entre les tombes, tandis que Jules Verne commentait d'un ton allègre le fonctionnement de l'appareil. Liberté était paralysée par la stupéfaction, ses sens enregistrant ce qu'il se passait autour : la cabine arrondie où devaient se trouver les pilotes, le sifflement de la vapeur, l'odeur du caoutchouc brûlant et de la graisse à rouages, le bourdonnement assourdissant de la mécanique en marche. Un tentacule souple, aux doigts métalliques, sortit du ventre du tripode et sinua vers elle sans qu'elle puisse bouger.

– Cours !

Carmine lui avait pris la main et fonçait entre les pattes du tripode. Quelque chose explosa sur le sol derrière elles, leur donnant un regain d'énergie pour s'enfuir en zigzag entre les tombes, les bras et les jambes giflés par les herbes folles et les branches.

Au sommet du tripode, Nathanaël était ballotté, aussi vulnérable qu'un lapin pris par les serres d'un aigle. Il entendait vaguement Fiori commenter sa séance de rodéo et les spectateurs applaudir, tandis que la machine enjambait les buissons et les tombes. Il sentit toute la structure vibrer sous ses chaussures pendant que le canon se rechargeait.

– Attention, il va tirer ! hurla-t-il en pure perte.

Une gerbe de poussière blanche éclata par terre, à quelques mètres des filles, qui se séparèrent.

Carmine fut la plus rapide et disparut aussitôt, mais Liberté resta piégée dans le faisceau du projecteur, éblouie comme un chat pris dans les phares d'une vapomobile. Le tentacule jaillit de nouveau. Trois doigts métalliques lui agrippèrent la taille et la soulevèrent dans les airs. Elle poussa un cri aigu. Une trappe s'ouvrit sous la cabine et l'engloutit.

– Quel dommage ! Notre mécanicienne est hors jeu !

Nathanaël devait descendre. Il ne pouvait pas faire grand-chose pour Liberté, mais il devait continuer l'épreuve. Il regarda autour de lui : le tripode montait vers les hauteurs du cimetière, dans un effroyable grondement mécanique. Hissé sur les pattes d'araignée de l'engin, Nathanaël était si proche des aérostats qu'il pouvait presque distinguer les visages de leurs occupants. Quand le tripode passa juste en dessous de l'un des ballons, le garçon comprit que c'était sans doute là sa seule chance de descendre. En essayant d'ignorer toutes les sirènes d'alarme qui résonnaient dans son crâne, il prit son élan et bondit.

Le dirigeable présentait beaucoup de cordes et de prises ; néanmoins, il faillit toutes les rater. Ses doigts glissèrent sur la première et il en attrapa une seconde de justesse. La secousse lui arracha à moitié les épaules, et il se hâta de saisir le filin aussi avec ses jambes, pour se retrouver suspendu avec autant de classe qu'une chemise mouillée à une corde à linge. Le ballon descendit d'un cran. Une silhouette installée dans la nacelle se pencha vers lui.

– Fais attention, dit une voix féminine, ce n'est pas le seul tripode.

Nathanaël leva les yeux, complètement ébloui par les lumières de l'aérostat, le cœur battant encore de frayeur après son saut. La voix de l'ombre chinoise qui se tenait au-dessus de lui était celle d'une femme d'âge mûr qu'il ne reconnut pas. Du coin de l'œil, il vit la machine qu'il venait de quitter s'éloigner, son projecteur balayant le sol.

– Le luxomaton que vous devez trouver n'est pas fixe, continua la femme. Il se déplace, lui aussi. Il est programmé pour un circuit circulaire qui le ramène toujours dans un caveau en forme de pyramide, au centre du cimetière. Il réagit au bruit, alors silence. Plus qu'une heure et quarante minutes, Nathanaël.

– Euh, merci, balbutia-t-il sans savoir si elle l'avait entendu.

Il fouilla l'obscurité des yeux, mais son interlocutrice s'était redressée dans la nacelle; il ne la voyait plus. Il se laissa glisser avec précaution le long de la corde sous les acclamations enthousiastes de centaines de spectateurs, et retomba à terre, les jambes chancelantes. Il ignorait qui l'avait aidé et pourquoi, mais c'est à nouveau motivé qu'il s'élança dans les ténèbres.

Nathanaël avait le sentiment de plutôt bien s'en tirer. Le tripode continuait de fouiller le sol un peu plus loin et, bien que le garçon ait croisé un ou deux patrouilleurs mécaniques bringuebalant sur les chemins irréguliers, ces derniers ne l'avaient pas repéré. Il se demanda où était Carmine. Bien cachée, sans doute. Il continua de monter, empruntant d'anciens escaliers dont il devinait à peine les marches. Au fur et à mesure de sa progression, les tombes autour de lui gagnaient en somptuosité. De plus en plus hautes, de plus en plus ornées, avec des colonnes, des cariatides, des urnes en pierre gigantesques, des grilles de fer forgé. Rien d'effrayant tant qu'on arrivait à ne pas penser à ce qui se trouvait dedans. Le vent, qui agitait les branches comme si c'étaient des mains griffues, ne l'aidait pas à rester serein. Nathanaël s'efforça alors de se concentrer sur l'image de Carmine et la tête qu'elle ferait lorsqu'il mettrait la main sur le luxomaton.

Il emprunta prudemment une nouvelle volée de marches et se retrouva sur ce qui lui sembla être le point le plus haut du cimetière. La végétation était plus clairsemée et la lumière des aérostats qui le survolaient lui permettait de mieux distinguer les alentours.

– Allez, vas-y ! hurlèrent des voix venant des ballons.

Nathanaël adressa un salut en direction du ciel, puis il pivota et passa entre deux tombes. Il sourit en voyant que la sépulture en forme de pyramide était là, juste derrière une sorte d'église gothique miniature tout en hauteur, aux flèches gardées par des anges guerriers. Une petite lueur verte palpitait juste devant : le trophée. Il contourna le mausolée et s'avança vers la pyramide. Quelque chose le fit trébucher. Aussitôt la lueur verte se mit à se déplacer et s'enfuit entre les tombes avec la vivacité d'un serpent.

– C'est pas vrai !

Nathanaël contourna la pseudo-église, se mit à courir derrière la lueur verte qui apparaissait et disparaissait à intervalles réguliers. D'un seul coup, le trophée disparut. L'adolescent s'arrêta, haletant, et s'appuya sur le socle d'une statue.

La statue ouvrit les bras et cria : « Bouh ! »

Nathanaël crut que son cœur allait exploser et, alors même que son cerveau avait déjà compris que c'était Carmine, il recula, se prit les pieds dans une racine et tomba assis sur une pierre tombale.

– Désolée, je t'ai fait peur, rigola la louchébem.

– Peur ? N'importe quoi, j'avais bien vu que c'était toi.

– Bien sûr, dit Carmine en l'aidant à se relever. Joli, au fait, ton numéro de voltige avec l'aérostat.

Elle se tenait tout près de lui, et le cœur de Nathanaël se remit à cogner dans sa poitrine.

– Je t'ai impressionnée, j'espère, fanfaronna-t-il.

– Je le serais encore plus si tu me disais que tu as trouvé le luxo.

– Tu me donnes quoi si je te dis que c'est presque le cas ?

Le sourire narquois de Carmine brilla dans l'obscurité. Elle se rapprocha encore.

– Qu'est-ce que tu voudrais, au juste, petit agneau ?

Le sol se mit soudain à frémir, dispensant Nathanaël de

répondre. Une lumière rouge se mit à sourdre d'un imposant caveau. Sous les yeux éberlués des deux louchébems, la construction trembla et s'ouvrit, comme si deux mains géantes avaient écarté les murs de brique. Le toit s'écroula et un second tripode sortit de sous terre dans un jaillissement de poussière et de racines arrachées.

– Ils y vont un peu fort, non ? bégaya Nathanaël en regardant l'immense machine prendre appui sur le sol pour se hisser sur la terre ferme, son projecteur trouant la nuit.

– J'adore ! s'extasia Carmine.

– C'est ce que je voulais dire.

Ils prirent leurs jambes à leur cou sous les encouragements des spectateurs.

– Et si tu l'attirais pour faire diversion ? haleta Nathanaël. Le trophée est vers cette pyramide, là-bas.

– Servir d'appât ? Tu rêves !

Elle bondit souplement par-dessus une fosse, Nathanaël l'imita, se prit les pieds dans le sol, tomba en avant et fit un roulé-boulé assez violent, stoppé net par le socle d'une grande croix de pierre. Un peu sonné, il cligna des yeux et sentit un liquide chaud et poisseux lui couler sur le nez.

– Lerdemuche, jura-t-il entre ses dents.

Heureusement, la nuit cachait la couleur insolite de son sang.

Le tripode se rapprochait, son projecteur fouillant le sol. Il ignorait s'il le cherchait lui ou Carmine, mais il devait se cacher. Nathanaël regarda autour de lui et distingua une rangée de caveaux en forme de petites maisons hautes et étroites. La porte de l'un d'eux était entrouverte. Moitié en rampant, moitié à quatre pattes, il s'y précipita et referma derrière lui.

Le tripode passa devant le caveau et s'éloigna, faisant vibrer le sol sous ses pas.

– Plus qu'une heure ! annonça Fiori au loin.

Nathanaël poussa un soupir de soulagement. Sa cachette

sentait l'humidité ainsi que quelque chose d'autre, une odeur organique et ancienne à laquelle il ne voulait surtout pas penser. Il tira l'un de ses couteaux pour entailler sa manche, tira dessus pour la déchirer et prit le temps de s'essuyer le front et les mains. Il ne s'arrêta pas avant d'être presque certain de ne plus avoir de traces de sang. Quant à la manche, il la roula en boule et la fit disparaître sous un tas de gravats.

Il attendit un bon moment avant de sortir. Le ciel était plein de bruits et d'agitation, mais au sol, tout était calme. Nathanaël redescendit en direction de la pyramide. La femme dans l'aérostat avait affirmé que le trophée revenait toujours vers le même mausolée. Il restait à voir si c'était vrai. Il entendit Fiori commenter l'habileté avec laquelle Carmine venait de disparaître à nouveau et il sourit dans l'ombre. Quelle fille ! Il se figea. Le luxomaton revenait à son point de départ. À présent il le voyait mieux. Guère plus haut qu'un chat, il ressemblait à un crabe ou à une araignée avec ses six pattes trapues. Un fanal vert lui tenait lieu de tête. Nathanaël avança le plus doucement possible, écarquillant les yeux pour essayer de mieux voir son chemin et écartant avec mille précautions les branchages qui le séparaient de son but.

– Le temps file ! Nous nous approchons de la fin de l'épreuve ! annonça Fiori.

Il y eut un craquement de brindilles piétinées et Carmine déboucha en courant de l'autre côté du mausolée. Elle aussi l'avait repéré. Aussitôt, le trophée se mit à galoper sur ses pattes, fuyant la louchébem et se dirigeant droit vers Nathanaël qui n'eut qu'à se pencher pour l'attraper. Ils avaient réussi l'épreuve !

Il s'avéra qu'à part les plus chanceux, en ballon, la majorité des spectateurs n'avaient rien vu du spectacle. Une horde de journalistes attendaient leur retour en trépignant, prêts à les entendre faire leur compte rendu.

– Tu t'es bien débrouillé, l'orphelin.

– Toi aussi, la louchébem.

– Dommage que mon père n'ait pas pu voir ça, soupira Carmine.

– Il aurait aimé ?

– Non, pas du tout. Il aurait secoué la tête et pesté contre la jeunesse qui ne songe qu'à s'amuser, alors que sa vie à lui était si difficile. On se serait disputés sur le sujet, et il aurait fini par me dire que j'avais la tête plus dure que la sienne.

Elle eut un sourire nostalgique, puis haussa les épaules. Liberté, fraîchement relâchée, les rejoignit.

– Désolée, dit-elle, penaude. Je n'ai pas servi à grand-chose.

– Pas grave, plaisanta Carmine, on s'en est bien tirés. Apparemment, Nathanaël a même eu le temps d'aller manger des mûres.

Elle montra les taches violettes qui maculaient le haut de la chemise de l'adolescent. Nathanaël se sentit glacé. Il avait complètement oublié de s'inspecter à la lumière. Liberté l'attrapa par le bras.

– On va nettoyer tout ça et on revient.

Elle entraîna Nathanaël jusqu'au fond de la tente où on avait mis à leur disposition un broc d'eau et un bloc de savon.

– Tu en as un peu sur le front, chuchota Liberté, inquiète. Nathanaël, on devrait déclarer forfait ou s'arranger pour perdre. On va forcément se faire repérer.

– Jamais de la vie, on a remporté l'épreuve ! Carmine serait déçue si…

– Carmine nous tuera à la minute où elle comprendra qui on est. Tu t'en rends compte, au moins ? s'emporta Liberté. Comment tu feras si tu es blessé sous ses yeux ? Tu prétexteras qu'il y a du jus de mûres dans tes veines ?

Nathanaël ne répondit pas. Il se sentait à la fois honteux et en colère. Il savait que Liberté avait raison, mais le sentiment qu'elle était en train de lui gâcher sa victoire dominait. Ils se turent brusquement en voyant un jeune homme passer la tête par l'ouverture de la tente.

– S'il vous plaît, dit-il, les journalistes s'impatientent.

L'apprenti remit une chemise et jeta le linge taché par terre, furieux. Il sortit de la tente sans un regard pour Liberté.

– Par ici.

Nathanaël fut conduit du côté du cimetière. Les grilles avaient été laissées ouvertes, et des groupes se pressaient pour admirer de plus près les deux tripodes, désormais immobiles. Les aérostats qui avaient servi de tribunes volantes étaient maintenant au sol. Il ne restait en l'air que les deux gros ballons auxquels étaient fixés les pavillons de cuivre qui avaient amplifié la voix de Fiori. Il faisait assez sombre, et l'orphelin dut cligner les yeux pour apercevoir le journaliste, qui restait adossé, à l'écart, contre un mur.

– Bonsoir, cher Frère, susurra-t-il d'une voix désagréable.

Nathanaël recula instinctivement en reconnaissant Sylvestre.

– Tu m'avais oublié, je le vois bien, lui déclara-t-il. Mais moi, non. J'ai assisté à ton petit numéro dans le cimetière. Joli. Je suis assez impatient de savoir ce que tu vas inventer pour expliquer ton silence.

Nathanaël sentit ses paumes devenir moites.

– Je… J'ai une excuse valable, Sylvestre. Je vous ai dit que je réglais le problème à ma façon et c'est ce que j'ai fait.

Le Frère du Sang releva un peu sa casquette. La lumière d'une torche faisait jouer des ombres inquiétantes sur son visage ingrat.

– Alors pourquoi je n'ai ni Liberté ni le Livre ? Ça n'a pas suffi qu'on expédie en enfer le père de la louchébem ? Il te faut une motivation supplémentaire ?

Ce disant, il montra une photo à Nathanaël, qui y reconnut Jérôme. La prise s'était faite à la dérobée, dans une rue.

– Ton copain a beau être en Allemagne, nous continuons à le surveiller. Ça aussi, tu l'as peut-être oublié.

– Je… je n'ai pas oublié, répliqua le garçon, la gorge sèche. Écoutez, ça a pris du temps mais j'ai laissé Liberté travailler sur le carnet, je l'ai encouragée et j'ai attendu.

– Et ?

– Je sais où elle le cache, et surtout, je sais qu'elle a trouvé la clé de décodage.

Les yeux de Sylvestre se rétrécirent jusqu'à devenir deux meurtrières sous ses sourcils épais.

– Personne ne connaît ce code, gronda-t-il, ni moi ni Delisle. Même pas Vérité. Il n'y avait que Louis d'Ombreville et la famille qui a eu la charge du carnet après sa mort qui en avaient connaissance, mais ils sont tous morts ! Alors comment voudrais-tu que…

Il s'interrompit net en se rendant compte qu'il venait de laisser filtrer une information importante.

– Tu me mens, Nathanaël, dit-il furieux. Je crois que tu as mal compris à qui tu avais affaire.

Nathanaël ne voulait pas montrer sa peur, mais il ne pouvait pas l'empêcher de lui labourer les entrailles et de remonter jusqu'à sa gorge, si nouée qu'il avait l'impression d'étouffer. Il savait qu'il ne devait pas se laisser impressionner et que sa meilleure chance était d'avoir l'air sûr de lui.

– Moi aussi, il me faut des garanties : Mademoiselle m'a ordonné d'être à la hauteur et je veux qu'elle constate de ses propres yeux que c'est le cas. Je ne parlerai du Livre qu'avec elle. C'est ça ou vous me tuez et vous vous débrouillez tout seul pour trouver la cachette et le décrypter. Bon courage.

Il sentit Sylvestre hésiter, évaluer la situation. Finalement, il eut un rire bref.

– Si c'est vraiment ce que tu souhaites ! Mademoiselle sera bientôt à Larispem… Nous te contacterons à ce moment-là. Je te conseille d'avoir traduit le Livre d'ici là. Et si ce n'est pas encore suffisant, je vais te donner un avant-goût des réjouissances…

Il le poussa vers l'aérostat où Fiori avait pris place un peu plus tôt.

– Grimpe.

Nathanaël s'exécuta. La nacelle s'éleva lentement dans la nuit tandis que Sylvestre poussait un levier, et les quatre hélices se mirent en route pour que le ballon grimpe droit. Bientôt, ils atteignirent la hauteur maximale. Tout autour d'eux brillaient les lumières de la ville. La tour Verne, le dôme de la bibliothèque et l'aérogare Notre-Dame scintillaient.

– Écoute bien, Nathanaël, chuchota Sylvestre en le tenant fermement par le col. Voici un aperçu de ce que nous savons faire…

Il sortit de sous sa veste un pistolet au canon large et court et tira dans la nuit. Une fusée éclairante d'un rouge de mauvais augure s'éleva dans le ciel. Un signal sans doute, car aussitôt il entendit une déflagration lointaine et ce qui semblait une boule de feu s'éleva, suivie par deux ou trois autres. Puis il y eut un moment de silence, comme si le cœur de Larispem avait raté un battement, et les premiers hurlements s'élevèrent.

12

UN MANOIR EN FRANCE

La vengeance est un plat qui se mange froid.
Proverbe français.

Quelque part en France

La comtesse Vérité jouait du piano, les yeux fermés. Assise dans un profond sofa de velours, elle se concentrait sur la mélodie qu'elle connaissait par cœur – un air aérien et rêveur qui donnait l'impression que les notes tourbillonnaient au-dessus du clavier.

Elle pouvait presque s'entendre parler à sa sœur tandis que ses mains couraient le long des touches :

« Dis, Prudence, est-ce que je joue comme il faut ? Est-ce que c'est bien, Prudence ? »

Et elle percevait presque la réponse inquiète de son aînée :

« Nous n'avons pas le droit de jouer aussi longtemps, Vérité. Il faut arrêter maintenant. Quelqu'un pourrait nous entendre. »

Le son de son piano actuel était bien meilleur que celui dont elles jouaient à l'époque, et qui était fatigué, caché dans une remise au fond d'un jardin en friche. Leur oncle leur avait interdit d'y toucher : « Vous ne vous rendez pas compte. Je ne suis pas censé avoir conservé ce piano. Si les gens l'apprennent, ils s'imagineront que j'ai également gardé d'autres choses, des objets précieux, et alors… » La phrase restait en suspens, lourde de menaces, et le visage de Prudence se chiffonnait. Celle-ci se souvenait confusément de ce qui s'était passé la dernière fois que des gens avaient appris quelque chose qu'ils n'auraient pas dû savoir. Pas Vérité, elle était trop petite.

On frappa à la porte et, dans un soupir, la comtesse ouvrit les yeux. Le piano de la remise avait retrouvé sa place, dans sa mémoire, ainsi que le fantôme de Prudence. Quant à son bras droit, il était redevenu le membre mutilé, inutile, qu'il était depuis des années. D'une pensée, elle ordonna à l'homme qu'elle avait marqué afin qu'il joue pour elle de s'interrompre.

– Entrez.

Un domestique annonça Eugène Allier.

– Faites-le patienter.

Vérité relâcha légèrement son emprise sur l'homme au piano et rassembla les plis de son peignoir de satin.

– Alcide, venez m'aider à me préparer.

Le professeur Valentine se leva péniblement du tabouret où il était assis jusque-là. Il n'était plus que l'ombre de lui-même. Son teint était cadavérique, ses cheveux sales pendaient autour de son visage émacié et ses yeux étaient vides de toute pensée. Avant qu'ils ne sortent de la pièce, Vérité vérifia le lourd bracelet qu'il portait au poignet, une sorte de clepsydre dont le mouvement d'horlogerie était programmé pour remettre, par un lent goutte-à-goutte, un peu de sang violet sur sa peau. Un système rudimentaire et encombrant mais efficace puisqu'elle n'avait qu'à penser pour qu'il obéisse : le plus parfait des serviteurs. Vérité sortit de la pièce, suivie de son pantin, et regagna sa chambre. Elle opta pour une robe au col montant, taillée dans une soie d'un violet si sombre qu'il en paraissait noir. Lentement, elle l'enfila. Malgré des années de pratique, s'habiller avec un bras mort restait un exercice pénible.

Alcide, immobile, attendait dans un coin de la pièce. Sur un ordre muet de Vérité, il vint se placer derrière elle pour brosser ses cheveux et les remonter en chignon, qu'il orna d'un peigne d'argent. Il enroula autour de son cou un long collier de perles et lui tendit un flacon de son parfum préféré pour qu'elle puisse s'en asperger. Quand elle se leva, le grand miroir encadré d'or qui trônait au centre de la pièce lui renvoyait une image satisfaisante. Elle hocha la tête, ordonna à Alcide de disparaître et quitta la pièce.

Eugène Allier se leva en voyant Vérité entrer. Son conseiller, Saint-Germain, était là aussi, toujours aussi renfrogné. Il semblait n'avoir toujours pas digéré sa démonstration de piano.

– Monsieur Allier. Je ne vous attendais pas si tôt.

Le chef des services secrets toussota et remonta ses lunettes rondes sur son nez.

– Disons que ni moi ni le président Quart ne nous étions préparés à des résultats aussi rapides.

– Vous lisez la presse larispemoise ? demanda Saint-Germain en jetant un journal sur la table. Celui-ci date d'avant-hier.

Vérité aperçut la une :

LARISPEM FRAPPÉE QUATRE FOIS
EN UNE NUIT PAR LES FRÈRES DU SANG

Elle parcourut le journal et découvrit une actualité qu'elle connaissait déjà pour avoir reçu un courrier de Sylvestre la veille. Le ton du journal était inhabituellement sobre et la comtesse s'en réjouit. Si *Le Petit Larispemois* perdait de son mordant, c'est que Larispem avait été sévèrement traumatisée. Tant mieux. Quatre bombes avaient explosé presque simultanément dans quatre des arrondissements situés autour du 20e, là où s'étaient déroulés les jeux. Puis des voxomatons avaient donné de la voix, mais cette fois-ci, ils ne s'étaient pas contentés de répéter la devise des Frères. Le journal rapportait le message :

« Maudits soyez-vous, vous qui vivez dans une ville qui fut bâtie par le pillage et le meurtre. Le temps de la revanche approche. Craignez la colère du ciel, car vous ne croyez en rien d'autre qu'en votre arrogance. Nous sommes déjà parmi vous, à l'intérieur de vous, et ce qui vous arrive est votre œuvre. Nous frapperons là où vous ne l'attendez pas. Le sang jamais n'oublie. »

Le journal donnait un premier bilan des pertes. Aucun bâtiment important n'avait été touché, les quatre engins ayant explosé dans des rues secondaires, mais il y avait des morts. Leurs noms s'égrenaient en une liste lugubre sur la dernière page du journal.

– Ils ont quand même maintenu les jeux, précisa le chef des services secrets, même si plusieurs délégations étrangères ont préféré quitter la Cité. La Présidente Lancien s'est enfin décidée à prendre la parole publiquement. Elle a renforcé la sécurité, mais ce n'est pas un acte suffisant pour Fiori et ses partisans.

– Ils exigent que les rares aristocrates intégrés soient fichés, résuma Saint-Germain, et que leurs noms soient rendus publics. La plupart des gens sont persuadés que ce sont eux qui ont posé ces bombes.

– Ce en quoi ils se trompent, dit Vérité en repliant le journal. « Nous sommes à l'intérieur de vous et ce qui vous arrive est votre œuvre. » Nos Frères et Sœurs sur place utilisent leur pouvoir et ce sont les Larispemois eux-mêmes qui, sans le savoir, apportent la destruction. La première phase de notre plan, déstabiliser le régime et effrayer la population, est bien en marche.

– Et quand pensez-vous passer à la vitesse supérieure ? demanda Saint-Germain d'un ton rogue. Fiori prend trop d'importance. Il faut qu'il disparaisse.

– Je m'en occupe, assura Vérité avant d'ajouter : Monsieur

Allier, j'aimerais vous parler en privé. Si votre ami le souhaite, mes domestiques peuvent l'accompagner au petit salon où il trouvera de quoi se rafraîchir.

Les deux hommes échangèrent des regards inquiets. Vérité eut un sourire indulgent.

– Allons, monsieur Saint-Germain, je ne vais pas vous empoisonner.

– Mademoiselle, dit le vieil homme en avançant son fauteuil roulant, le pouvoir de votre sang est proprement terrifiant. Qu'est-ce qui nous dit que vous n'allez pas nous… marquer, comme vous dites, hein ?

Vérité considéra le Conseiller de toute sa hauteur.

– Absolument rien, monsieur Saint-Germain. De même que rien ne me garantit que vous ne m'abattrez pas d'une balle entre les deux yeux dès que vous serez parvenus à vos fins. Cela dit, je comprends qu'à votre âge cette situation soit éprouvante, et je ne vous en veux pas d'exprimer vos craintes.

Sans attendre que le vieux militaire comprenne qu'elle venait de le traiter de lâche, la comtesse tendit son bras valide au chef des services secrets.

– Accepteriez-vous de vous promener un peu à mes côtés ?

Ils sortirent du petit manoir pour arpenter les allées impeccablement entretenues du jardin. L'endroit n'appartenait pas à la comtesse, mais à une famille française sympathisante des Frères du Sang. Il venait de pleuvoir et les massifs de fleurs étaient encore constellés de gouttes. L'air sentait la terre mouillée. La comtesse et le chef des services secrets marchèrent un moment sans parler. Eugène Allier était crispé, Vérité le sentait dans la tension de son bras.

– Avez-vous peur de moi, monsieur Allier ?

Celui-ci soupira.

– Mon ami Saint-Germain n'a pas tort lorsqu'il dit que votre pouvoir est effrayant. Vous m'avez tout de même mis le couteau sous la gorge, la dernière fois que nous nous sommes vus.

Vérité s'arrêta, pour faire face au chef des services secrets. Elle lui prit la main sans se soucier du mouvement de recul que ce geste provoquait chez l'homme.

– Je devais vous convaincre. Est-ce que cela vous rassure si je vous promets de ne plus jamais utiliser mon pouvoir contre vous ?

– Mademoiselle, si la politique m'a appris quelque chose, c'est que la plupart des promesses sont, au mieux, des mirages, au pire, des mensonges.

– Mais moi, monsieur Allier, je ne fais pas de politique. Et je ne mens jamais.

Le chef des services secrets déglutit avec peine. Les yeux magnétiques de la comtesse, associés au parfum de fleurs que chacun de ses mouvements libérait, lui troublaient l'esprit. Il se sentait comme un rongeur fasciné par un serpent avant que celui-ci ne se jette sur lui. Il détourna difficilement le regard et dégagea sa main.

– Très bien, dit-il d'un ton sec. Alors, puisque vous ne mentez jamais, parlez-moi de vous.

Vérité vint s'asseoir au bord d'un bassin peu profond, colonisé par les nénuphars et les lentilles d'eau, dans lequel un chérubin de pierre semblait verser le contenu d'une cruche éternellement pleine.

– Que voulez-vous savoir ?

– Votre histoire. Vous m'avez dit que Larispem était la cause de tous vos malheurs. Je suppose que votre famille n'a pas accepté de s'adapter et qu'elle est tombée sous les coups des révolutionnaires. Vous avez été recueillie par quelqu'un ? Une nourrice aimante, peut-être, qui vous a fait fuir en France où vous avez décidé que la Cité-État était une hérésie que vous deviez combattre à tout prix ?

Vérité tendit la main vers un massif pour arracher une fleur de lis qu'elle porta à son nez.

– Ah, monsieur Allier, si seulement vous aviez raison… Certes, mes parents faisaient partie de ces aristocrates qui ont refusé de s'en aller et qui se sont cachés à Larispem en espérant lutter de l'intérieur. Même enceinte de moi, ma mère est restée. Ils ont tenu un bon moment, puis ils ont été dénoncés. Et, avant qu'une milice ne fasse irruption chez nous pour les arrêter, ils ont eu le temps de nous confier, ma sœur aînée et moi, à un oncle que nous connaissions à peine.

– Un oncle français ?

– Non, il était parisien et avait accepté l'ultimatum du nouveau gouvernement. Mon oncle croyait vraiment qu'il valait la peine de renoncer à ses titres, à ses privilèges, à son train de vie, pour participer à cette charmante utopie promise par le Taureau.

Vérité froissait les pétales du lis entre ses doigts. Elle laissa tomber la fleur par terre et continua, d'une voix glacée :

– Vous voyez, monsieur Allier, nous parlions de mensonges, tout à l'heure. Larispem en est un. Un mensonge immense où l'on vous promet l'égalité, le bonheur, le progrès si vous respectez les règles. On jure la main sur le cœur que le passé de chacun, son origine et son sexe ne comptent pas, mais c'est faux. Quand j'étais petite, des gens nous ont entendues jouer du piano, ma sœur et moi, et en ont déduit que nous étions plus riches que ce que nous montrions. Ils se sont introduits chez nous pour nous voler des trésors qui n'y étaient pas. Mon oncle a tenté de s'interposer et ils l'ont tué, de même que ma sœur. Quant à moi, mon bras a été traversé par une balle et ils m'ont laissée blessée et sans connaissance. J'ai été soignée, mais mon bras est resté paralysé. Voilà des années que je porte le deuil des miens et de cette part de moi qui est morte en même temps qu'eux.

Le chef des services secrets s'assit à son tour. Il était embarrassé.

– Pardonnez-moi, comtesse. Je n'aurais pas dû vous interroger comme ça.

– Vous vouliez la vérité, la voilà. Me trouvez-vous si mauvaise d'utiliser la seule arme que je possède pour obtenir la justice ?

– Non, non, bien sûr !

Sans même s'en rendre compte, le chef des services secrets avait repris la main de la jeune femme dans les siennes.

– Puis-je vous faire une confidence, monsieur Allier ?

De nouveau hypnotisé malgré lui, Eugène Allier ne put que hocher la tête. Vérité se rapprocha de quelques centimètres.

– Je regrette que notre collaboration profite au président Quart. Je vous trouve infiniment plus compétent que cet homme que je ne connais pas et qui n'a même pas eu le courage de me rencontrer. J'ai beaucoup réfléchi. C'est à vous, Eugène, que je voudrais offrir Larispem, pas au président.

Le chef des services secrets se rendit compte qu'il ne respirait plus et que des gouttes de sueur perlaient sur son front. Il s'épongea les tempes avec son mouchoir en reprenant son souffle. Ce que Vérité venait de lui proposer n'était rien d'autre que de trahir la France.

– Je… hem…

Il chercha désespérément un moyen de se soustraire à l'attraction de la jeune femme mais, même s'il s'efforçait de concentrer son attention sur le chérubin de pierre au centre de la fontaine, il pouvait sentir le regard de Vérité posé sur lui.

– Mademoiselle, je ne suis pas bien haut dans la hiérarchie. Même en admettant que… que je me porte candidat aux élections en faisant valoir mon rôle dans la récupération de Larispem, jamais je n'aurai la moindre chance d'être élu. Il faudrait que les esprits aient bien changé pour que…

Il s'interrompit en voyant le sourire entendu de Vérité.

– Mon Dieu, chuchota-t-il.

La comtesse chassa une mèche noire échappée de son chignon et, d'une pensée, appela Alcide.

– Vous allez retourner faire votre rapport au président, monsieur Allier. Dites-lui que ce n'est qu'une question de temps pour Fiori. Suggérez-lui d'envoyer un courrier à Lancien en sous-entendant qu'il connaît la cachette de notre corporation et que, si elle signe, il l'aidera à nous éradiquer. Cela devrait aider la Présidente à se décider.

Alcide arrivait, un petit paquet dans ses mains. Le chef des services secrets se figea en voyant l'état de l'ancien professeur.

– Ne faites pas attention à lui, dit Vérité. Il m'a trahie et mérite ce qui lui arrive.

Elle prit le paquet des mains d'Alcide et le renvoya sans un mot.

– Ceci est un cadeau pour vous. Je ne saurais trop vous conseiller de l'ouvrir seul. Au revoir, monsieur Allier. J'espère vous revoir très vite.

Elle tendit la main au chef des services secrets qui l'effleura de ses lèvres.

– Comtesse…

Vérité inclina la tête et, sans attendre, tourna les talons pour s'éloigner dans le jardin, silhouette sombre et altière au milieu des arbres et des fleurs.

– Alors, comtesse ? Notre cher, cher M. Allier s'est-il rallié à vos arguments ou à ceux du sang ? L'avez-vous marqué ? Le brave homme devait être tout retourné.

Vérité lâcha ses cheveux et résista à l'envie de planter l'épingle d'argent qui les maintenait dans le cou grassouillet du docteur Delisle. Elle se jura une fois de plus de le jeter du haut de la tour Verne, le jour où elle n'aurait plus besoin de lui.

– Je ne l'ai pas marqué, non. En revanche, je lui ai fait le cadeau dont nous avions parlé.

– Bien, bien ! Croyez-vous qu'il l'utilisera ?

– Je l'espère. Des nouvelles de Sylvestre de votre côté ?

Le docteur lui tendit un pli. Vérité en brisa le cachet et lut la missive rapidement. Le Frère du Sang l'informait que, même s'il ne l'avait pas encore récupéré, le carnet était en passe d'être traduit. D'après le jeune Nathanaël, l'adolescente avait trouvé le code. Vérité haussa les sourcils, incrédule.

– Delisle, vous répondrez à Sylvestre que je veux le carnet traduit pour mon prochain voyage à Larispem – il en connaît déjà la date et l'heure. Nous verrons alors comment nous y prendre pour Fiori. Ce Nathanaël est un boucher et je comptais là-dessus pour qu'il approche Fiori. Mais, malgré ce que me dit Sylvestre, je ne le trouve pas très fiable… Nous verrons.

– Bien, Mademoiselle, gloussa Delisle.

Vérité s'avança dans le laboratoire que le docteur avait installé dans l'une des dépendances du manoir. Les petits Héritiers se trouvaient tous là, inconscients. La comtesse circula lentement entre les lits alignés comme dans un dortoir, scrutant les petits visages pâles et immobiles des orphelins. Elle fit légèrement basculer la tête de l'un des garçons. *Alfred*, indiquait une fiche au pied du lit.

– Celui-ci a du sang dans l'oreille, Delisle. J'espère que vous n'êtes pas en train de me le tuer.

Le docteur sautilla jusqu'au lit.

– N'ayez crainte, Mademoiselle. Je crois au contraire qu'il commence à transmuter. Bientôt, c'est du sang violet qui courra dans ses veines, ainsi qu'un beau pouvoir qu'il contrôlera parfaitement… et que nous pourrons extraire à volonté, hé, hé !

Il montra le lit voisin.

– Son jumeau que voici a transmuté il y a trois jours. Non sans mal, je dois l'avouer. Je dois encore tâtonner pour trouver une meilleure solution. Mais enfin, j'ai pu lui prélever une bonne quantité de sang pour mes petites expériences.

Vérité soupira. Il lui tardait d'avoir le carnet traduit entre les mains. Sans lui, toutes les tentatives de Delisle n'étaient que tâtonnements. Elle se rappela soudain un détail :

– Au fait, avez-vous revu ce gamin loqueteux qui traînait dans les parages, l'autre jour ?

– Ce petit va-nu-pieds ? Figurez-vous que oui, et vous allez être surprise…

Il conduisit la comtesse au dernier lit de la rangée. Un petit garçon pâle, aux cheveux en bataille, y dormait, drogué comme les autres, son poignet attaché au lit par une chaîne cadenassée.

Vérité le regarda sans émotion particulière.

– Expliquez-vous. Pourquoi ne pas vous en être débarrassé ? C'est un nouveau cobaye ?

– Vous ne la reconnaissez pas ? Il est vrai qu'elle s'est coupé les cheveux et qu'elle est vêtue comme un garçon. Je vous présente Isabella de La Cruz, la petite protégée d'Alcide, qui manquait à notre collection. C'était elle qui rôdait, dans l'espoir, sans doute, de sauver son professeur. N'est-ce pas touchant ?

Vérité eut un sourire froid.

– Adorable…

Eugène Allier attendit jusqu'au soir pour ouvrir le cadeau de Vérité. Il ferma à double tour la porte de sa chambre d'auberge et monta la mèche de la lampe avant de poser le paquet sur la table.

Vérité… Il devait admettre qu'elle lui avait complètement tourné la tête. Il n'en revenait pas de se sentir hanté à ce point par la comtesse. Elle était en train de le manipuler, et pourtant, il avait été touché malgré lui par son histoire, happé par son aura. Durant le voyage de retour, il avait eu beau parler avec ses conseillers, consulter ses notes, tenter de lire, le pâle visage de Vérité ne cessait de lui apparaître.

Après une longue hésitation, il se décida à dénouer les rubans qui entouraient le papier de soie, pour se retrouver devant une jolie boîte accompagnée d'un mot, rédigé à l'encre violette.

> « En gage de bonne volonté, voici trois présents qui sont autant d'occasions pour vous de tester le pouvoir qui est le mien et qui pourrait être le vôtre. Vous connaissez la procédure. Pour le reste, demandez à voix haute et distincte, et on vous obéira.
>
> Vérité, comtesse de Maugardin. »

Le chef des services secrets retint son souffle et ouvrit la boîte. Dans un écrin de velours sombre brillaient trois petites fioles remplies de sang violet.

13

L'ÉPÉE DU DESTIN

Lecteur, si tu lis ces mots, c'est que tu es l'un des nôtres, un aristocrate, un Frère du Sang…

Extrait du Livre de Louis d'Ombreville.

Nathanaël était en retard. Liberté poussa un soupir agacé. Elle se trouvait pourtant au bon endroit, la station de tram aérien située à mi-chemin entre le Cochon Volant et la tour Verne où ils s'étaient donné rendez-vous. Il était tard et les rares passagers qui montaient dans les voitures jetaient des regards intrigués à cette silhouette cachée sous un grand parapluie noir, immobile en bordure du quai. Une rafale de vent trempa la jeune fille et elle se recroquevilla un peu plus sous son abri précaire. Il n'y avait pas eu de nouveau tirage de dé pour les jeux, et donc pas de nouvelles épreuves. Les festivités reprendraient bientôt, avait martelé Fiori, mais la ville avait besoin d'un peu de temps avant de recommencer à respirer normalement. Difficile de prendre le tram ou de se promener dans la rue sans penser à ce qui s'était passé. Les gens se lançaient des regards en coin, lisaient les journaux et parlaient à mi-voix des Frères du Sang. Des graffitis à la peinture rouge avaient fleuri un peu partout, comme des défis jetés à la face de l'ennemi. L'un d'entre eux, clamant « Larispem n'a pas peur ! », s'étalait sur l'un des murs de la gare. Liberté ne trouvait pas l'inscription très réconfortante : lessivée par la pluie, la peinture bavait en sinistres coulures rouges et la tête de taureau dessinée sous les mots semblait ruisseler de sang frais.

La mécanicienne sortit sa nouvelle montre à gousset. Pas vraiment pour vérifier l'heure, ce qu'elle avait fait quelques secondes plus tôt, mais pour le plaisir de l'admirer. C'était un modèle luxueux en argent, avec de fines aiguilles dorées qui couraient sur un cadran d'émail. Tout à fait le genre d'objet qu'elle aurait pu revendre au marché noir avec Carmine. La montre était arrivée à la tour la veille, accompagnée d'un petit mot qui lui avait fait battre le cœur.

> « Pour Liberté,
> En espérant que les minutes défilent à toute allure jusqu'à l'heure de notre prochaine rencontre.
> Cinabre. »

Liberté la serra dans son poing jusqu'à ressentir les battements de la trotteuse contre sa peau.

Elle aurait tellement voulu passer sa journée à penser à Cinabre. Au lieu de ça, elle devait rester là, plantée sur le quai en attendant Nathanaël. Elle était en colère contre l'apprenti. Il n'était pas fier en lui racontant ce qui s'était passé après l'épreuve. À cause de lui, Sylvestre était persuadé qu'elle avait la clé du carnet. Plus que jamais, leurs vies ne tenaient qu'à un fil.

Le rail se mit à vibrer et le tram entra en gare. Nathanaël descendit de la dernière voiture et Liberté lui fit signe. L'orphelin avait revêtu des habits civils mais il portait ses couteaux comme un véritable louchébem. Les mains enfoncées dans ses poches et le cou dans les épaules pour se protéger de la pluie, il rejoignit Liberté.

– Tu es en retard. Qu'est-ce que tu faisais ?

– On devait livrer de la viande à un restaurant et ils nous ont invités à boire un coup pour parler des jeux. J'ai dû prétendre que j'étais fatigué et que j'allais me coucher. Ils se sont tous bien fichus de moi, mais j'ai réussi à filer.

Malgré les explications de Nathanaël, Liberté se renfrogna un peu plus. Toutes les émotions accumulées depuis des jours débordaient et elle se mit en colère sans vraiment l'avoir voulu.

– Je t'attendais, moi, figure-toi ! Je te rappelle que, grâce à toi, nous sommes condamnés à traduire ce carnet et à attendre que cette Vérité envoie de nouveaux types me tomber dessus !

Nathanaël lui jeta un regard courroucé.

– À cause de moi ? Tu es mal placée pour me donner des leçons, Liberté.

Furieux à son tour, il sortit de sa poche un article découpé dans *Le Petit Larispemois*, qui donnait les dernières conclusions de l'enquête. L'une des bombes avait sauté trop tôt, ne tuant qu'une seule personne : un homme d'une cinquantaine d'années, épicier à Montparnasse. De nombreux témoins affirmaient qu'ils l'avaient vu transporter un paquet et le poser à terre avant qu'il n'explose. Un terroriste, donc, mais pas un aristocrate. Sa famille refusait de reconnaître sa culpabilité. Dans une longue interview, sa femme soutenait que les Frères avaient dû le contraindre à ce geste terrible. Comment ? Elle ne savait pas. Ce n'était pas la première fois, notait le journaliste, que des personnes semblaient agir en dépit de toute logique. Il faisait le lien avec un entrefilet récent rapportant le cas d'un employé de la Bibliothèque centrale de Larispem qui avait été retrouvé en sous-vêtements à son poste, à l'entrée du secteur rouge. Apparemment, il avait été pris de folie et avait mis ses habits dans la déchiqueteuse. Quand ses collègues l'avaient trouvé, il avait affirmé ne pas comprendre ce qui lui avait pris, ni même se souvenir de ce qui s'était passé.

– C'est toi qui as fait ça, j'en suis sûr ! Tu es la dernière personne à m'avoir parlé du secteur rouge.

Liberté se mordit la lèvre.

– Oui, c'est moi, admit-elle. Il s'était montré odieux.

– Je n'arrive pas à croire que tu aies utilisé ton pouvoir pour faire un truc aussi stupide ! Tu me reproches mon imprudence après la première épreuve et, là, tu exposes notre pouvoir au quotidien le plus lu de tout Larispem ! Tant que tu y es, tu devrais envoyer un pneu à Fiori pour tout lui raconter !

Des larmes montèrent aux yeux de Liberté, ce qui ne fit qu'alimenter l'exaspération de Nathanaël.

– Et arrête de pleurer tout le temps, bon sang !

– Je donnerais n'importe quoi pour qu'on ne se soit jamais rencontrés ! cria Liberté. Sans toi, je serais encore une fille normale ! Tu m'as changée en monstre !

– Si vous n'aviez pas volé ce foutu Livre, on n'en serait pas là ! rugit le garçon.

Liberté le gifla. Le bruit sembla résonner dans la station déserte. L'orphelin, choqué, plaqua sa main sur sa joue. La petite mécanicienne avait lâché son parapluie et sanglotait derrière l'écran de ses paumes.

– Ce n'est pas ma faute, renifla-t-elle d'une voix cassée.

Nathanaël ne savait plus quoi faire. Sa colère était encore là mais il se sentait coupable de ce qu'il venait de lui jeter à la figure. Il ramassa le parapluie pour abriter Liberté, lui tendit un mouchoir et prit une grande inspiration.

– Et si nous allions nous mettre à l'abri ?

Trempés, ils se rendirent à un café que Liberté avait repéré un peu plus tôt. L'endroit, feutré et douillet, était essentiellement fréquenté par des couples d'amoureux. Personne ne s'étonnerait d'y voir deux adolescents chuchoter en tête à tête. La patronne les dirigea jusqu'à une table éclairée à la bougie avec un sourire complice.

– Je t'ai trouvé formidable au cimetière Lachaise, dit-elle à Nathanaël avec un clin d'œil en déposant sur la table deux cafés accompagnés d'une appétissante montagne de viennoiseries.

Elle tourna la tête vers Liberté et ajouta :

– Tu as bien choisi, citoyenne ! Vous formez un très joli couple. Une amie à moi soutenait que Nathanaël était avec Carmine, mais moi, j'étais sûre du contraire. J'ai hâte de vous voir disputer l'épreuve suivante !

Liberté s'empourpra et Nathanaël grimaça un sourire.

– Merci, citoyenne, mais si tu pouvais… tu vois, éviter qu'on vienne nous déranger, ce serait génial. Liberté et moi, on voudrait être un peu intimes.

La patronne avisa les yeux rougis de la jeune fille.

– J'espère qu'au moins tout va bien, ma chérie ?

– Oui, oui, répondit celle-ci d'une voix rauque. C'est juste qu'il était en retard et que j'ai eu… euh… peur pour lui.

– Oh, ma pauvrette ! roucoula la patronne, émue. Mais c'est vrai qu'avec les temps que nous vivons, comment ne pas se faire du mouron, hein ?

Elle leur adressa une œillade complice et tira un rideau de velours rouge, isolant ainsi les deux adolescents du reste du café. Liberté rendit son mouchoir à Nathanaël.

– Est-ce qu'un jour on arrêtera de mentir à tout le monde ? renifla-t-elle.

Le garçon pensa alors à Carmine. Chaque jour, sa carapace s'ouvrait un peu plus. Pour lui seul. Ce soir encore, elle lui avait parlé de son père, s'était véritablement confiée à lui. Et, en retour, il ne faisait que mentir, dissimuler, inventer.

– Allez, on doit s'y mettre.

Liberté sortit de son sac le volume qu'elle avait volé à la bibliothèque, un encrier portatif, un porte-plume, ainsi que le Livre. Pour se donner du courage, elle piocha un pain aux raisins et l'engloutit en trois bouchées.

– J'ai encore fait des essais, dit-elle, la bouche pleine de pâte feuilletée, mais ça ne donne rien. Je crois qu'on doit tout recommencer depuis le début, rassembler ce qu'on sait de Louis d'Ombreville en espérant tomber sur quelque chose qui nous aurait échappé.

– D'accord, dit Nathanaël en prenant le stylo et une feuille. Très bien. On recommence. Que sait-on de lui ?

Liberté ferma les yeux pour mieux se concentrer. Ce n'était pas facile. Des alcôves voisines leur parvenaient des gloussements et des bruits de baisers étouffés. Elle se boucha les oreilles et énuméra à voix basse ce qu'ils savaient sur le chef des Frères du Sang. Quand ils eurent fini, la feuille n'était remplie qu'à moitié.

– On devrait interroger quelqu'un qui l'a connu, soupira Liberté en tournant les pages du Livre.

– Alcide était de sa famille, mais trop jeune et, de toute façon, il a disparu. Ta mère, désolé de le rappeler, l'a rencontré, mais on ne sait pas non plus où elle se trouve. On ne peut même pas lui envoyer une lettre. Elle n'a pas repris contact avec toi ?

Liberté se renfrogna et secoua la tête. Le souvenir de sa mère quittant Larispem à bord du train était trop récent pour ne pas être douloureux.

– Si seulement on avait pu l'interroger, pesta Nathanaël.

La jeune fille arrêta de se ronger nerveusement les ongles.

– Attends… elle a évoqué quelque chose… une phrase. Quelque chose que disait Louis d'Ombreville à propos du destin. C'était quoi déjà ?

Nathanaël fronça les sourcils.

– Je ne m'en souviens pas.

Liberté ferma les yeux et plissa le front dans un effort de mémoire.

– Rappelle-toi, c'était un truc à propos d'une épée et de la vie…

Soudain, elle prit le porte-plume des mains du garçon et écrivit :

« L'épée du destin est au-dessus de toute existence. »

– Voilà, c'est ça !

Nathanaël admit que c'était une bonne piste. Liberté feuilleta à toute allure le livre volé dans le secteur rouge et se mit à travailler sur un passage pris au hasard dans le carnet. Elle consultait la grille et traduisait, lettre après lettre, écrivant le résultat au fur et à mesure, à une allure incroyablement lente. Nathanaël retint sa respiration tandis qu'une phrase apparaissait lentement sous leurs yeux.

« Mes recherches m'ont conduit plus loin que je ne le pensais. »

Les deux adolescents fixèrent le texte sans y croire.

– Nom du Taureau ! jura l'apprenti. On a vraiment trouvé.

Ils se rendirent compte de ce que ça signifiait : pour la première fois, ils avaient un atout. L'espace d'un bref instant, le triomphe les électrisa et Liberté plaqua ses mains sur ses lèvres pour étouffer un cri de victoire. Quant à Nathanaël, il exécuta une sorte de danse sur place, et en silence. Quand ils furent un peu calmés, Liberté dit :

– Tu penses qu'il y a là-dedans quelque chose qui puisse nous aider ? Peut-être que Louis d'Ombreville avait prévu une… je ne sais pas… une formule pour annuler le pouvoir ?

– Même sans ça, on peut sans doute se servir du carnet contre eux. À ton avis, est-ce qu'ils se laisseraient prendre par une fausse traduction ?

La mécanicienne poussa un soupir découragé.

– Non. C'est trop risqué. Ils voudront voir l'original. Si seulement on arrivait à profiter de ce que Vérité sera à Larispem pour la faire arrêter ! Sans leur chef, les Frères du Sang seraient affaiblis.

Nathanaël grimaça. Il ne voyait pas comment accomplir un tel exploit. Ils passèrent en revue leurs possibilités, qui étaient maigres : prévenir la Garde en personne, c'était la garantie de devenir la cible de soupçons.

– Un message anonyme ? proposa la jeune fille.

– Et s'ils ne le lisent pas ? S'ils ne le prennent pas au sérieux ? Liberté, je ne vois qu'une solution. J'ai l'heure, la date et l'adresse de la réunion des Frères du Sang : il faut marquer Sévère pour qu'il y envoie ses hommes.

Elle ouvrit de grands yeux.

– Marquer le chef de la Garde ? Tu veux rire, j'espère ?

– Non. Et en plus, c'est toi qui vas devoir le faire. Vous vivez tous les deux au même endroit.

– C'est de la folie, protesta Liberté. Tu me demandes de m'en prendre à la personne la plus méfiante qui soit !

Elle lui raconta comment Maxime Sévère paraissait toujours en train d'épier tout le monde. Soupçonneux à l'extrême, il vivait et travaillait dans un bureau attenant à sa chambre où il ne laissait jamais entrer personne. Deux gardes en surveillaient l'unique accès nuit et jour et la rumeur voulait qu'il dorme avec un pistolet sous son oreiller. Que ce soit à cause de sa paranoïa généralisée ou d'un sixième sens particulièrement acéré, il ne croisait jamais Liberté sans la percer du regard.

– Depuis le premier jour, il ne me fait pas confiance, et je ne suis pas un cas isolé. D'une façon ou d'une autre, il menace tous ceux qui s'approchent de la Présidente. Je me suis renseignée : ce type est là depuis les débuts de Larispem. Il était très proche de Jacques Vilain, le compagnon révolutionnaire de la Présidente et de Fiori.

– Très proche ?

– Et même encore plus proche que ça, d'après ce qui se murmure. Il était présent lorsqu'il s'est fait assassiner et n'a rien pu faire pour le sauver. De l'avis général, c'est depuis ce jour-là qu'il a juré de se consacrer entièrement à la sécurité de Larispem.

– Je comprends, insista Nathanaël, mais quand Vérité arrivera, on n'aura pas d'autre choix que de lui donner ce qu'elle veut, et même avec ça, ce n'est pas certain qu'on s'en sorte vivants. Il faut la piéger, c'est notre seule chance. Il doit bien avoir une faille, ce Sévère ?

Liberté réfléchit en engloutissant un autre pain aux raisins.

– C'est un homme routinier, tellement à cheval sur les horaires que c'est à se demander s'il ne fonctionne pas avec des rouages et une batterie. C'est là notre seul avantage : savoir exactement où il sera, à quelle heure. Notre chance serait peut-être cette ADEL qui s'occupe de nettoyer le plancher chez lui tous les jours. Il la laisse entrer même quand il s'y trouve parce qu'elle est discrète et silencieuse.

Nathanaël rit, soulagé.

– Ah, tu vois qu'il est humain ! Je parie qu'elle est jeune et jolie !

– Jolie si on aime les sphères de cuivre munies de balayettes et de serpillières rotatives ! Une ADEL est un « Automaton Domestique Électrique Larispemois », un des petits automates programmés pour accomplir des tâches simples. Ils circulent dans les murs de la tour, entrent dans les pièces par des petites trappes, font leur travail et repartent. Une procédure presque entièrement automatisée, un système révolutionnaire. On pourrait facilement imaginer glisser à l'intérieur d'une ADEL une de ces billes fumigènes dont tu m'as parlé et s'arranger pour qu'elle se brise au bon moment.

– Tu pourrais faire ça ?

– Oui. J'en suis sûre. Quand exactement dois-tu rendre le Livre traduit ?

– Dans deux semaines, à minuit pile : ils ont le sens du drame, ces Frères du Sang.

– Et tu vas y aller ?

– Si notre plan fonctionne, les gardes sauront quand et où intervenir. Je me cacherai à proximité pour voir si ça marche. Je n'ai pas vraiment envie de revoir Vérité.

Il y eut un toussotement derrière le rideau rose et la voix de la patronne s'éleva pour les prévenir que l'établissement allait fermer. Les deux adolescents remballèrent à toute allure les notes de Liberté et le Livre de Louis d'Ombreville. Nathanaël fouilla dans ses poches pour poser quelques pièces sur la table avant de tirer le rideau.

– Ah, commenta la patronne en les raccompagnant à la porte, c'est si beau d'être jeune et amoureux ! On ne voit pas le temps passer. Revenez quand vous voulez !

Dehors, la pluie tombait toujours avec une obstination déprimante. Les vapomobiles qui passaient soulevaient des vagues brunâtres qui venaient tremper les pieds des passants. Nathanaël fouilla dans sa veste et en sortit la bille que lui avait donnée Isabella à l'orphelinat. Il la tendit à Liberté qui l'examina avec curiosité.

– C'est très astucieux comme système, murmura-t-elle.

Elle se rappela avec un frisson la façon dont Alcide s'en était servi contre Carmine et elle ce soir fatidique où ils s'étaient trouvés nez à nez dans la bibliothèque abandonnée.

– Carmine a vraiment tout oublié de ce soir-là. Ça doit être très efficace.

– Et toi ?

Liberté lui raconta à quel point elle avait eu du mal à s'en souvenir.

– Je n'avais pas encore… comment tu dis ?

– Transmuté.

– Voilà, pas encore transmuté. Du coup, je suppose que le pouvoir a partiellement agi sur moi.

Ils reprirent le chemin de la station de tram et, avant qu'ils ne se séparent, Liberté proposa à Nathanaël de lui envoyer un message pour le tenir au courant de l'avancement de leur plan et de la traduction du carnet.

Nathanaël arriva au Cochon Volant en ayant ruminé sa conversation avec Liberté tout le trajet. Il était trempé et n'aspirait qu'à se débarrasser de ses vêtements puis se coucher. Les lieux auraient dû être déserts à cette heure-ci ; pourtant, au moment où il tourna la clé, il s'immobilisa. Un rai de lumière filtrait sous la porte. Avec appréhension il entra, persuadé que Sylvestre était venu plus tôt que prévu, mais au lieu du Frère du Sang il vit Carmine, penchée sur une carcasse. Elle ne l'avait pas remarqué et il se figea quand il s'aperçut qu'elle pleurait. De grosses larmes silencieuses s'écrasaient sur le billot, se mêlant au sang de l'agneau qu'elle dépeçait. Il essaya de fermer la porte discrètement mais c'était trop tard. Surprise, elle fit un bond.

– Lerdemuche ! Nathanaël !

– Pardon, je ne savais pas que c'était toi… Tu vas bien ?

Il se rendit compte qu'il avait commis une erreur en posant la question. Carmine s'essuya les joues, furieuse, et planta sans ménagement son couteau dans la viande.

– Tu te défiles en prétextant que tu es fatigué, et te voilà, qui reviens d'une petite balade nocturne ? Tu te fiches de moi ou quoi ? Tu m'espionnes ?

Nathanaël nia avec énergie mais le mal était fait. Les yeux de la louchébem lançaient des étincelles.

– Tu vas raconter partout que Carmine fait des heures supplémentaires en chialant, c'est ça ?

Elle le retint par le bras, mais il se dégagea et battit en retraite. Il s'était déjà fait gifler par Liberté et n'avait pas spécialement envie que Carmine s'y mette.

– Écoute, je suis désolé, d'accord ? Je n'ai rien vu, je m'en vais, tu peux continuer à faire… tout ce que tu veux. Je m'en moque.

Il claqua la porte et sortit dans la cour, à son tour en colère. Ras le bol des louchébems, de ces filles hystériques et du reste ! Il donna un coup de pied dans le mur, se meurtrit les orteils et poussa une exclamation de rage. Il enleva sa chaussure et resta planté là à masser ses doigts de pied et à s'apitoyer sur son sort, en se demandant s'il n'allait pas lui aussi se mettre à pleurnicher.

Au bout d'un moment Carmine le rejoignit. Elle avait enlevé son tablier, et ses couteaux étaient rangés à sa ceinture. Sans rien dire, elle s'adossa au mur, juste à côté de lui.

– Je dors mal ces temps-ci, avoua-t-elle en regardant le ciel. Je fais des cauchemars.

Nathanaël ne bougea pas, se contentant de faire un signe imperceptible de la tête pour lui confirmer qu'il l'écoutait.

– Je rêve de mon père. Il n'arrête pas de mourir et je ne peux rien faire… Alors je préfère avancer le boulot plutôt que de passer trois heures à tourner dans mon plumard parce que j'ai la trouille de fermer les yeux. Je suis… Enfin, je ne voulais pas…

– Hum, hum ! marmonna Nathanaël en enfilant sa chaussure.

– Allez, dis-moi qui c'est ? demanda-t-elle soudain en se tournant vers lui.

L'orphelin était si fatigué de mentir qu'il fut à deux doigts de tout lui avouer. Une infime étincelle de raison le poussa à prendre son expression la plus louchébem pour répondre, avec un haussement d'épaules dédaigneux :

– Eh, Larminecji, si j'avais voulu qu'on me surveille tout le temps, je serais resté à l'orphelinat.

La louchébem hocha la tête.

– Tu marques un point, reconnut-elle avant d'ajouter : C'était une fille ?

Non, fit Nathanaël de la tête, et Carmine lui lança un regard qui voulait dire : « Ne te fiche pas de moi. »

– Un garçon alors ? Je ne m'attendais pas à ça mais pourquoi pas.

– Quoi ? Mais non, ce n'est pas un garçon ! Et ce n'était pas un rendez-vous.

La louchébem eut un sourire de biais.

– Tant mieux. De toute façon, tu étais un peu négligé. Un louchébem négligé ne séduit personne.

Elle se rapprocha et rectifia le col de sa chemise, puis passa lentement la main le long de son bras comme pour lisser les plis du tissu, et, bien qu'il n'y eût plus rien à lisser au-delà du coude, elle continua le long de son bras. Nathanaël essaya de respirer mais un esprit malin avait vidé Larispem de son oxygène. Suffoquant, il ne savait plus s'il se noyait ou s'il brûlait. La main de Carmine était chaude contre sa peau, rêche à force de coupures et d'éraflures. « Agis ! hurla une voix en lui. Qu'est-ce que tu attends, crétin ? » Au prix d'un effort surhumain, il souleva sa main et effleura la joue de la louchébem. Contrairement à ses mains, elle était douce. Il se rendit compte qu'il aimait ce contraste, que c'était quelque chose de parfait, tout comme ses yeux sombres, sa silhouette taillée pour courir, bondir et se battre, ses cheveux indisciplinés autour de son visage. Il aimait son parfum qui n'avait rien à voir avec celui des filles de l'orphelinat. Une odeur chaude et vivante, sans artifice, qui donnait envie de plonger le nez dans son cou pour s'en enivrer. Il l'aspira à pleins poumons, la sentit s'enrouler au fond de sa poitrine, lui donner le courage de soulever son autre main et de la passer autour de la taille de Carmine. Il se rapprocha un peu plus, avec l'impression de marcher vers le bord d'une falaise, terrifié, euphorique, près de s'envoler. Avant qu'il ait eu le temps de décider quoi que ce soit, Carmine l'attira vers elle et l'embrassa. Nathanaël fut tellement surpris qu'il en oublia de fermer les yeux et se retrouva à fixer un croissant de lune voilé par des lambeaux de nuages. Le cerveau liquéfié, il pensa que c'était certainement la plus belle chose qu'il ait jamais vue de toute sa vie. L'instant dura à peine cinq secondes.

– Bonne nuit, chuchota Carmine à son oreille avant de disparaître dans l'obscurité.

14

L'AMOUR DONNE DES AILES

Vu le contexte, demandent les citoyens inquiets, Larispem doit-elle se laisser abattre ? Le Conseiller Fiori répond, ironique : « Il est vrai que les conditions climatiques sont déprimantes, mais nous tiendrons bon. »

Extrait du *Petit Larispemois*.

Sans se soucier de la date, l'automne avait décidé de s'installer en avance. La pluie battante ne s'interrompait que rarement et les feuilles mortes s'accumulaient dans les caniveaux. Le matin, une lourde brume rampait hors de la Seine pour se répandre dans les rues et y restait jusqu'à midi. Le soir, le froid et l'humidité chassaient les rares promeneurs assez courageux pour mettre le nez dehors.

Après une courte interruption, les jeux avaient repris. Fiori avait refusé tout net de céder à la peur. La ville était sous le choc ? Les Larispemois ne sortaient plus de chez eux sans frissonner ? Qu'à cela ne tienne, les festivités devaient continuer. Alors même que l'enquête sur les quatre explosions se poursuivait et qu'on pouvait encore voir les façades éventrées des maisons qui s'étaient trouvées juste à côté des bombes, il avait effectué un nouveau lancement de dé. L'équipe numéro 2, celle des bouchers du Bœuf Doré, était en tête, ils étaient tombés sur le 9e arrondissement. L'équipe 5, celle des étudiants, était juste derrière. Restait l'équipe du Cochon Volant, qui se retrouvait dans le 18e, l'arrondissement de la tour Verne, en compétition avec les trois bouchers des abattoirs : Lackji, Eustache le Cure-Dents et Émile le Dessaleur.

Bien au chaud dans sa chambre de la tour, Liberté essayait de ne pas penser à l'épreuve qu'ils allaient devoir disputer contre le grand tueur des abattoirs et ses deux acolytes aux doux surnoms. Tous les soirs, elle travaillait avec acharnement à décrypter le Livre. En utilisant la grille de décodage, elle en traduisait chaque lettre. Les mots apparaissaient à une cadence déprimante, et lentement, très lentement, le contenu prenait sens. Les noms des familles qui avaient fait allégeance à Louis d'Ombreville apparurent. Certains étaient suivis d'une petite croix et d'une date qui était celle de leur mort. D'autres étaient indiqués comme « en fuite » ou « contact maintenu ». Fascinée, elle lut les noms véritables de ses parents : Edmond de Vignac et Marthe de Sélène et la mention de leur disparition. Elle trouva aussi le nom de Vérité, seule rescapée de la famille de Maugardin. Même sa sœur était morte, très jeune d'après les dates inscrites. Liberté se surprit à ressentir une pointe de pitié pour la comtesse. Plus loin, elle tomba sur des réflexions rédigées par le chef des Frères en personne. Certains passages de son livre étaient troublants et, en les lisant, elle avait l'impression que Louis d'Ombreville s'adressait directement à elle.

« Mes recherches m'ont conduit plus loin que je ne le pensais. La science ne me permettant pas de concrétiser mon projet, j'ai consulté les grimoires et les anciennes écritures. Mon sang est un matériau brut, et les arts anciens de l'alchimie vont m'aider à le transmuter, pour en faire une épée immatérielle. Je l'offrirai ensuite à mes fidèles et à leurs enfants à naître. Ainsi, même s'ils n'ont plus rien, même s'ils sont seuls, même s'ils sont faibles, ils auront toujours en eux une arme pour se défendre. »

Elle refermait alors précipitamment le Livre et se reculait comme s'il risquait de la mordre, mais chaque fois la curiosité était plus forte et elle se replongeait dans sa traduction.

« Ce qui pourra sembler cruel à nos ennemis n'est que le résultat de ce qu'ils nous ont fait endurer. Nous avons été chassés, menacés, privés de nos possessions et même de nos noms ! Qui serais-je si je ne protégeais pas les miens ? Mon fils, mon petit-fils, mes amis… »

Ne sachant pas où chercher, Liberté traduisait des morceaux pris au hasard, des bribes de phrases ou des passages plus longs s'ils lui semblaient intéressants. Tantôt c'était très clair, tantôt elle se heurtait à des formules chimiques ou alchimiques incompréhensibles. D'autres extraits correspondaient à un journal intime qui évoquait les événements ayant eu lieu à Larispem.

En arrivant à la fin du Livre, Liberté se rendit compte que Louis d'Ombreville avait été pris par le temps. Il avait dû abréger ses travaux et avouait lui-même ne pas tout savoir du pouvoir du sang :

« Tel qu'il est aujourd'hui en moi, le pouvoir me permet de manipuler à ma guise les esprits des êtres humains. Je l'ai testé sur des quantités négligeables, de pauvres hères ramassés sur les trottoirs de Paris, prêts à suivre n'importe qui n'importe où, en échange de quelques piécettes. Une fois marqués du sceau du sang, ils m'obéissent et, tel un dieu, j'ai pouvoir de vie et de mort sur eux. Ce pouvoir est pourtant imparfait. Si seulement j'avais eu plus de temps, je pense que j'aurais pu créer un pouvoir total qui permettrait d'asservir sans même avoir besoin de passer par le marquage. Un simple contact visuel devrait suffire pour contrôler un grand nombre d'esprits, et même les éliminer. D'autre part, il faudrait que ce don puisse se transmettre à ceux qui s'en montrent dignes, et pas seulement aux enfants dont les deux parents ont le pouvoir. Pour renverser Larispem, il faudra accorder ce don à d'autres, de façon à créer une véritable armée. Je vais noter ici des pistes de recherche mais j'ignore si tout cela sera possible, et je ne serai malheureusement pas là pour le voir. »

La sonnerie de son téléphone la fit sursauter. Sans doute une nouvelle panne, ou un problème à régler au plus vite. Liberté décrocha le combiné sans lâcher ses notes des yeux.

– Allô !

– Ce n'est pas facile de te joindre, Liberté, lança une voix masculine à l'autre bout du fil.

– Je m'excuse, citoyen, dit-elle machinalement. Quel est le problème ?

Il y eut un rire.

– Le problème, c'est que je n'ai pas le droit de monter frapper à ta porte pour t'emmener en ville, ajouta la voix, amusée.

Liberté, interdite, cligna des yeux.

– C'est moi, Cinabre, conclut la voix. Tu descends ou tu me laisses servir de décoration dans le hall de la tour Verne ?

Elle cacha les documents de Louis d'Ombreville, rectifia en catastrophe sa coiffure et descendit les escaliers à toute allure. Elle n'avait pas rêvé ce coup de téléphone, le frère de Carmine l'attendait bien dans le hall ! Il lui présenta son bras en souriant et l'emmena dans un élégant restaurant proche de l'ancienne cathédrale. Des louchébems y festoyaient à la lumière des bougies, servis par des automatons montés sur roues et programmés pour apporter sans heurt carpes rôties, gratins crémeux et bouteilles de bière.

Au dessert, tout en buvant un café agrémenté d'une part de gâteau, Cinabre s'exclama :

– J'ai appris que vous alliez affronter l'équipe de Lackji dans trois jours ! Tu te souviens de l'épreuve avec le taureau mécanique ? Elle était truquée, j'en suis sûr.

– Par Fiori ?

Cinabre posa un index sur ses lèvres et fit un clin d'œil éloquent vers les autres clients du restaurant.

– Il a décidé depuis longtemps que ce serait l'équipe de Lackji qui gagnerait. Il veut absolument montrer que les bouchers sont des vainqueurs, et ceux de la Villette plus encore.

Liberté repensa à la conversation qu'elle avait entendue entre la Présidente et son Conseiller.

– Je ne comprends pas pourquoi personne ne s'aperçoit de ce qu'il est en train de faire ?

– Fiori est en pleine ascension. Chaque jour, il renforce son pouvoir et la présence des louchébems. Il est trop puissant pour être contesté. Il n'y a que *Le Petit Larispemois* qui lui lance des piques, mais comme ce journal fait ça avec tout le monde, on ne fait plus attention. Quant à Lackji… nous n'avons pas de maître, mais personne ne songerait à se mettre entre lui et son objectif. Même pas ma sœur. Alors, quand j'ai vu où allait se passer l'épreuve durant laquelle vos deux équipes s'affronteront, je me suis dit que peut-être tu pourrais…

Cinabre s'interrompit et secoua la tête.

– Non, laisse tomber.

– Dis-moi, l'encouragea Liberté.

Grisée par la situation, elle osa poser sa main sur celle du jeune homme, qui eut comme un sourire d'excuse.

– Non, je ne veux pas t'impliquer là-dedans… Ce n'est pas tout à fait réglementaire.

Il but une gorgée de café et lui lança un regard derrière la vapeur qui montait de la tasse.

– Cela dit, reprit-il lentement, c'est vrai que ce sont eux-mêmes des tricheurs. Si je te donnais un avantage sur eux, est-ce que tu pourrais t'en servir ? Je serais tellement heureux de voir ton équipe leur botter les fesses !

– Cinabre… tu es un boucher, toi aussi. Pourquoi tu fais ça ?

Celui-ci s'essuya délicatement les lèvres avec sa serviette et épousseta des miettes imaginaires sur son gilet.

– Il y a louchébem et louchébem… Je n'ai rien en commun avec Lackji, Eustache le Cure-Dents ou Émile le Dessaleur. Ils ne méritent pas de gagner ces jeux, contrairement à votre équipe.

Liberté acquiesça.

– Je ferai tout ce que tu voudras, Cinabre.

Il s'était penché au-dessus de la table pour déposer un baiser sur ses lèvres. Elle avait pensé qu'elle aurait vraiment fait n'importe quoi pour en obtenir un autre.

– Alors, je vais te dire en quoi va consister l'épreuve et je suis certain que tu trouveras une idée. Par contre, ne le dis pas à Nathanaël, et encore moins à ma sœur. Ça sera un secret entre nous…

Liberté avait eu beau espérer que le temps suspendrait son cours, le jour de l'épreuve finit par arriver. Depuis que Cinabre lui avait révélé ce qui les attendait, elle était incapable d'en détacher ses pensées.

La jeune fille enfila des vêtements pratiques, espérant qu'on ne l'obligerait pas de nouveau à porter une robe à frou-frous. Elle saisit sa trousse à outils, qui allait lui être encore plus indispensable qu'à l'ordinaire. Elle regarda une fois de plus sa montre et déroula le plan dans sa tête, en s'efforçant de se convaincre que tout allait bien se passer, puis elle sortit de sa chambre.

De nombreuses personnes qu'elle croisa lui lancèrent des encouragements :

– Bonne chance, Liberté. On est tous avec toi.

– Bon courage ! Je ne voudrais pas être à ta place !

– Fais attention aux gargouilles, avec toute cette flotte… Ça va cracher !

Liberté essaya de leur sourire sans beaucoup de succès. Elle avait peur. Elle suivit un couloir et emprunta un escalier mécanique pour rejoindre le grand hall de la tour. Il y régnait le ballet habituel des employés en uniforme gris, des ingénieurs en noir et des techniciens en bleu. Au milieu, une silhouette bariolée patientait, nonchalamment adossée à une énorme statue de bronze qui représentait le capitaine Nemo se battant à la hache contre un poulpe géant. Cinabre. Cette vision lui remonta un peu le moral. Il s'avança vers elle et la fit pirouetter théâtralement avant de la serrer dans ses bras. Elle savoura ce moment. C'était peut-être bien la dernière fois qu'elle pouvait le faire.

– Ma petite Liberté. Alors, prête ?

– Autant que possible.

– Dis-moi à l'oreille ce que tu as mijoté, je ne peux pas attendre pour savoir.

Elle se haussa sur la pointe des pieds pour lui chuchoter son plan, et le sourire de Cinabre s'élargit encore.

– Très bien, très bien… Je savais que tu étais un atout. Je dois te laisser, on se retrouve plus tard.

Il dénoua la mince écharpe de soie émeraude passée autour de son cou et la noua autour de celui de Liberté. Le tissu, chaud et doux contre sa peau, avait encore son parfum. Ce geste sembla lui donner de la force et elle prit son courage à deux mains :

– Cinabre… je voulais te dire… je… je t'aime.

Le louchébem resta interdit comme s'il n'avait pas vraiment compris ce qu'elle venait de lui dire, puis il eut un petit rire désinvolte.

– Oh, Liberté, tu es vraiment une fille adorable.

Il l'embrassa sur le front et disparut dans la foule sans se retourner.

Liberté rejoignit Nathanaël et Carmine, qui étaient déjà en train de s'équiper sous la tente dressée sur le parvis. Il y avait des gardes partout, armés jusqu'aux dents, prêts à arrêter la moindre personne un peu suspecte. Les tribunes aéroportées étaient suspendues près du sol, le temps que les délégations étrangères et les invités de marque s'y installent. Nathanaël terminait de s'habiller. Bien que toujours pâle, il avait belle allure et ressemblait de moins en moins à l'orphelin effacé qu'elle avait vu pour la première fois à la foire. Il la salua et lui apprit que Carmine était en conversation avec des journalistes.

– C'est aussi bien. Il faut que je te parle.

– Tu as avancé avec le carnet ? demanda Nathanaël en baissant la voix.

– J'ai la liste des familles au complet dont la mienne… Six comme prévu plus, celle de Louis d'Ombreville. Ton prénom n'apparaît nulle part. Désolée. Si j'ai bien tout compris, le pouvoir ne se transmet aux enfants que si leurs deux parents le possèdent. Cela veut donc dire que tu es un véritable aristocrate mais que les Frères du Sang ne savaient rien de ton existence.

– Si seulement c'était toujours le cas…

– J'ai décrypté une bonne partie de la suite. Les Frères appellent ça un Livre mais c'est plutôt un journal. J'ai appris beaucoup de choses sur Louis d'Ombreville. Cet homme était vraiment…

– Inquiétant ? proposa Nathanaël. Terrifiant ?

Liberté secoua la tête.

– Vraiment fascinant.

L'orphelin lui jeta un regard de biais. Cette réponse le prenait de court. Il demanda :

– As-tu trouvé ce que cherche Vérité ? Une formule pour donner le pouvoir du sang à n'importe qui ?

– À l'état d'ébauche, oui, et s'il n'y avait que ça… Le dernier stade de son projet, c'était le contrôle par la pensée, sans même avoir besoin du sang pour cela.

Nathanaël avala péniblement sa salive.

– Pas de remède en vue ? de façon de lutter contre le pouvoir du sang ? de méthode pour empêcher la transmutation du sang des Héritiers ?

Liberté fit signe que non.

– Peut-être dans une des parties que je n'ai pas encore déchiffrées. C'est un travail long et difficile, j'ai encore des morceaux entiers de texte à décrypter.

Nathanaël sentit son moral chuter. Il avait tellement espéré que le Livre une fois décodé les aiderait, qu'il y aurait dedans ne serait-ce qu'un indice pour lutter contre ce que Louis d'Ombreville avait créé. Il jura entre ses dents.

– Il parle bien de la fin du pouvoir, reprit Liberté, mais d'une façon étrange. Ma mère avait raison en supposant qu'il n'avait pas eu le temps de finir ses travaux et qu'il avait agi dans la précipitation. À la fin du Livre, il a écrit qu'il va tenter un coup d'éclat. Il espère qu'un jour son camp vaincra et qu'ils n'auront plus besoin du pouvoir. Bizarrement, il précise qu'il emportera dans sa dernière demeure le secret alchimique qui permet d'annuler les effets du pouvoir du sang.

Nathanaël secoua la tête, dépité.

– Lerveilleumoc. Il est mort en emportant dans sa tombe le secret dont nous avons besoin.

– J'ai quand même une bonne nouvelle.

Elle sortit la montre de Cinabre de sa poche et regarda l'heure. Le garçon l'interrogea du regard.

– « Adèle » doit être en ce moment même en train de travailler pour nous.

– Tu as réussi ?

– J'espère. En tout cas, j'ai tout fait pour…

– Et comment vas-tu faire pour donner des ordres à Sévère puisque tu es là ?

– Le Livre m'a appris beaucoup de choses, notamment qu'un ordre donné à voix haute à une personne soumise au pouvoir du sang a la même valeur qu'un ordre écrit… ou enregistré sur un cylindre, par exemple.

Carmine passa la tête par une ouverture de la tente.

– Hé, salut, Lib ! On doit y aller !

Les deux équipes s'alignèrent au pied de la tour. Fiori bondit sur l'estrade et se lança dans un de ses discours habituels, en brodant sur son thème préféré : la résistance de Larispem à toutes les menaces extérieures. Chaque nouvelle épreuve lui servait à enfoncer le clou, et ses partisans semblaient de plus en plus nombreux. Nathanaël ne l'écoutait pas. Il regardait la foule, s'attendant à chaque instant à voir le visage de Sylvestre. L'équipe adverse ne semblait pas aussi inquiète. Les trois louchébems, vêtus de leurs plus beaux habits, surjouaient leur rôle, jonglant avec des couteaux, les manches retroussées sur leurs bras tatoués. Les journalistes se faisaient un plaisir de multiplier les clichés. Tout en lissant ses moustaches cirées, Lackji se pencha vers Carmine :

– Ça me fait de la peine parce que je t'aime bien, sœurette. Mais comme avec les petites danseuses, on va gagner.

La louchébem fronça les sourcils.

– On verra, Lackji.

– C'est tout vu.

– …l'épreuve d'aujourd'hui va demander beaucoup de hardiesse à nos courageux compétiteurs !

Nathanaël se dévissa le cou pour essayer d'apercevoir le sommet de la tour, perdu dans les nuages. Il commençait à avoir une petite idée de la nature du défi, aussi ne fut-il pas surpris quand Fiori annonça qu'ils allaient devoir décrocher un drapeau fiché au dernier étage. Carmine se tourna vers lui et leurs regards s'accrochèrent. Ils n'avaient pas reparlé de ce qui s'était passé dans la cour du Cochon Volant mais, depuis ce soir-là, l'air entre eux semblait continuellement chargé en électricité.

– J'espère que tu sais grimper, l'orphelin.

– J'espère que tu comptes des lézards parmi tes ancêtres, la louchébem.

Liberté, toute pâle, n'avait pas l'air en état de plaisanter. Carmine posa la main sur son épaule.

– Ça va aller ?

– Oui. T'inquiète pas.

Le regard de la louchébem tomba sur l'écharpe émeraude.

– Oh non, Lib, je connais cette écharpe.

– Et alors ?

Carmine fit manifestement un effort pour parler calmement :

– Je sais que tu as sauvé sa peau. Je sais que tu crois que ça a créé entre vous une sorte de lien. Mais au nom du Taureau, ne lui fais pas confiance ! Je te l'ai dit mille fois.

Liberté sentit ses joues flamber.

– Je suis une grande fille, je fais ce que je veux et… et je l'aime, voilà !

La louchébem poussa un râle d'exaspération et Nathanaël leur jeta un regard surpris, mais il n'eut pas le temps d'en savoir plus. Sous les applaudissements de la foule, ils furent invités à s'aligner au pied de la tour. Les gradins aéroportés prirent de la hauteur et les spectateurs restés au sol se mirent à scander les prénoms de leurs favoris dans une formidable cacophonie. De puissants projecteurs s'allumèrent, éblouissant les champions et faisant briller les pierres humides de l'édifice qui ne leur avait jamais semblé aussi haut.

– Prêts ? rugit Fiori. Tous les coups sont permis et la première équipe à arracher le drapeau gagne !

À peine le gong eut-il retenti que Lackji et ses hommes se

lancèrent à l'assaut de l'édifice. Carmine s'apprêtait à en faire autant mais Liberté la retint.

– Quoi ?

– Si on monte tout droit, on va tomber sur des encorbellements difficiles à franchir, sur des jardins et des portions de mur très lisses. Il faut qu'on contourne.

Carmine fronça les sourcils. Dans la foule, les spectateurs commençaient à s'impatienter de cette équipe qui restait bêtement clouée au sol alors même que les trois bouchers étaient déjà à plusieurs mètres de hauteur.

– T'as réfléchi à ça en une minute, Lib ?

– Je n'ai pas été très utile lors de la dernière épreuve mais faites-moi confiance pour celle-ci.

Carmine hésita mais Liberté s'était déjà élancée, les yeux à demi fermés, le regard obstinément rivé sur la pierre.

– L'amour donne vraiment des ailes, grommela Carmine en lui emboîtant le pas.

15

DUEL AU SOMMET

Venez admirer le symbole incontournable de Larispem ! Connue dans le monde entier, la tour Verne, qui domine notre fière Cité-État, vous éblouira par son architecture extraordinaire ! Préparez-vous à une expérience vertigineuse !

Brochure touristique pour Larispem.

Dès les premiers mètres, ils comprirent que ce n'était pas une épreuve facile. Même s'ils étaient reliés à une corde munie d'un crochet par une large ceinture de cuir, cette protection semblait bien dérisoire. Quant aux prises, elles avaient beau être nombreuses, elles ne compensaient ni la pluie ni le vent. Liberté, le visage plaqué contre la pierre, soulevait sa bottine, calait la pointe de son pied et se hissait un tout petit peu plus haut en se répétant en boucle le trajet qu'elle avait repéré et mémorisé. Si elle regardait en bas, elle était certaine de tout lâcher et de tomber. Les yeux presque clos, elle tâtonna à la recherche d'une nouvelle prise, en trouva une… et glissa en poussant un cri.

Elle sentit une main glacée lui attraper le poignet.

– Je te tiens, cria Nathanaël. Allez !

Il l'aida à monter à sa hauteur. Au-dessus d'eux, Carmine tourna la tête pour vérifier qu'ils la suivaient et continua à grimper avec lenteur mais régularité. Y avait-il seulement une épreuve trop difficile pour elle ?

Nathanaël aida Liberté à trouver un endroit où se reposer quelques secondes avant de repartir.

– Je ne savais même pas que les filles pouvaient être comme ça, soupira-t-il en regardant la louchébem. Elle est vraiment extraordinaire. Au fait, qu'est-ce qui se passe avec son frère ?

– C'est pas important, répondit la mécanicienne d'un ton sec.

Ils reprirent leur ascension côte à côte, en essayant d'ignorer la pluie qui ruisselait le long de leur colonne vertébrale. Liberté fit de nouveau une pause. Elle haletait, déjà à bout de souffle, et commençait à douter sérieusement de sa capacité à atteindre le haut de la tour. Au bout d'un temps qui leur sembla infiniment long, ils rejoignirent Carmine sur une étroite galerie, à peine assez large pour qu'une personne puisse y circuler. Une volée de pigeons effrayés s'envola pour se poser un peu plus loin sur la rambarde de fonte au tracé sinueux. L'endroit sentait la volière et ils marchaient sur une croûte formée de plumes, de fientes et de débris en tout genre.

– Dégoûtant, commenta Carmine en plissant le nez.

– C'est une galerie d'entretien, expliqua Liberté en frottant ses bras douloureux. Elle va nous permettre de monter trois étages sans peine. Et tant mieux, j'ai mal partout…

Ils se mirent à avancer tant bien que mal, glissant sur des générations de fientes de pigeons et empruntant avec précaution des volées de marches traîtresses. Sur le côté, les aérostats du public vrombissaient à leur hauteur. La louchébem leur adressa une grimace.

– Quand je pense qu'il y en a qui sont au sec et au chaud pendant que je patauge dans cette bouillasse qui pue, les cheveux trempés et les arpions dans la lerdemuche de pigeon !

La galerie finit par déboucher sur un toit en pente douce. Carmine attacha sa corde à une corniche avant de se pencher pour aider Nathanaël et Liberté à la rejoindre. À pas prudents, ils grimpèrent sur le plan incliné, dérapant sur le zinc mouillé jusqu'à atteindre une gargouille en forme d'éléphant juchée sur le faîte du toit. La trompe de l'animal crachait des trombes d'eau de pluie. Nathanaël en suivit la trajectoire du regard. Mauvaise idée. L'eau formait une cascade vertigineuse qui s'écrasait beaucoup, beaucoup plus bas sur les flancs de la tour. Il sentit le vide l'aspirer et détourna le regard pour le reporter sur Carmine. Elle lui adressa un imperceptible sourire qui le réchauffa instantanément.

– C'est quoi la suite, Lib ?

Liberté essuya son visage dégoulinant de pluie pour s'éclaircir la vision et montra le tuyau de descente qui conduisait l'eau jusqu'au corps de l'éléphant. Les crochets qui le maintenaient au mur étaient suffisamment larges pour former une échelle rudimentaire. Le tuyau s'élevait tout droit sur une hauteur impressionnante.

– Il faut qu'on y aille un par un. Juste au-dessus de nous se trouve la galerie des héros. On grimpe jusqu'à la statue de Michel Strogoff.

Carmine décida de passer devant. Liberté et Nathanaël s'accrochèrent à l'éléphant, essayant d'ignorer leurs vêtements trempés et leurs mains glacées. Ils entendirent vaguement Fiori faire un commentaire sur leur situation, mais le fracas de l'eau rendait inaudibles ses paroles.

– On va supposer qu'il admire notre superbe performance, essaya de plaisanter Nathanaël.

En réalité, il était frigorifié et le vide qui se creusait sous leurs pieds était de plus en plus intimidant.

Il leva les yeux. Carmine avait presque atteint la statue qu'on devinait à peine.

– Tu sais, Liberté, tu avais raison. On aurait dû s'arranger pour ne pas participer à ces jeux. C'est de la folie furieuse.

La jeune fille hocha la tête. Seule la pensée de Cinabre lui donnait le courage de saisir la corde au-dessus de sa tête et de continuer à grimper.

Très vite, elle eut de nouveau mal aux bras et aux épaules. Quant à ses doigts, ils étaient tellement froids qu'elle les sentait à peine. Carmine et Nathanaël lui criaient des encouragements sans qu'elle les entende. La joue collée contre le tuyau, elle avait les tympans pleins du grondement de l'eau qui dévalait à l'intérieur. Les dents serrées, elle progressa d'un mètre supplémentaire. Le tuyau grinçait à chacun de ses mouvements. Encore deux mètres, un mètre... L'échelle improvisée émit un craquement inquiétant et Liberté la sentit se plier.

– Dépêche ! hurla Carmine en se penchant autant que possible pour lui tendre la main.

Liberté la saisit et la serra de toutes ses forces. Son autre bras noué autour de la jambe de Michel Strogoff, la louchébem la remonta, les mâchoires serrées.

– T'es lourde, bon sang !

Les deux amies s'assirent pour souffler un peu. La niche de la statue était profonde et elles avaient de la place pour se mettre un peu à l'abri. Carmine risqua un œil sur le panorama. Les toits de Larispem n'étaient guère plus grands que des timbres-poste ; les spectateurs en bas, une masse grise et indistincte. Les nuages roulaient au-dessus de la ville. À cette hauteur, on aurait juré pouvoir tâter du doigt leurs panses gonflées de pluie.

– Je me demande où en sont Lackji et ses gars. On a dû pas mal rattraper notre retard. Tu sais, Lib, tu fais une grosse bêtise au sujet de mon frère mais je dois reconnaître que ça t'a remontée à bloc. Si t'étais un luxomaton, on pourrait t'utiliser comme phare.

– Pourquoi ce serait une bêtise ? s'agaça Liberté. Pourquoi... pourquoi est-ce qu'il ne pourrait pas m'aimer, hein ? C'est si improbable que ça ? Les beaux garçons ne tombent pas amoureux des grosses filles de province ?

Elle tournait le dos à Carmine qui était assise sur le rebord, les jambes dans le vide. La louchébem quitta sa place pour venir s'accroupir à côté de son amie.

– Liberté, c'est pas le problème. Je parie mes trois couteaux que mon frère t'aime bien, mais c'est un menteur et un manipulateur. Il fait tout pour que tu sois dingue de lui et se servir de ta loyauté.

La mécanicienne se replia un peu plus sur elle, refusant d'entendre.

Le tuyau vibra à leurs pieds. Nathanaël avait entamé son ascension. Il arriva au pied de la statue sans encombre et souffla un bon coup.

– Jusqu'ici, on se débrouille pas si mal, non ? On est presque en haut !

Liberté fit la moue.

– C'est encore loin d'être gagné.

Ils se remirent en mouvement. Au niveau où ils se trouvaient, les statues des héros de Jules Verne s'échelonnaient à intervalles rapprochés, ce qui facilitait leur avancée. En s'attachant avec un soin redoublé, ils quittèrent Michel Strogoff. Ils saluèrent Phileas Fogg avec sa montre à gousset puis contournèrent le professeur Lidenbrock.

– On passe par ici, annonça Liberté en désignant une mince passerelle qui, suspendue entre deux tourelles par des câbles d'acier, semblait être en lévitation.

Elle expliqua que c'était l'une des nombreuses passerelles qui permettaient d'entretenir l'extérieur de la tour. Liberté essayait d'étouffer sa peur sous un flot de paroles. Ses deux amis ne semblaient d'ailleurs pas vraiment l'écouter ; ils étaient trop occupés à scruter le passage. Le petit pont, en forme de T était à peine assez large pour y poser les deux pieds côte à côte. Liberté désigna le milieu de la passerelle, où un autre tronçon partait à angle droit pour rejoindre un jardin suspendu.

– Notre prochaine étape.

Ils s'engagèrent avec prudence, tenant fermement les cordes qui servaient de rampes. À chaque mouvement, la passerelle oscillait dangereusement dans le vent. Liberté gardait les yeux fixés sur le dos de Nathanaël, qui la précédait. Surtout ne pas regarder en bas, surtout ne pas trop penser au vide, à la hauteur, à la chute, à…

– T'as vu les spectateurs dans les aérostats ? dit Nathanaël. Ils nous saluent.

Il leur fit un signe de la main en retour. Carmine, qui marchait en tête, fronça les sourcils.

– J'ai plutôt l'impression qu'ils essaient de nous prévenir de quelque chose… Lerdemuche !

Trois silhouettes progressaient lentement, mais sûrement, dans leur direction. L'équipe de Lackji semblait se diriger vers la même passerelle qu'eux.

– Faut arriver à l'intersection en premier. On court, décréta Carmine.

– On quoi ?

La louchébem bondit comme un chat. Trop tard ! les trois tueurs les avaient vus et ils s'élançaient à leur tour sur la passerelle qui se mit à se balancer. Liberté se recroquevilla en poussant un hurlement de terreur, Nathanaël s'agrippa plus fort et se tourna vers elle :

– Liberté ! Viens…

Elle secoua la tête, incapable de faire le moindre geste, pétrifiée par la peur et le vertige.

– Tiens, tiens ! Salut, sœurette !

Lackji et Carmine étaient face à face. Faussement désinvolte, la louchébem désigna l'intersection, à quelques mètres à peine.

– Nous aussi, on va par là. On pourrait peut-être dire qu'on passe tous bien gentiment et que la course reprend après le jardin ?

L'homme se gratta le menton.

– On pourrait. On pourrait aussi dire que nous, on passe et vous pas. Vous vous en tirez drôlement bien, je trouve. Un peu trop, même.

Il s'avança, faisant intentionnellement tanguer la passerelle. Liberté cria encore une fois. Nathanaël essaya de lui venir en aide mais un nouveau sursaut le déséquilibra et il bascula dans le vide.

Les deux filles poussèrent un hurlement en voyant leur ami tomber, puis se rattraper de justesse. Trop terrifié pour faire autre chose, Nathanaël s'accrochait de toutes ses forces. Il entendit les rires de l'équipe de Lackji, et la passerelle se balança de plus belle lorsqu'ils franchirent le dernier tronçon pour gagner le jardin. Deux mains lui agrippèrent alors les poignets : à plat ventre sur la passerelle, Carmine le tenait si fort qu'il en avait mal. Des cris d'inquiétude leur parvinrent confusément des tribunes qui flottaient à leur hauteur. Nathanaël leva les yeux vers elle.

– Je te tiens, grogna-t-elle.

– On va tomber tous les deux ! hurla-t-il. Lâche-moi !

– Arrête de dire n'importe quoi !

Mais le poids de Nathanaël la tirait vers le vide et elle glissait sur le métal détrempé. Carmine comprit en un éclair qu'elle avait le choix entre tout lâcher et sauver sa peau ou continuer d'agripper son ami pour lui faire gagner quelques secondes supplémentaires. En essayant de garder une voix calme, elle lui donna des instructions. Il obéit, trop lentement pourtant. Chacun de ses mouvements faisait glisser un peu plus la louchébem. Les dents serrées, elle raffermit sa prise, les muscles tendus à l'extrême. Dans un dernier effort, elle parvint à aider le garçon à se hisser sur la passerelle, qui tangua une fois de trop.

Carmine glissa, essaya de se retenir mais ses mains et ses jambes ne trouvèrent que le vide.

« Ça y est, pensa-t-elle, c'est fini pour moi. »

Une secousse terrible la plia en deux et lui coupa le souffle. La corde à sa ceinture venait de stopper net sa chute.

– Carmine ! Ça va ? cria Liberté.

Elle avait compris ce qui allait se passer en voyant Carmine aider Nathanaël et avait réussi à attacher la corde de son amie aux câbles de la passerelle. Elle n'avait pas eu le temps de la rattraper lorsque celle-ci était tombée mais, heureusement, le nœud avait tenu bon. Carmine essaya de répondre quelque chose mais elle en fut incapable. Elle tournoyait dans les airs, submergée par la douleur, aspirée par le vide. Elle entendit confusément Nathanaël crier des indications à Liberté et la corde la tirer vers le haut.

– Je l'ai ! s'exclama le garçon.

Il serra de toutes ses forces la louchébem dans ses bras. Elle tremblait des pieds à la tête.

– J'ai cru…, bafouilla-t-elle.

– Moi aussi.

– Ne me lâche pas.

Le nez enfoui dans les boucles de Carmine, l'orphelin murmura.

– Jamais… plus jamais.

Ils restèrent un long moment enlacés sans entendre Fiori qui commentait l'incident avec emphase. Les spectateurs poussaient des hurlements de joie, applaudissaient. Des larmes de soulagement glissèrent sur les joues de Liberté. Ils étaient passés à un cheveu du désastre.

Les trois amis mirent un temps infini à gagner le jardin, en s'encordant à chaque mètre. Finalement, ils quittèrent la passerelle et s'écroulèrent sur l'herbe, haletants. La louchébem grimaça et toucha avec précaution ses hanches, là où sa ceinture l'avait retenue.

– J'ai les os en bouillie, grogna-t-elle. Ça fait un mal de chien.

Elle adressa un pâle sourire à ses amis :

– Au fait… merci.

– Ne nous fais plus jamais ça, s'écria Liberté en la serrant à son tour dans ses bras.

– Tu veux dire… ne plus jamais retenir Nathanaël en cas de chute mortelle ?

Tous les trois éclatèrent d'un rire nerveux qui se changea bientôt en une hilarité irrépressible. Secoués de gloussements incontrôlables, des larmes coulant sur leurs joues, ils hoquetèrent un bon moment, jusqu'à ce qu'ils réussissent enfin à se calmer.

– Peut-être… peut-être qu'on devrait laisser tomber, suggéra Nathanaël en s'essuyant les yeux. De toute façon, on a perdu tellement de temps que les autres doivent déjà arriver en haut. T'en dis quoi, Carmine ?

Liberté regarda ses amis. Ils étaient toujours l'un contre l'autre, et soudain elle prit conscience que ce n'était pas seulement à cause de ce qui venait de se passer. Elle se garda bien de faire un commentaire. Le haut de la tour semblait encore très loin, aussi inaccessible que la lune.

– Je me suis vraiment vue en costume de sapin, frissonna Carmine. Ça me crève de l'avouer, mais je préférerais retourner sur le plancher des vaches. Pas toi, Lib ?

La mécanicienne pensa à Cinabre. Même s'il ne lui avait pas dit qu'il l'aimait, sa sœur se trompait sur lui, elle en était persuadée. Aussi répondit-elle :

– J'ai un plan pour rattraper notre retard.

Nathanaël leva les yeux. Ils arrivaient en haut du toit couronné par une girouette. Il baissa prudemment la tête pour ne pas se faire éborgner par la flèche de cuivre qui tournait au gré des rafales et regarda au-dessus de lui. Liberté avait vu juste : les rails sur lesquels circulait l'ascenseur extérieur de la tour Verne étaient juste au-dessus de leurs têtes. Il ressemblait à un petit chemin de fer s'élevant en spirale.

– On y est !

Il tendit les mains, puis se hissa sur les rails et constata qu'il pouvait s'y tenir debout. Il aida Carmine et Liberté à le rejoindre. Tous les trois étaient essoufflés et transis. La pluie s'était arrêtée mais le vent automnal les faisait grelotter. Instinctivement ils se serrèrent les uns contre les autres, trois points minuscules contre le mur de la tour. Carmine claquait des dents. Ses mouvements étaient moins souples, et elle grimaçait à chaque geste un peu brusque qu'elle faisait. Elle tentait de se réchauffer en se frottant les bras ; en vain. Nathanaël lui proposa sa veste mais elle refusa.

– Les rails sont en pente assez douce, expliqua Liberté. On va les suivre jusqu'à l'étage suivant.

– Il y a quoi là-bas ? demanda son coéquipier.

Lui aussi était gelé mais, serré contre la louchébem, il se sentait si motivé qu'il aurait été prêt à escalader deux tours Verne d'affilée.

– L'ascenseur, répondit Liberté. Il se trouve qu'aujourd'hui il est en panne.

Ils ne tardèrent pas à tomber dessus. Il était en effet immobilisé sur les rails, petit cube transparent aux montants de métal doré. De loin, il faisait penser à une délicate boîte à bijoux enchâssée dans la pierre blanche de la tour. Mais, de près, il leur sembla être un obstacle infranchissable. Nathanaël posa la main sur la surface lisse et froide.

– On t'écoute, Liberté.

– Vous allez vous tenir solidement aux armatures. On peut s'accrocher assez facilement et mettre les pieds sur ce petit rebord. Et moi, je vais me débrouiller pour le faire démarrer.

Elle s'appuya contre le mur, fouillant dans la trousse à outils suspendue à sa ceinture. Elle dévissa une plaque de métal située près de l'ascenseur, révélant des mécanismes et des fils qu'elle se mit à brancher et débrancher. Nathanaël et Carmine échangèrent un regard.

– Tenez-vous bien, ça va être bon.

Liberté saisit une pince et tourna une pièce du mécanisme. Il y eut une étincelle, un tintement, et l'ascenseur s'ébranla. La mécanicienne eut juste le temps de s'accrocher au moment où les roues crantées et les câbles se remettaient en mouvement, entraînant l'ascenseur vers le sommet. Dans les aérostats, les spectateurs poussèrent des exclamations de surprise et applaudirent à tout rompre.

Cramponnés à la cabine, ébouriffés par le vent, Nathanaël, Carmine et Liberté avançaient à toute allure. Nathanaël risqua un coup d'œil autour de lui au moment où ils crevaient la couche de nuages gris. Au-dessus, le soleil brillait, faisant reluire les dômes, les tourelles, les ponts et les jardins des derniers étages.

– C'est magnifique ! souffla-t-il, submergé par un brusque sentiment de liberté.

Suspendu entre ciel et terre, grisé par la vitesse, il avait l'impression d'être invincible. Il posa sa main sur celle de Carmine et lui sourit mais la louchébem ne le regardait pas.

– Liberté, demanda-t-elle, tu le savais, hein ?

L'ascenseur passa devant une baie vitrée. Ils eurent à peine le temps d'entrevoir des spectateurs les fixer, bouche bée, avant d'entamer le dernier tronçon.

– On m'a dit en quoi consisterait l'épreuve, avoua Liberté. C'est vrai. Lackji et ses hommes ont gagné la dernière fois parce qu'ils avaient triché. J'ai fait pareil. J'ai repéré le meilleur itinéraire pour grimper et saboté l'ascenseur ce matin pour être certaine de le trouver au bon endroit.

– Tu ne te rends pas compte ! Si Lackji découvre ça, on va…

Liberté se tourna vers son amie.

– Je m'en moque, d'accord ? Il y en a assez de Lackji et de Fiori, et des louchébems qui s'imaginent diriger le monde.

Carmine en resta muette. Elle regarda Liberté comme si elle ne la reconnaissait plus.

L'ascenseur ralentit sa course et vint se caler devant la dernière porte. Une petite échelle conçue pour l'entretien des lieux permettait d'accéder facilement au toit.

– On est chez Verne, annonça la jeune fille. Nous sommes presque arrivés.

Elle pointa du doigt le drapeau de Larispem qui flottait sur le dôme qui couvrait les appartements de l'écrivain. En quelques minutes, ils avaient escaladé le dernier tiers de la tour. Les aérostats du public s'élevèrent majestueusement autour du dernier étage dans un grondement de turbines. Ils étaient si près que les adolescents pouvaient sentir les tourbillons d'air formés par leurs hélices. Les cheveux de Liberté s'agitaient au-dessus de sa tête comme des serpents en colère. De l'autre côté, trois minuscules silhouettes se hissèrent sur le toit.

– Les revoilà, dit Nathanaël. Je crois qu'on va encore devoir courir.

C'était comme disputer une course d'obstacles sur la banquise. La structure métallique arachnéenne qui protégeait les plaques de verre les faisait tantôt trébucher, tantôt glisser. Mais chaque équipe se rapprochait rapidement du but. Dans les tribunes aéroportées, les spectateurs s'égosillaient de plus belle.

Nathanaël arriva le premier et voulut arracher le drapeau. Mais un couteau se planta en vibrant dans la hampe de bois, manquant de lui clouer la main.

– Arrête ça ! tonna Lackji.

L'orphelin s'interrompit, le souffle court. Le louchébem tatoué montrait les dents et faisait rouler ses muscles sous sa chemise trempée.

– Par les tripes du Taureau, je croyais vous avoir donné une loutufuche de leçon mais vous lâchez pas le bout de gras !

Il renifla et cracha aux pieds du garçon.

– Tenace ou pas, tu verras pas la fin de la journée si tu touches à ce drapeau, l'agneau. Tu t'en es sorti une fois mais y aura pas de seconde.

Nathanaël jeta un coup d'œil aux aérostats. Il lui suffisait d'arracher assez rapidement le trophée, et une ou deux centaines de personnes pourraient témoigner qu'ils avaient remporté la manche.

– On était là en premier, Lackji, riposta-t-il.

– Parce que vous avez triché ! éructa le boucher. La grosse vache qui vous accompagne savait qu'on allait devoir grimper et elle a bricolé ce loutufuche d'ascenseur !

Liberté serra les poings.

– Parle pas de moi comme ça, boucher.

À ces mots, Lackji marcha sur elle, et même si elle fut obligée de lever la tête pour continuer à le regarder dans les yeux, elle ne recula pas. Il serrait et desserrait les poings mais, conscient des regards posés sur lui, il se contenta de la menacer.

– Tu te prends pour qui, hein ? Je sais très bien qui t'a rencardée sur l'épreuve ; c'est ce sale traître de Cinabre, pas vrai ? Tu crois qu'on vous a pas vus traîner ensemble ? Tu crois qu'il ne va pas devoir payer, lui aussi ?

Liberté devint toute blanche et Lackji eut un ricanement désagréable.

– Traîner avec des louchébems ou en embrasser un te rendra pas plus larispemoise. Quand Fiori sera au pouvoir, on virera les gens comme toi. Une fois de plus. Larispem aux Larispemois !

Puis il se tourna vers Carmine :

– Sœurette, ajouta-t-il d'un ton mielleux, t'es la seule raisonnable ici, pas vrai ? Tu sais qui je suis, alors tu vas me laisser prendre ce drapeau.

La jeune fille, le front couvert de sueur, hésita.

– Te laisse pas faire, cria Nathanaël. Souviens-toi que les louchébems n'ont pas de chef ! Tu me l'as dit le premier soir ! Prends ce drapeau !

Carmine se tourna vers lui, puis vers Lackji qui secoua la tête et tendit la main. Mais le drapeau n'était plus là. Liberté avait profité du moment où il lui avait tourné le dos pour s'en saisir.

– Trop tard, dit-elle en levant bien haut le trophée.

Il y eut un silence, seulement troublé par les sifflements du vent sur les toits et le bruit des hélices.

– Non !

Lackji se jeta sur la jeune fille pour lui arracher le drapeau. Ils tombèrent violemment sur le verre qui s'étoila dans un craquement sinistre. Liberté entendit à peine Carmine crier. Écrasée par le louchébem, elle ne pouvait plus penser, plus parler. Son sang grondait à ses oreilles et elle sentit le goût du fer contre son palais. Elle s'était mordu la langue en tombant, sa bouche était pleine de sang. Elle entendit distinctement la vitre se fissurer un peu plus sous elle alors que Lackji lui arrachait le drapeau et se penchait tout près de son oreille.

– J'ai gagné et tu as perdu, petite garce !

Liberté lui cracha au visage.

– Lâche-moi !

Le boucher relâcha aussitôt la pression et se releva, titubant en arrière.

– Recule, siffla Liberté entre ses dents.

Sans comprendre, Eustache le Cure-Dents et Émile le Dessaleur regardèrent leur chef continuer de s'éloigner de l'adolescente, comme si elle était soudainement devenue terrifiante. Liberté se releva. Son pâle visage n'était plus qu'un masque de détermination et Nathanaël comprit tout à coup ce qui se passait : elle était en train d'utiliser le pouvoir du sang sur le chef des louchébems. Il cria « Non ! », pour l'en empêcher, mais elle ne l'écouta pas. Les poings serrés, elle avait les yeux rivés sur Lackji, qui reculait et reculait encore vers le bord du toit. Dans les tribunes, les spectateurs se mirent à pousser des exclamations. Nathanaël sauta par-dessus l'une des traverses et rejoignit la jeune fille, qu'il secoua, cherchant son regard. Celle-ci se dégagea brutalement. Le tueur avait presque atteint le bord du toit.

– Liberté, arrête, je t'en prie !

Elle le regarda bien en face et secoua la tête.

– Non.

Sans un cri, Lackji bascula en arrière.

16

ULTIMATUM

Il ne faut pas que nous retombions dans les travers de l'ancien monde. Larispem sera donc dirigée par trois personnes : Michelle Lancien, Gustave Fiori et moi-même. Nous promettons au peuple de Larispem d'être toujours unis et de n'avoir qu'un seul objectif : le bonheur de tous les Larispemois.

Discours de Jacques Vilain.

À peu près au moment où Lackji tombait du dernier étage, Maxime Sévère travaillait, comme tous les jours à la même heure, dans son bureau de la tour. C'était une pièce de dimensions modestes et au confort spartiate, au centre de laquelle était placé un bureau gigantesque sur lequel s'entassaient des piles irréprochables de documents. On aurait cherché en vain un grain de poussière, ou encore un dossier mal rangé sur les étagères qui s'alignaient jusqu'au plafond.

L'horloge accrochée au-dessus de la porte sonna, et Sévère abandonna les documents sur lesquels il travaillait pour une tasse d'un excellent thé noir, son unique concession au luxe. Autrefois, avant d'être Maxime Sévère, il avait joui d'un certain nombre de privilèges. Il avait renoncé à tous sauf un : celui de faire venir, chaque année, un ballot du meilleur thé d'Inde, importé directement de Ceylan. Le chef de la Garde fit couler l'eau frémissante dans une théière en porcelaine, compta exactement quatre minutes et se servit une tasse. Alors qu'il trempait les lèvres dans le breuvage, une trappe s'ouvrit dans le mur et une ADEL en sortit. Le petit appareil, haut comme quatre volumes de l'*Encyclopédie larispemoise*, commença son circuit de nettoyage habituel, ses balayettes frottant le sol. Sévère ne lui prêta aucune attention.

Tout en buvant son thé, il organisait mentalement la suite de sa journée : la Présidente avait ordonné une réunion exceptionnelle à dix-neuf heures, ce qui bouleversait son emploi du temps. Il devrait repousser à plus tard la lecture des comptes rendus d'enquête sur les attentats, fixer à une date ultérieure l'entrevue avec les capitaines des différents arrondissements, et probablement faire une croix sur son dîner. Sévère, qui n'aimait pas changer ses habitudes, poussa un bref soupir. Un bruit anormal lui fit dresser l'oreille : l'ADEL s'était mise à cliqueter. Cela n'arrivait jamais. Le chef de la Garde posa sa tasse et regarda la sphère. Elle avançait d'un mouvement anormalement irrégulier, à croire que quelque chose gênait ses rouages. Intrigué, Maxime Sévère s'apprêtait à l'examiner de plus près lorsque l'appareil hoqueta. Une épaisse fumée blanche sortit alors de la machine, tandis que la voix enregistrée de Liberté s'élevait.

L'homme n'eut pas le temps de s'écarter : le petit nuage atteignit son visage, y déposant des milliers de gouttelettes d'eau mêlée de sang violet. Aussi soudainement qu'une bougie qu'on souffle, sa conscience s'éteignit. Sous la dictée de la voix crachotante, il se leva et retourna à son bureau. Plongeant une plume dans son encrier, il se mit à rédiger une lettre adressée au capitaine qui s'occupait de l'île de la Cité : il lui donna une heure, un lieu, une date et l'ordre d'arrêter tous ceux qui se trouveraient sur place. Avec des gestes de somnambule, il apposa son sceau au bas de la missive, qu'il glissa dans un tube pneumatique. Ensuite, il écrivit un mot très bref qu'il replia et posa dans la corbeille « distribution interne ».

« Dors et oublie ce que tu viens de faire », ordonna la voix de Liberté, et le chef de la Garde s'affala sur son bureau comme une marionnette aux fils coupés. Sa tasse se renversa, le thé formant un petit ruisseau ambré qui vint goutter sur le parquet. L'ADEL roula péniblement jusqu'à sa trappe, manqua de rester coincée à l'extérieur mais réussit finalement à se caler dans son logement, les ressorts en bout de course et les batteries épuisées. La paroi se referma et la machine retourna à son point de départ, dans les profondeurs de la tour.

Quand la sonnerie de son téléphone réveilla Sévère pour lui signaler que Liberté Chardon, mécanicienne à la tour, venait apparemment de précipiter un concurrent dans le vide en utilisant une étrange capacité d'hypnose, l'homme ne se douta pas une seule seconde qu'il venait tout juste d'en être victime.

Dans les appartements de Jules Verne, Fiori se resservit un verre de vin. Ceux de la Présidente et de l'écrivain étaient toujours à leurs places, ni l'un ni l'autre n'y avaient touché. Malgré les fauteuils confortables et la chaleur douillette qui régnait chez l'écrivain, l'ambiance était glaciale. En levant les yeux, ils pouvaient apercevoir la plaque de verre que Liberté avait fissurée en tombant un peu plus tôt. Jules Verne était pensif.

– Ce serait une sorte d'hypnose ?

Fiori secoua la tête.

– On dit que les Frères du Sang auraient un pouvoir occulte. Un tour de magie pour contrôler l'esprit des gens. Mais tout ça est grotesque.

– Tu l'as vu de tes propres yeux, Gustave, intervint la Présidente. Tu ne peux pas nier la réalité. Et je t'ai raconté ce dont j'avais moi-même été témoin… la mort de Jacques. Louis d'Ombreville n'était pas un charlatan.

Fiori fourragea dans ses cheveux et écarta la remarque de Michelle Lancien d'un geste agacé.

– Et si on causait de ça ? reprit celle-ci.

Au milieu de la table de bois blond marquetée de cuivre se trouvait la raison première de leur réunion : une lettre arrivée le matin même, signée du président français.

– Le contenu de cette bafouille ne me plaît pas non plus.

L'homme ponctua sa phrase en avalant cul sec le contenu de son verre. Michelle Lancien réprima un soupir et se massa les tempes. Jules Verne tapotait machinalement l'accoudoir de son fauteuil en espérant que cette réunion pénible prenne fin rapidement.

– C'est du chantage, lerdemuche, ragea Fiori, et vous avez beau avoir la vue aussi bonne qu'un couple de taupes, je sais que vous en avez vous aussi conscience.

La Présidente et l'écrivain restèrent muets. Le Conseiller se mit à faire les cent pas sur le tapis moelleux. Furieux, il devenait plus rouge de minute en minute.

– Verne ! s'exclama-t-il soudain en s'arrêtant devant celui-ci. Tu écris des bouquins, donc tu t'y connais en fadaises ! Dis-lui, toi, que Quart ment comme un loutufuche d'arracheur de dents !

Jules Verne lissa sa barbe pour se donner le temps de répondre. Avec le temps, il s'était habitué à ce qu'on le consulte sur des questions de politique – même s'il n'avait jamais vraiment aimé ça. Il regarda de nouveau la lettre. Elle était courte : le président Quart compatissait aux drames qui frappaient Larispem, tout en laissant entendre que la Cité-État n'avait que ce qu'elle méritait. Il prétendait que ses services secrets avaient trouvé le quartier général des Frères du Sang en France. À demi-mot, il proposait ensuite un marché : éliminer les Frères en échange de la signature d'un traité mettant fin à l'indépendance de Larispem.

– Et s'ils étaient de mèche ? suggéra l'écrivain. Si c'était un de mes romans, c'est comme ça que je l'écrirais. Une association mystérieuse s'alliant aux hautes sphères d'un pays qui ne rêve que de reconquérir une ville autrefois perdue. Ça se tient.

Fiori eut un petit rire entendu et recommença à marcher de long en large, faisant vibrer le plancher sous son pas lourd.

– T'as pas tort, Verne, mais tu sais ce qui se tient encore mieux ? Le président Quart de mèche avec la Présidente de Larispem.

Michelle Lancien sortit de sa réserve et décroisa lentement les bras.

– Pardon ?

Fiori répéta avec application sa dernière phrase avant de hocher la tête, les yeux brillant d'un feu mauvais. Il pointa l'index sur la Présidente.

– Je suis vraiment stupide de ne pas l'avoir vu plus tôt. Oui, vraiment. J'aurais dû m'en douter dès la révolution. Qui a joué les agents doubles pour surveiller ce petit aristocrate, ce Félix, hein ? Qui a insisté pour qu'il soit emprisonné et non pas exécuté, sous prétexte qu'il détenait d'importantes informations ? Si ça se trouve, c'est même toi qui l'as fait sortir de son cachot ; je me suis toujours douté qu'il ne s'était pas évadé seul. Tu t'en étais entichée, j'en suis sûr ! Et là, hein ? Qu'est-ce qui vient de se passer sous nos yeux ? continua-t-il, le regard accusateur. Cette gamine qui a hypnotisé un de mes gars... c'est toi-même qui l'as embauchée ! Sans compter toutes les décisions que tu as prises récemment, ces lois que tu as fait passer. Toute cette... *modération*.

Il cracha ce dernier mot comme s'il avait représenté la pire insulte qu'on puisse imaginer.

– Tu devrais réfléchir avant de parler, Gustave, répondit la Présidente d'un ton sec.

La porte s'ouvrit alors sur Maxime Sévère. Sentant la tension qui régnait dans la pièce, le chef de la Garde posa instinctivement la main sur son arme.

– Ah, et puis il y a lui, bien sûr, maugréa Fiori.

Sévère s'inclina en guise de salut, sans pourtant le quitter du regard.

– Alors ? demanda Jules Verne, dans l'espoir de détourner la conversation.

– Nous avons fait enfermer la mécanicienne dans sa chambre en attendant d'en savoir plus. Mes meilleurs hommes enquêtent.

– Et ses amis ?

– Libres. Pour le moment.

Furieux de ne pas avoir pu aller au bout de son attaque, Fiori revint à la charge. Il s'approcha suffisamment près du chef de la Garde pour que cela soit insultant. Jules Verne leur jeta un regard inquiet. Les choses allaient mal tourner.

– Rappelle-nous qui tu es, Maxime. J'ai un trou de mémoire.

– Je me nomme Maxime Sévère. Chef de la Garde de Larispem depuis plus de vingt ans, au cas où cela vous échapperait aussi.

– Ah, Maxime, ricana Fiori, toujours incapable de tutoyer ses camarades, hein ? Allez, ton vrai nom, pas celui que tu t'es choisi quand Paris est tombé et que ceux de ta race ont dû mettre les voiles !

Le visage du chef de la Garde se crispa presque imperceptiblement.

– C'est Jacques Vilain qui m'a offert le nom de Sévère. Je n'en ai pas d'autre. En avez-vous fini, Conseiller ?

Fiori voulut se servir un nouveau verre de vin, constata que la bouteille était vide et entreprit de fouiller sans gêne dans les placards de Jules Verne pour en chercher une autre. L'écrivain fit mine de se lever mais Michelle Lancien posa sa main sur son bras. Sévère l'interrogea du regard, tapotant imperceptiblement la crosse de son pistolet. « Non », fit la Présidente de la tête.

– Peut-être que tu as oublié ton nom parce qu'il était trop long, monsieur le vicomte Maxime de Je-ne-sais-plus-quoi.

Je serais tout de même curieux de savoir ce que tes capitaines penseraient de ça : leur chef si irréprochable, si parfait, est un aristocrate repenti.

Il mit la main sur une carafe pleine, la déboucha et en renifla le contenu avec une mimique satisfaite.

– Ça suffit à présent, intervint la Présidente. Nous avons tous deviné où tu voulais en venir. Si tu le formulais à haute voix plutôt que de te soûler comme le dernier des ivrognes ?

– J'ai assez d'éléments pour prouver que tu es du côté des Français. On peut faire ça de deux façons : soit tu démissionnes pour me laisser les pleins pouvoirs, soit je balance tout à la presse et je te dégage par la force. Tu seras arrêtée pour haute trahison et, comme ce brave Jacques n'a pas eu le temps d'abolir la peine de mort, tu seras exécutée. Je te laisse sept jours. À toi de choisir.

– Madame, demanda le chef de la Garde, voulez-vous que je fasse arrêter cet individu ?

Très raide, la Présidente fit non de la tête.

– Laissez, Sévère, vous lui feriez bien trop plaisir. Dans sept jours exactement, nous devons nous rendre sur le chantier de *L'Esprit de la Commune* pour constater l'avancée de sa construction. Gustave, tu auras ma réponse à ce moment-là.

Sévère raccompagna la Présidente dans son bureau, interdisant à qui que ce soit d'y entrer. Michelle Lancien se laissa tomber dans un fauteuil. Son visage était infiniment las et elle semblait soudain plus âgée qu'elle ne l'était réellement.

– On aurait dû lui en parler il y a des années, insister jusqu'à ce qu'il admette l'impossible, soupira-t-elle. C'est encore pire maintenant.

Ils repensèrent alors tous les deux à ce fameux soir où ils avaient vu Louis d'Ombreville utiliser son pouvoir. La tour n'existait encore qu'à l'état de plans griffonnés sur un coin de nappe et ils avaient convoqué le chef des Frères dans le café qui leur servait de quartier général. Comme souvent, Fiori était en retard ce jour-là. Il n'avait pas vu ce qui s'était passé. L'aristocrate était entré dans la pièce, escorté par deux révolutionnaires. Il était seul et sans armes, pourtant Michelle en savait assez sur lui pour se méfier. Elle était restée en retrait et c'est Jacques qui s'était avancé en premier pour serrer la main de l'homme. C'est à partir de là que tout avait basculé. Comme dans un cauchemar, Jacques, le compagnon aux côtés duquel ils s'étaient battus avec acharnement, celui-là même qui avait élaboré un plan permettant de repousser les armées de Versailles, avait arraché le fusil des mains d'un révolutionnaire avant de se tourner vers Michelle. Puis il avait tiré, la manquant de quelques centimètres. Pétrifiée, elle avait été incapable de réagir. Le second coup l'aurait sans doute atteinte si Sévère n'était pas intervenu.

– Nous savions, c'est vrai, dit doucement le chef de la Garde, puisque vous aviez espionné Félix, venu de France pour travailler avec d'Ombreville. Il vous avait parlé de l'alchimie, et puis nous avons vu Jacques se retourner contre nous sans raison. Nous savions mais nous avons choisi de ne pas y croire, d'oublier. Nous sommes des gens rationnels, nous avons refusé d'accepter tout cela. Et pendant des années, rien ne nous a laissés croire que nous devions nous en inquiéter de nouveau.

La Présidente secoua tristement la tête.

– J'ai été aveugle et stupide. S'il y a une coupable, Max, c'est bien moi. Fiori a vu juste pour Félix.

– Je me doutais que vous aviez un faible pour lui.

Elle hocha la tête.

– Oui. Et il est exact que je l'ai fait évader. Il ne faisait pas partie des familles et c'était un homme bien, il ne méritait pas la potence. Cependant… j'ai fait une chose, que j'ai cachée à tout le monde, y compris à vous, Maxime…

Sévère s'assit en face de la Présidente.

– Quoi donc, madame ?

Michelle Lancien hésita, puis se lança, parlant très vite, le regard fixé sur ses mains pour ne pas voir la surprise, puis l'effarement et finalement la colère se peindre sur le visage de son ami.

17

SOUTERRAINS
ET CATACOMBES

Tous les citoyens de notre Cité sont égaux, bien sûr, même si nous autres, les louchébems, avons tout de même un statut bien particulier. Sans nous, Larispem ne serait tout simplement pas Larispem.

Gustave Fiori, dans une interview au *Petit Larispemois.*

Liberté était assise sur son lit, le Livre sous les yeux. Ça faisait trois jours qu'elle était cloîtrée dans sa petite chambre. Trois jours qu'elle n'avait parlé à personne. On lui avait démonté son Mildé et des gardes silencieux lui apportaient ses repas – Liberté était presque certaine de les effrayer. Consciente de la naïveté de son souhait, elle avait espéré une visite de la Présidente qui ne s'était pas produite. Quant à Carmine et Nathanaël, elle ignorait s'ils étaient libres ou détenus quelque part. De façon générale, elle ne savait pas grand-chose, il lui semblait seulement qu'il y avait plus d'activité que d'habitude dans la tour. Des discussions animées, des Mildé qui sonnaient, des pas rapides dans les couloirs nuit et jour.

Elle sortit sur le balcon ; le vertige était toujours là, mais maintenant elle s'en moquait. Dehors aussi, il y avait du mouvement. Des gardes patrouillaient au sol et dans les airs ; il y avait un ballet incessant de vapomobiles et de voitures à cheval sur le parvis. Liberté se demanda si les Frères avaient de nouveau frappé. Si seulement elle avait eu un journal pour savoir ce qui se passait… La seule chose à laquelle elle se rattachait était un petit message qu'elle avait reçu le lendemain de l'épreuve. Il avait dû paraître anodin aux gardes, car ils le lui avaient transmis malgré son statut de prisonnière : « Merci pour la réparation rapide. » Liberté avait reconnu avec beaucoup de soulagement l'écriture de Maxime Sévère ; au moins, l'ADEL avait fonctionné, mais il fallait encore qu'elle puisse en avertir Nathanaël. En trois jours, elle avait échoué à trouver un moyen.

La jeune fille sursauta lorsqu'elle entendit une clé tourner dans la serrure et cacha hâtivement le Livre et ses notes sous son matelas. Son estomac se noua en voyant Maxime Sévère entrer, suivi d'un garde armé, fusil à l'épaule et sabre au côté. Sévère referma soigneusement la porte derrière lui et s'assit sur une chaise, en face de l'adolescente. Il y eut un long silence pendant lequel il se contenta de l'observer. Liberté avait du mal à soutenir son regard.

– Sais-tu pourquoi on t'a enfermée ? demanda enfin le chef de la Garde.

– Parce que vous croyez que j'ai aidé mon équipe à tricher ?

Sévère fit signe que non.

– Alors je ne sais pas.

– Parce que plus de deux cents témoins t'ont vue hypnotiser le citoyen Jack Smith, dit Lackji, le poussant à se jeter dans le vide. Qu'as-tu à dire de cela ?

– Je ne l'ai pas tué, répondit Liberté.

Maxime Sévère eut un bref sourire.

– Je confirme qu'il n'est pas mort. Il est tombé sur le toit d'une salle de réunion, brisant la verrière, un lustre de cristal et un voxomaton tout neuf. À l'heure où je te parle, il a quelques côtes cassées, un gros bandage sur la tête, mais il est toujours de ce monde. Je t'ai dit que j'avais plus de deux cents témoins :

Lackji est le deux cent unième et il raconte la même chose que les autres. Il assure que tu l'as envoûté.

Malgré toute sa volonté, Liberté fut incapable de soutenir plus longtemps le regard de Sévère.

– Je n'aime pas les histoires de magie noire, d'hypnose, de mémoire effacée, déclara-t-il, parce que ce ne sont pas que des légendes, mais des faits bien réels. Je prends donc très au sérieux des anecdotes que certains pourraient qualifier de ridicules ou négligeables. Celle qui te concerne en est l'exemple parfait.

Il sortit un papier de sa veste d'uniforme impeccable. Liberté sentit son sang se glacer. C'était la fiche remplie par le bibliothécaire grincheux : y figurait son nom à côté des titres des trois livres qu'elle avait consultés ce jour-là. Les chances pour qu'elle s'en tire venaient de devenir quasiment nulles. Elle se demanda soudain quel était le châtiment prévu par le Taureau pour punir les Frères du Sang. L'aplomb qu'elle avait ressenti jusque-là était brutalement en train de s'effriter.

– Il se passe des choses étranges à Larispem. Des gens perdent la mémoire, d'autres semblent pris de folie au point de faire sauter un engin infernal ou de passer leurs vêtements dans une déchiqueteuse. Et puis, il y a une petite technicienne de la tour qui se rend dans le secteur rouge de la Bibliothèque centrale pour consulter des documents occultes ayant appartenu à la personnalité la plus sinistre des dernières décennies.

Liberté avait le cœur qui battait à toute allure et les mains gelées. Elle n'avait aucune idée de ce qu'elle allait répondre. Sévère rangea la fiche, guettant la moindre de ses réactions.

– Peut-être que je vois des liens là où il n'y en a pas mais j'ai également appris que tu étais présente le soir de l'assassinat de Jean Noir.

Le silence qui suivit était insupportable. Le regard de Liberté passa de Sévère au garde. Tous les deux étaient plus grands, plus forts et armés. Aucune fuite n'était possible.

– Quand la Présidente t'a embauchée sur un coup de tête, je n'étais pas d'accord. Si tu as quelque chose à m'avouer, tu peux le faire maintenant et je te jure que je serai clément. Sinon, mes enquêteurs continueront leur travail, fouilleront dans ta vie, examineront chaque détail et, s'ils trouvent ce que je redoute… personne ne pourra rien faire pour toi. Nous sommes dans une situation très délicate, et là, je parle de Larispem.

Liberté se pinça de toutes ses forces pour ne pas se mettre à pleurer. Sévère fit signe au garde, qui sortit de la chambre pour revenir presque aussitôt avec un Mildé, les fils se déroulant derrière lui.

– Ça fait trois jours que tes amis louchébems assaillent notre standard pour te parler. Pour te montrer ma bonne volonté, je t'autorise cinq minutes de conversation téléphonique avec eux.

Il tendit le combiné à la jeune fille et s'assit en face d'elle, une montre à gousset dans la main.

– Allô !

Les voix de Nathanaël et Carmine jaillirent, au milieu d'un feu d'artifice de crachotements. Se coupant l'un l'autre dans leur précipitation, ils lui demandèrent si elle allait bien, si personne ne lui avait fait de mal. Liberté agrippa les écouteurs, ferma les yeux pour ne plus voir le chef de la Garde et leur assura d'une voix tremblante qu'elle allait très bien.

– Et Cinabre ? demanda-t-elle.

Il y eut un silence au bout du fil, si long qu'elle eut l'impression que la communication avait été coupée, mais Nathanaël finit par répondre :

– On ne l'a pas revu. Désolé de te dire ça mais il avait misé une grosse somme sur notre victoire. Quand il a compris que le… l'incident remettait son pari en question, il a disparu.

Une larme se força un passage sous la paupière de Liberté et roula sur sa joue. Cinabre… Ainsi Carmine avait vu juste depuis le départ. Il l'avait utilisée, une fois de plus, et ce, juste pour gagner un pari. Ses larmes se mirent à tomber sur le parquet, laissant de grosses taches sombres.

– Au fait, demanda Nathanaël, je suppose que tu ne pourras pas te rendre à notre soirée sur l'île de la Cité. Et nos amis non plus ?

Liberté comprit tout de suite à quoi il faisait allusion.

– Je n'en serai pas, répondit-elle d'une voix rauque, mais nos amis devraient être là à l'heure.

Sévère se racla la gorge et lui fit signe que le temps était écoulé.

– Je dois vous laisser… je…

– Lib, on te sortira de là, tu entends ? cria Carmine dans le téléphone. Je viendrai te chercher moi-même s'il le faut ! Je…

Le chef de la Garde lui prit le combiné des mains et raccrocha.

***

Carmine raccrocha de son côté en poussant un juron. Ce Mildé était l'un des rares téléphones publics de Larispem et ils avaient dépensé une fortune pour appeler la tour. Tout ça pour obtenir cinq petites minutes de conversation avec Liberté. Ils sortirent de la cabine sous les regards furieux de ceux qui patientaient depuis des heures.

– Pas trop tôt ! s'exclama une jeune femme en se levant.

Carmine lui retourna un regard assassin et elle aurait répliqué si Nathanaël ne l'avait pas retenue.

– Laisse tomber.

Alors que les deux louchébems s'éloignaient, ils surprirent les bribes de conversations que des gens tenaient à leur sujet : « C'est ceux de l'équipe 3, avec cette Française, là. Il paraît que c'est une terroriste, tu savais ? Elle voulait faire gagner son équipe pour rencontrer la Présidente et la tuer ! C'est horrible ! » En silence, ils remontèrent une portion de boulevard, passant devant des théâtres mécaniques qui rejouaient l'épreuve : des personnages de fer et de carton à leurs effigies montaient encore et encore à l'assaut d'une tour Verne peinte sur un rouleau de toile qui défilait. Les badauds murmuraient tellement dans leur dos qu'ils décidèrent de prendre un fiacre.

– Eh, c'est un honneur pour moi de vous promener, les jeunes ! s'enthousiasma le cocher en les reconnaissant. Je me fiche de savoir ce qui s'est passé là-haut, vous avez drôlement bien assuré ! Où c'est-y que je vous emmène ?

Carmine lui donna une adresse au sud de Larispem, dans le 14e, s'assit en face de Nathanaël et ferma les rideaux.

– Je ne sais plus quoi penser, soupira-t-elle. Malgré ce que j'ai vu, je n'arrive pas à croire que Liberté fasse partie des Frères. Elle est si gentille, si douce… C'est impossible qu'elle m'ait dissimulé ça tout ce temps.

Elle se massa les tempes. Les trois derniers jours avaient été difficiles pour tout le monde. Maître Couteau, Antonin, les clients du Cochon Volant ne parlaient plus que de l'épreuve, et les rumeurs se multipliaient à un rythme ahurissant. Rumeurs sur ce qui s'était vraiment passé au sommet de la tour, mais aussi sur le gouvernement. On disait que Jules Verne avait quitté Larispem, que la Présidente allait faire arrêter Fiori, ou l'inverse. Le Jeu de l'oie de Larispem était de nouveau interrompu et, cette fois, on murmurait qu'il ne reprendrait pas. Des incidents éclataient entre les partisans du Conseiller et ceux de la Présidente. Si ça continuait comme ça, écrivait-on dans *Le Petit Larispemois*, il n'y aurait bientôt plus besoin des Frères pour mettre Larispem à feu et à sang.

– Tu en dis quoi, toi ? lui demanda-t-elle pour la centième fois.

Nathanaël se pencha en avant pour prendre ses mains dans les siennes. Leurs doigts s'entremêlèrent.

– Je te l'ai dit, je n'en sais pas plus que toi.

Et une fois de plus, il repensa à ce que Liberté avait dit sur les écrits de Louis d'Ombreville ; à son expression, tandis qu'elle repoussait Lackji vers le vide. Elle avait lu le Livre et le Livre l'avait changée, il en était sûr.

– Carmine, et si elle en est vraiment une, que vas-tu faire ?

La louchébem serra un peu plus fort les doigts de Nathanaël. Le fiacre était petit et leurs genoux se touchaient presque. Depuis l'épisode de la tour, ils étaient plus proches que jamais. Pas de grandes déclarations, pas de serments, mais un lien qui se renforçait à chaque moment qu'ils passaient ensemble et que Nathanaël avait peur, cependant, de devoir trancher tôt ou tard.

– Les Frères représentent tout ce que je déteste. Des loutufuches d'aristos qui haïssent tout ce qui fait partie de ma vie, qui ont traité mon père comme une bête, puis qui l'ont tué. Je vais tout faire pour prouver le contraire, mais si Liberté fait partie de leur confrérie, notre amitié ne vaudra plus grand-chose.

Nathanaël se détourna, le cœur poignardé de douleur.

– Heureusement que je peux compter sur toi, reprit Carmine.

Elle l'embrassa, et il répondit si brusquement à son baiser que leurs dents s'entrechoquèrent. L'orphelin aurait donné son âme pour partir le plus loin possible avec la louchébem, et tout oublier de Larispem. Mais il se contenta de l'étreindre de toutes ses forces, les doigts perdus dans ses cheveux, les yeux clos, tentant de tout oublier.

Le fiacre s'arrêta dans une rue sombre. Ils étaient arrivés.

Carmine souleva une plaque d'égout, sortit un luxomaton de sa poche et désigna l'ouverture.

– C'est par là.

Nathanaël se pencha ; il ne vit qu'un trou noir et une échelle qui s'y enfonçait. Le tout sentait assez mauvais.

– Rappelle-moi où on va ?

– Au Café Variable. Enfin, pas tout à fait : ce soir, c'est une session extraordinaire et on doit entrer avec une invitation que je n'ai pas. C'est Antonin qui m'a rencardée sur la façon de s'y rendre sans passer par la case contrôle. Fiori y sera, je veux lui parler. Lui expliquer que Liberté m'a sauvé la vie à deux reprises, qu'il faut lui laisser une chance.

Elle commença à descendre prudemment, le luxomaton coincé entre les dents. Nathanaël la suivit et tira la plaque d'égout derrière lui, les isolant du monde extérieur.

Ils progressaient en silence, Carmine grimaçant à chaque échelon. Sa chute à la tour lui avait laissé des hématomes à la taille et ils se rappelaient à son bon souvenir à chaque mouvement. L'air était saturé d'humidité et l'odeur devenait de plus en plus répugnante. Ils arrivèrent enfin dans un étroit boyau, noir comme un four, à peine assez haut pour se tenir debout. À gauche, une eau noire et boueuse ; à droite, un rebord minuscule longeant la canalisation. Plusieurs rats de belle taille détalèrent en couinant et plongèrent, dérangés par les deux intrus.

– Les abattoirs, le cimetière, la tour Verne et maintenant les égouts, râla Nathanaël. Est-ce que je vais finir par visiter des endroits de Larispem qui ne sont ni sinistres ni dangereux ?

Carmine s'arrêta devant une porte de fer marquée d'un X rouge et se tourna vers lui.

– Je te promets que, quand toute cette histoire sera terminée, on ira se goinfrer chez Europe et Pasiphaé, danser à Montmartre et se promener en grand bi à moteur sur les Champs-Élysées. Je te ferai oublier tout ça, juré.

Elle l'enlaça ; une étreinte trop brève au goût du garçon. Il aurait pu rester ainsi des heures mais Carmine se dégagea et ouvrit la porte.

– Bienvenue dans les catacombes. Dis bonjour à ces messieurs-dames !

L'odeur s'était améliorée, mais pas les environs. Ils circulaient à présent dans des couloirs le long desquels étaient empilés des milliers d'ossements humains. Partout où il regardait, Nathanaël voyait une macabre mosaïque de fémurs et de tibias ponctuée de rangées de crânes aux orbites insondables. Des siècles de Parisiens en pièces détachées, qui venaient de cimetières que l'on avait supprimés. « C'est plus triste qu'effrayant », pensa Nathanaël, même s'il ne pouvait s'empêcher de jeter de fréquents regards derrière eux pour vérifier si rien ne bougeait. De temps en temps, ils manquaient de trébucher sur des os et l'orphelin donna sans le vouloir un coup de pied dans un crâne, qui roula comme une balle sur quelques mètres. Il se surprit à lui adresser un « Désolé » sincère.

Ils arrivèrent enfin dans une salle plus grande, éclairée par des bougies fichées dans les anfractuosités des murs, et la rumeur d'une discussion animée leur parvint.

– Nous y sommes.

***

Après le coup de téléphone de ses amis et le départ de Sévère, Liberté se mit à pleurer. Elle avait beau savoir que ça ne servait à rien, elle ne pouvait pas s'en empêcher. Son angoisse et sa colère se déversaient le long de ses joues. Quand elle eut les yeux rouges et le nez irrité, elle réfléchit au meilleur parti à prendre. Elle n'avait pas encore été transférée en prison (peut-être parce qu'ils avaient encore des doutes sur son rôle dans les évènements), mais ça ne durerait pas. Sévère était sur la bonne voie. Dans moins de vingt-quatre heures, il aurait sûrement découvert que les trois livres de Louis d'Ombreville avaient disparu du secteur rouge et que Justin avait lui aussi perdu la mémoire. En outre, un technicien se rendrait compte, sans doute, que l'une des ADEL avait été traficotée. En tout cas, les preuves seraient accablantes. Fuir, il fallait fuir, elle n'avait pas d'autre choix. Liberté rassembla ses affaires sans trop savoir quoi emporter. Elle se contenta de l'essentiel et mit dans sa sacoche ses outils de mécanicienne, abandonnant sur place le châle fleuri et les cadeaux de Cinabre.

Puis elle sortit les lettres de sa mère, qu'elle déchira, ainsi que les pages des trois livres de Louis d'Ombreville, et les jeta par la fenêtre. Les bouts de papier s'éparpillèrent comme un vol de papillons, rapidement précipités par terre et changés en bouillie par la pluie et les roues des vapomobiles. De même, elle lança par la fenêtre les reliures des livres, trop solides pour être déchirées ; le vent les emporta, elles aussi. Liberté décousit ensuite la doublure de sa veste et y glissa le Livre et ses notes avant de la refermer.

Restait à trouver un moyen de filer.

La Garde était prévenue : si Liberté était, comme on le redoutait, une Sœur du Sang, elle avait le pouvoir d'hypnotiser ses ennemis. La jeune femme en uniforme qui vint lui apporter son repas se méfiait donc des yeux de l'adolescente, mais pas du reste. Liberté profita de cette erreur de jugement pour lui toucher la main au moment elle saisit son plateau. La garde eut un mouvement de recul, mais trop tard, elle était marquée. La prisonnière lui confisqua son pistolet et sortit de sa chambre. Le militaire posté à l'entrée essaya de dégainer, mais Liberté, plus rapide que lui, braqua son arme sur lui.

– Pose ton pistolet et entre, vite !

Il n'eut pas d'autre choix que de lui obéir. Liberté l'enferma à double tour et se mit à courir, plus vite qu'elle ne l'avait jamais fait. Elle entendit distinctement le garde commencer à tambouriner à la porte. En empruntant les couloirs de service et les escaliers réservés au personnel, la fugitive descendit les étages de la tour, se cachant chaque fois qu'elle croisait quelqu'un. Le cœur au bord de l'explosion, elle avait l'impression que le nombre de marches avait triplé. Chaque pas lui demandait un effort plus grand que le précédent. Elle ouvrit une porte dérobée et dévala un escalier réservé aux techniciens pour descendre au sous-sol, là où se trouvait la chaufferie. Un point de côté la fit grimacer, l'obligeant à faire une pause. Elle reprit sa course, traversant la salle des chaudières où des ouvriers ruisselants de sueur enfournaient des billes de charbon dans les gueules béantes des fourneaux. D'immenses machines tournaient jour et nuit pour chauffer les lieux et produire l'énergie électrique qui alimentait les ampoules et faisait fonctionner les escaliers mécaniques. La chaleur était infernale, l'air confiné semblait épais comme de la confiture en ébullition. Les tympans en lambeaux et les narines pleines d'une odeur de métal brûlant, Liberté dut s'arrêter de nouveau. Adossée contre un mur, elle cherchait désespérément de l'air. Elle aperçut un tunnel quelques mètres plus loin. Il semblait donner accès à une rue tranquille ; un dernier effort, et elle serait dehors. Elle entendit des cris derrière elle et, confusément, une voix qui l'appelait par son prénom. L'alerte avait été donnée. N'hésitant plus, elle se rua vers la sortie.

Plus que vingt mètres, plus que dix-sept… Un rectangle de lumière grise lui faisait voir que la porte était ouverte. Devant, trois ouvriers couverts de suie étaient venus griller une cigarette et ils bloquaient la sortie. Ils la regardèrent approcher avec curiosité, puis avec méfiance, et Liberté ralentit. Elle devait offrir un tableau étrange : adolescente perdue dans les sous-sols de la tour, le visage rouge et les cheveux défaits.

– Laissez-moi passer, s'il vous plaît !

Les hommes ne bougèrent pas, se contentant de fumer en la regardant. Derrière, les bruits de course se rapprochaient. Liberté était tellement près du but. S'il n'y avait pas eu ces trois hommes, elle aurait déjà été dehors. Elle pouvait sentir l'odeur de la pluie, voir les pavés jonchés de feuilles mortes. Mais elle ne pouvait pas passer.

– Il faut que je sorte ! cria-t-elle d'une voix suraiguë, en brandissant l'arme volée au garde.

– Liberté Chardon ! Pose ce pistolet !

Elle se retourna ; Sévère était là, encadré de plusieurs hommes. Tous armés jusqu'aux dents, tous prêts à faire feu au moindre signe de leur chef.

Impassible comme une statue, le chef de la Garde la fixa et secoua lentement la tête.

– J'aurais préféré me tromper.

Tout était perdu. Liberté se laissa glisser au sol, épuisée. Les ouvriers jetèrent leurs cigarettes et retournèrent au travail, refermant la porte sur la rue, et les derniers espoirs de la jeune fille s'envolèrent.

***

– La Présidente doit être écartée de gré ou de force ! Elle est prête à livrer la ville aux Français et nous ne pouvons pas le tolérer. Cette lettre du président Quart est bien la preuve qu'elle nous a trahis. La véritable Michelle Lancien, celle qui a combattu à nos côtés, a disparu il y a bien longtemps.

Nathanaël et Carmine observaient l'assemblée, qui semblait boire les paroles de Fiori. Ils reconnurent au passage maître Couteau, les deux compagnons de Lackji, le maître du Bœuf Doré et d'autres louchébems. Carmine posa un index en travers de ses lèvres et ils s'accroupirent, invisibles dans le couloir obscur.

– On va attendre qu'il ait fini, chuchota-t-elle.

Nathanaël lui fit signe qu'il avait compris. Chaque mot de Fiori était chargé d'une agressivité presque palpable.

– Voilà ce que je vous propose, mes camarades. Dans quelques jours, nous sommes censés nous rendre sur le chantier de *L'Esprit de la Commune* pour assister à un premier test de vol. J'inviterai les plus fidèles d'entre vous à me rejoindre. La Présidente devra alors se décider entre persister dans ses erreurs ou me laisser les pleins pouvoirs. Si elle refuse, je compte sur vous pour l'arrêter sans attendre.

Il y eut une rumeur d'approbation dans les rangs des louchébems. Plusieurs exprimèrent leur soutien à voix haute. Nathanaël se tourna vers Carmine.

– Partons ! articula-t-il silencieusement.

Elle secoua la tête furieusement.

– Et si elle rue dans les brancards, hein, Gustave ? lança le patron du Bœuf Doré en se levant, les poings sur la taille.

Le Conseiller fit mine de réfléchir. Il tira l'un de ses couteaux de son fourreau et entreprit d'en vérifier le tranchant.

– Mieux vaut pour elle que ça n'arrive pas. Il faudra nous méfier de Sévère et des gardes qui lui sont fidèles. Les traîtres ne méritent pas notre compassion. D'ailleurs, à propos de traîtrise…

Il pointa sa lame sur maître Couteau, assis au premier rang, et lui fit signe de s'approcher pour se placer devant le mur d'ossements. Pierre Couteau obéit lentement. Du regard, il chercha de l'aide dans l'assistance, mais les autres bouchers étaient immobiles et silencieux. Fiori posa sur la tête du boucher un crâne, au-dessus duquel était fichée une bougie allumée, et traversa la salle souterraine à pas solennels. Tout le monde retenait son souffle. Nathanaël et Carmine, blottis dans l'ombre, étaient aussi figés que les squelettes autour d'eux.

– Pierre, tu nous dois des explications. C'est toi qui as insisté pour que la mécanicienne soit dans ton équipe. Tu savais que c'était une Sœur du Sang ?

– N…non, bafouilla maître Couteau.

Il transpirait abondamment.

Fiori jeta en l'air l'un de ses couteaux, l'attrapa au vol et le lança. L'arme fendit l'espace comme une flèche, souffla la flamme de la bougie et se ficha dans l'ossuaire.

– Je repose ma question, gronda Fiori en dégainant un second couteau.

– Gustave ! je savais pas, luréjèm ! Je me suis juste dit que ça pourrait être un atout. Tu le sais, tu m'as laissé faire ! Jamais je n'aurais…

Tchac ! le second couteau se logea dans le crâne posé sur sa tête, le fendant pratiquement en deux. Celui-ci roula par terre. Fiori fit miroiter la lame de son troisième couteau.

– Qu'en pensez-vous, vous autres ?

Au grand soulagement de Carmine et Nathanaël, la totalité des louchébems présents se mirent d'accord pour considérer que maître Couteau était au-dessus de tout soupçon. Fiori fit un signe à l'assemblée, montrant qu'il prenait cet avis en considération. Le patron du Cochon Volant se laissa tomber sur un banc et s'épongea le front.

– Qu'est-ce qu'on fait pour les jeux ? demanda le maître du Bœuf Doré. Lackji ne peut plus continuer, et l'équipe 3 était infiltrée par cette Sœur du Sang. Encore en lice, il ne reste plus que mes gars et cette équipe d'étudiants maigrelets.

– Les gamins ne tiendront pas bien longtemps. On s'arrangera pour qu'ils tombent sur une épreuve un peu trop corsée pour eux, et tes gars seront déclarés vainqueurs.

Eustache et Émile protestèrent vivement mais Gustave réclama le silence.

– Ce n'est pas ce que nous avions prévu mais on s'en moque. Nous avons montré notre supériorité à Larispem et à l'étranger. C'est l'essentiel.

– Y a quand même un mouton noir chez nous, s'exclama Eustache le Cure-Dents en se levant. Cinabre. C'est lui qui a cafté sur l'épreuve. Y a que nous qui aurions dû savoir. Il a trahi la cause pour s'en mettre plein les lochepèms !

Fiori hocha la tête.

– La famille Noir a droit au respect grâce à ce qu'a fait Jean autrefois, mais ce cafard de Cinabre a trop joué avec nos nerfs. Trouvez-le, prenez-lui ses couteaux et faites-lui payer le prix fort.

– Et sa sœur ? insista le louchébem. Elle était peut-être aussi dans la combine.

– On l'aura à l'œil. Si on trouve le moindre lien avec un autre Frère du Sang, si elle rechigne à prouver qu'elle est bien de notre côté, on lui fait subir le même sort.

Un bruit étrange leur parvint du couloir. Certains louchébems se précipitèrent pour inspecter les lieux mais ils étaient déserts. Ils en conclurent que ce devait être un rat ou une souris, et ne se donnèrent pas la peine de fouiller le labyrinthe des catacombes.

18

UNE SOIRÉE SUR LA SEINE

On ne « trouve » pas le courage, c'est lui qui nous tombe dessus, en général quand on se rend compte que de toute façon on n'a pas le choix.

Jacques Vilain, en 1871.

C'était une lettre très brève, glissée sous la porte de sa chambre du Cochon Volant : « *N'oublie pas ce soir. Minuit. Dernière chance pour toi.* » La signature était celle de Sylvestre. Nathanaël replia la missive. Et voilà, pensa-t-il, les dés étaient jetés. Il ne pouvait plus compter que sur lui-même et sur les ordres que Sévère avait donnés. Il s'assit sur le bord de son lit et laissa son regard errer sur ce qu'il allait déjà devoir quitter.

Sa décision était prise : il n'avait pas d'avenir à Larispem. Même s'il parvenait à faire arrêter la comtesse et Sylvestre, il ne se passerait pas longtemps avant qu'on fasse le lien entre la couleur insolite de leur sang et les « hypnoses ». Alors, son destin ne tiendrait plus qu'à une coupure ou à une écorchure. Sa tristesse le mettait au supplice : un coup de poignard, une balle tirée à bout portant n'étaient certainement pas aussi douloureux que ce qu'il ressentait en ce moment. C'était injuste. Il avait trouvé une place chez les bouchers et dans le cœur de Carmine, et pourtant, il allait devoir renoncer à tout cela. Nathanaël ferma les yeux : il était hautement probable qu'il ne survive pas à sa seconde rencontre avec Vérité. Ça le terrifiait au point qu'il avait peur de ne pas aller jusqu'au bout. Il essaya d'imaginer sa mort. Aurait-il le temps d'avoir mal ? Il secoua la tête pour échapper à la vision de son corps gisant dans une mare de sang, se leva et prit le temps de se regarder dans le miroir : un beau garçon aux yeux gris, aux cheveux châtains très courts, qui dessinaient un V sur son front. Pour ce qu'il prévoyait, il s'était fait aussi élégant que possible.

On frappa à la porte et Carmine entra. Nathanaël la trouva plus impressionnante que jamais dans ses vêtements masculins, la taille prise dans un gilet de cuir ajusté, une longue redingote de laine sombre jetée sur ses épaules. Ses yeux soulignés de noir lui donnaient un air félin. Il la dévora du regard dans l'espoir de graver cette image dans sa mémoire. Elle lui retourna un sourire plutôt pâle. Ce qu'elle avait entendu dans les catacombes l'avait ébranlée, sans compter l'arrestation de Liberté, la fuite de son frère et la mort toute récente de son père. Même pour elle, cela faisait beaucoup à encaisser.

– T'es sûr de vouloir sortir ?

– Certain. Je sais que tu avais dit « une fois que cette histoire sera terminée », mais je voudrais quand même avoir un avant-goût du Larispem que tu m'as promis. Maintenant.

La louchébem inclina la tête avec un soupir fatigué.

– Comme tu veux.

Ils sortirent sous la pluie, blottis sous un grand parapluie noir. Nathanaël héla un fiacre qui les conduisit à proximité de l'île de la Cité. Le dôme illuminé de l'aérogare Jacques-Vilain se reflétait dans les eaux noires de la Seine. Quelque part, une horloge sonna dix heures du soir et Nathanaël prit une grande inspiration.

– Pour le romantisme, tu as tout bon, dit Carmine, mais pour s'amuser, j'aurais plus vu Pigalle ou les Champs. T'es sûr de ton coup ?

Nathanaël pointa du doigt des lumières multicolores, d'où parvenait la rumeur d'une musique endiablée. Plusieurs couples se pressaient dans cette direction.

– Je me suis renseigné. Il paraît que c'est du dernier chic de donner des fêtes sur des péniches.

Plus ils approchaient, plus la musique était forte. Le bateau, gigantesque, brillait de mille feux. Apparemment, le cœur de la fête se situait à l'intérieur, dans la soute à charbon, mais les Larispemois venus s'amuser dansaient jusque sur le quai. Des tonneaux faisaient office de tables sur lesquelles on trinquait joyeusement à l'absinthe et au champagne. Nathanaël fit de son mieux pour avoir l'air à l'aise en précédant Carmine sur le pont. Ils empruntèrent des échelles pour descendre dans la soute grande ouverte et se retrouvèrent pris dans un flot de danseurs qui tourbillonnaient au rythme de l'orchestre. À peine eurent-ils posé le pied sur le plancher noirci qu'ils furent happés, poussés et bousculés par des jeunes gens qui braillaient à pleine gorge les refrains des chansons populaires. Nathanaël passa un bras autour de la taille de Carmine, qui lui lança un sourire, et il l'entraîna au milieu de la foule.

L'orphelin ne savait pas danser mais il se rendit rapidement compte que l'essentiel était de ne pas se faire piétiner par les autres danseurs et de suivre la musique en rythme : violons si rapides que l'œil pouvait à peine suivre les doigts des musiciens, tambourins fébriles et accordéons. Ils dansèrent sans reprendre leur souffle, improvisant des pas sans se quitter des yeux. Après ce qui sembla à la fois une éternité et une seconde, l'horloge au loin sonna onze coups. Le garçon serra plus fort Carmine contre lui. Le moment était venu. L'orchestre se lança dans un french cancan sauvage. Ils s'embrassèrent, un long baiser qui donna à Nathanaël le temps de glisser une main vers ses couteaux et d'appuyer son index contre la lame.

– Oh, Carmine… pardonne-moi, murmura-t-il dans son oreille.

Il posa sa main sur celle de la louchébem et sentit aussitôt son esprit prendre le dessus. Des larmes brillant au coin de ses paupières, il lui chuchota ses ordres :

– Tu vas rester ici et danser jusqu'à ce que je sois sorti, puis tu prendras un fiacre pour rentrer chez toi… Tu…

Il hésita. C'était encore plus difficile qu'il ne l'avait redouté.

– Tu vas m'oublier. Ma voix, mon visage, ce que tu ressens pour moi, tout. C'est mieux comme ça… Ils sauront ce que je suis. Ils croiront que tu es ma victime. Ils te laisseront tranquille.

Nathanaël recula de quelques pas, indifférent aux danseurs qui le bousculaient. Carmine, les yeux dans le vague, un sourire distrait aux lèvres, continua de danser seule.

– Adieu, souffla-t-il.

Il la regarda aussi longtemps qu'il put le supporter, puis un autre danseur aborda la jeune fille, et il s'enfuit.

À pas rapides, Nathanaël s'éloigna de la péniche. Dans sa tête tournoyait tout ce qu'il aurait pu faire, tout ce qui aurait été différent s'il avait été un autre. Il ressentait autant de colère que de chagrin et il marchait le plus vite possible pour ne pas être tenté de revenir sur ses pas. Après avoir tourné dans la rue où se trouvait l'adresse indiquée par Sylvestre, il arriva devant une échoppe d'herboriste à l'ancienne. Tout était calme. Il espéra que des gardes étaient embusqués non loin et qu'ils ne le perdaient pas de vue. Au début, il ne pensait pas se rendre à la réunion, mais il avait finalement changé d'avis : autant aller jusqu'au bout, affronter Vérité les yeux dans les yeux. Il s'arrêta devant la porte, hésita un instant, puis il pensa au conseil de Carmine : ne pas trop réfléchir. Il prit une grande inspiration et frappa. Tout était éteint mais une fenêtre s'ouvrit à l'étage.

– Partez ! cria une voix. Il n'y a rien à faire ici à cette heure.

– Je suis attendu, répondit Nathanaël.

Une silhouette se pencha, puis les volets se refermèrent. Le garçon regarda autour de lui ; la rue était déserte et obscure, à peine éclairée par quelques réverbères. Au moment où il s'apprêtait à frapper de nouveau, la porte s'ouvrit.

– Bien le bonsoir, Nathanaël. J'avais parié avec Mademoiselle que tu ne viendrais pas.

Sylvestre s'effaça pour le laisser entrer.

– Bon Dieu, ricana-t-il, tu as vraiment l'air d'un boucher !

Il le conduisit à travers la boutique obscure jusque dans les étages et poussa une porte.

– Après toi.

Nathanaël prit une grande inspiration et entra.

Il y avait au moins une quinzaine de personnes dans la pièce éclairée à la chandelle. La plupart étaient des hommes et des femmes d'âge mûr : les premiers fidèles de Louis d'Ombreville, devina Nathanaël. Ceux qui avaient reçu le sang du maître et l'avaient transmis à leurs enfants. D'autres, comme Sylvestre, avaient une vingtaine d'années ; ce devait être les Héritiers. Au milieu de l'assemblée trônait la comtesse Vérité. Elle était flanquée d'une escorte hétéroclite : des hommes et des femmes au regard vague, un point violet au milieu du front. L'un d'entre eux, sale et maigre, ressemblait à un épouvantail. Nathanaël eut un choc en reconnaissant son ancien professeur. Pour contrer la peur qui lui mordait l'estomac, il posa sa main sur ses couteaux et se composa une expression digne de Carmine, le menton levé et le regard dédaigneux. La comtesse n'eut pas l'air impressionnée. Des murmures s'élevèrent, dont quelques bribes lui parvinrent :

– Ne serait-ce pas le fils de Félix ? demanda une femme aux cheveux gris, les paupières lourdement maquillées.

– Il lui ressemble en tout cas, renchérit un homme. Mais si c'est le cas, espérons que la ressemblance n'est que physique.

– Qu'est-il devenu, au fait ? Il a été fait prisonnier, et ensuite ?

Vérité leva la main et réclama le silence.

– Normalement, la réponse à toutes vos questions devrait se trouver dans le Livre. Mon garçon, peux-tu nous aider là-dessus ?

– J'ai bien réussi à décrypter le Livre et je n'y suis pas mentionné, dit Nathanaël. Et désolé, mais je ne l'ai pas, votre bouquin.

Le silence était écrasant. Sylvestre eut un sourire mauvais et le garçon comprit qu'il était ravi. Vérité se leva dans un froissement de soie noire. Ses pantins redressèrent imperceptiblement la tête, leurs yeux éteints fixés sur Nathanaël.

– Pourquoi ?

– Parce que c'est toujours Liberté qui l'a et qu'elle s'est fait arrêter il y a quelques jours. Après l'épreuve de la tour ; vous en avez sans doute entendu parler.

– Je savais qu'on faisait une erreur en comptant sur lui, grinça Sylvestre.

– Je le reconnais, soupira Vérité. Je comptais me servir de lui pour approcher Fiori. Le Conseiller doit très bientôt visiter les ateliers. Grâce à ce jeune homme, nous aurions pu frapper tout en finesse. Mais Sylvestre a raison. Je sais ce qu'il me reste à faire.

Elle sortit d'une aumônière de velours un petit pistolet argenté, qui avait l'air d'un bijou. Prenant tout son temps, elle le braqua sur Nathanaël et arma le chien.

– Une dernière parole ?

Dehors, une horloge sonna douze coups. Nathanaël ferma les yeux de toutes ses forces et lança une prière muette.

La porte s'ouvrit d'un coup, arrachée de ses gonds. Les Frères du Sang bondirent en voyant entrer des hommes de la Garde. Sans hésiter une seule seconde, Vérité changea de cible et tira. Un garde s'écroula mais d'autres arrivaient derrière lui. Sur un ordre muet de leur maîtresse, les pantins se lancèrent dans la mêlée.

La confusion était totale, des cris, des coups de feu, des éclats de verre ; certains Frères du Sang s'enfuyaient, d'autres se battaient. Nathanaël s'était jeté au sol, cherchant un abri. Il se retrouva juste à côté d'Alcide, qui était resté debout, indifférent aux balles qui sifflaient à ses oreilles.

– Professeur !

Celui-ci ne réagit pas. Tout en sachant que ça ne servait à rien, Nathanaël essaya de lui saisir la main pour le forcer à se mettre à l'abri. Ses doigts rencontrèrent le bracelet fixé à son poignet, poisseux de sang violet. Il fronça les sourcils. Qu'est-ce que c'était que cette chose ?

– Toi, à terre ! Ne bouge plus !

Un garde le tenait en joue. Nathanaël leva les mains au-dessus de sa tête.

– Je ne suis pas des leurs ! Je suis un louchébem !

– Fais ce que…

L'homme n'eut pas le temps de finir sa phrase, un Frère du Sang s'était abattu sur lui, et ils roulèrent à terre. Les mains tremblantes, Nathanaël se pencha de nouveau sur le bracelet. Il ne savait pas ce que c'était exactement mais il devinait qu'il valait mieux l'enlever. À l'aide d'un de ses couteaux, il le fit sauter et essuya le sang sur le poignet d'Alcide, frottant sans ménagement avec sa manche. L'homme cligna des yeux.

– Professeur !

Celui-ci semblait sortir tout droit d'un cauchemar. Il regarda autour de lui sans comprendre. Nathanaël le força à s'agenouiller au sol. Le regard perdu, Alcide s'accrocha à sa chemise d'une main tremblante.

– Nathanaël ?

– On doit sortir d'ici.

Le combat ne faiblissait pas. Certains Frères avaient réussi à marquer des gardes. Un par un, ces derniers se retournaient contre leurs collègues abasourdis. « Ne les regardez pas dans les yeux ! » cria quelqu'un en pure perte. Nathanaël avait intérêt à disparaître. Il jeta un coup d'œil autour de lui et aperçut une fenêtre ouverte. La maison donnait directement sur la Seine. Peut-être pouvait-il sortir par là ? Sylvestre se battait un peu plus loin ; la comtesse, en revanche, était invisible.

– Vite, professeur !

Alcide secoua la tête.

– Peux pas… Marqué trop longtemps. Je suis trop faible pour fuir. Isabella… elle est en vie avec les autres enfants. En France. Un manoir non loin de Larispem. Dans la forêt. Un endroit qui s'appelle Le Bois Creux.

– Nous verrons ça plus tard, il faut partir.

– Et Vérité. Elle s'est alliée avec les Français mais elle veut Larispem… pour elle toute seule… Elle utilise le chef des services secrets français, elle…

– Attention ! cria quelqu'un. Il a une bombe !

Nathanaël releva la tête et vit Sylvestre debout au milieu de la pièce, l'air halluciné et avec un horrible rictus, ses cheveux lui collaient à la peau en une croûte de sang. Il était blessé et cerné de toutes parts, mais il tenait devant lui un appareil qui ressemblait à une petite marmite et un briquet. Des gardes lui crièrent de lâcher la bombe, mais il alluma la mèche qui se mit à se consumer à toute vitesse.

– Le sang jamais n'oublie ! s'esclaffa Sylvestre. À mort Larispem ! Vive les Frères !

– Pars, souffla Alcide. Maintenant !

Il rassembla ses dernières forces et se jeta sur Sylvestre. Nathanaël se précipita vers la fenêtre, enjamba le rebord et sauta à l'aveuglette.

Après une chute vertigineuse, le garçon creva la surface glacée de la Seine au moment où la bombe de Sylvestre explosait, soufflant la fenêtre qu'il venait de franchir. Des débris dégringolèrent dans l'eau. La respiration coupée par le froid, Nathanaël coula à pic. Il agita désespérément les bras et les jambes pour remonter à la surface et réussit à émerger. Au-dessus de lui, il aperçut de la fumée sortir des fenêtres de la maison. Il n'était pas loin de la berge, mais le courant l'entraînait rapidement et il ne savait pas nager. Ses vêtements le tiraient vers le fond et le froid l'engourdissait déjà.

– Au secours ! hurla-t-il en vain.

Il ouvrit la bouche pour essayer de crier à nouveau, mais une rasade de Seine y entra et il se mit à tousser. L'eau le submergeait. Dans un effort désespéré, il réussit à sortir la tête pour respirer et manqua de s'assommer contre le flanc d'un immense bateau-lavoir amarré à quai. Il s'y accrocha de toutes ses forces, le temps de reprendre son souffle. Ses dents s'entrechoquaient si fort qu'elles lui faisaient mal.

– Allez, s'exhorta-t-il à voix basse. Pas question de crever ici.

Il repéra une ouverture au ras de l'eau et se hissa à bord du bateau, s'étalant sur le sol comme une serpillière trempée et sale. Tout était noir à l'intérieur, mais il régnait une douce chaleur et une odeur réconfortante de savon de Marseille. À côté de grands poêles encore tièdes, du linge séchait en attendant les blanchisseuses. Nathanaël se déshabilla à la hâte, s'enroula dans un drap sec et se blottit au plus près de la source de chaleur, le corps agité de tremblements. Il pensa à Alcide et à Sylvestre, qui avaient péri dans l'explosion, et à Vérité qui avait sûrement réussi à s'échapper. À son plan pour tuer Fiori. Puis l'image de Carmine vint remplacer toutes les autres, et il sombra dans un sommeil entrecoupé de cauchemars, où la louchébem s'éloignait de lui en dansant, encore et encore.

19

L'ESPRIT DE LA COMMUNE

Tant que nous serons unis, comme nous l'étions lors de la Commune, rien ne pourra nous détruire.

Michelle Lancien
(discours publié dans *Le Petit Larispemois*).

« Hier soir à minuit, une opération brillamment menée a permis d'arrêter un groupe de Frères du Sang qui s'étaient réunis à deux pas de notre chère aérogare. Sept ou huit de ces redoutables individus ont pu être appréhendés avant que l'un des membres de l'organisation n'active un engin infernal. Le drame aurait pu être plus terrible encore, sans le secours d'un héros anonyme : selon des témoignages, un homme se serait jeté sur la bombe. Cette intervention aurait permis de limiter les effets de l'explosion ; sans elle, les rangs de la garde auraient pu être décimés.

"Notre intervention n'est, hélas, pas tout à fait une réussite, nous a confié le capitaine, car nous n'avons pas pu mettre la main sur la jeune femme qui semble être leur chef. Son portrait sera diffusé partout dans les prochains jours. De plus, quatre de nos hommes ont tout de même péri dans l'assaut. De mes yeux, je les ai vus se faire posséder par ces démons et retourner leurs armes contre nous. Il est urgent de comprendre comment ils procèdent, afin de pouvoir plus efficacement lutter contre eux." Pourtant à l'origine de ce joli coup de filet, le chef de la Garde, Maxime Sévère, s'est refusé à tout commentaire. Ni la Présidente ni le Conseiller ne se sont exprimés. Nous espérons qu'ils le feront cet après-midi, lors de leur apparition publique aux ateliers.

Enfin, nous avons appris que Liberté Chardon, la mécanicienne soupçonnée de faire partie des Frères du Sang, a été transférée à l'aube à la prison de la Petite Roquette. La disparition de Nathanaël Janvier, l'orphelin qui participait aux jeux à ses côtés, semble également l'accuser de complicité avec les Frères. »

– Eh ! si tu veux lire, faut acheter, citoyen !

Nathanaël lâcha le journal qu'il venait d'emprunter au kiosque et marmonna une excuse en tirant sa casquette le plus bas possible sur son front. Le visage frotté au charbon, vêtu de vêtements trop grands volés dans le bateau-lavoir, il avait l'air d'un chiffonnier ou d'un éboueur. Il leva les yeux. La tour Verne se découpait dans le ciel. Tout semblait tellement normal autour de lui, alors qu'il n'avait jamais été aussi isolé, cerné de toutes parts. Le demi-succès du piège qu'ils avaient tendu aux Frères ne suffisait pas à le rassurer. Fiori était sur le point de faire un coup d'État et, comme si ce n'était pas suffisant, Vérité avait choisi le même moment pour frapper.

Derrière la tour s'élevaient les cheminées des ateliers, où l'on fabriquait les merveilles de Larispem. C'était là que l'orphelin voulait se rendre, et plus particulièrement au hangar des aérostats, une immense construction en forme de U renversé qui culminait à plus de quarante mètres. Nathanaël emprunta l'une des rues étroites qui passaient entre les bâtiments de brique rouge, et se retrouva mêlé à des dizaines d'ouvriers en chemin vers leur lieu de travail.

– Y paraît que Verne s'est fait la malle ? dit l'un d'eux.

– Ben, tu penses, répondit un autre. Y a du grabuge à la tour.

Ça barde entre les têtes du Taureau. J'ai un copain qu'a vu l'aérostat de Jules Verne quitter la tour en pleine nuit. C'est sûr, il n'y est plus. Apparemment, c'est la Présidente qui lui aurait suggéré de se mettre un peu au vert.

Ils s'engouffrèrent dans un bâtiment d'où parvenait le fracas des marteaux et des machines à vapeur. Nathanaël s'arrêta en constatant que des gardes se tenaient aux portes du hangar. Dans le ciel, de petits aérostats biplaces volaient en rond, comme des oiseaux de proie, prêts à intervenir au moindre mouvement suspect. Nathanaël espéra qu'il était aussi anonyme qu'il en avait l'air : l'article du journal laissait entendre que ses anciens collègues avaient donné l'alerte. Il se sentit soudain horriblement triste et nostalgique à cette idée. Il avait perdu sa vie d'orphelin, puis sa vie de boucher. Et Carmine, bien sûr. Il n'était plus qu'un fugitif en exil. La douleur lui étreignit la poitrine et il se força à reporter toute son attention sur ce qui se passait autour de lui. Une première vapomobile arriva et Fiori en descendit, escorté par des louchébems à la carrure d'ours. Les ouvriers ralentissaient en passant, pour l'observer ; plusieurs applaudirent même. Une seconde vapomobile arriva quelques instants plus tard et ce fut au tour de la Présidente de rejoindre le hangar, des gardes sur les talons. Nathanaël eut l'impression que, cette fois, les spectateurs étaient moins enthousiastes.

« Bon, se dit-il, et comment je rentre, moi ? »

Il y avait des soldats partout. Il nota néanmoins qu'ils laissaient passer les ouvriers chargés de matériel. Malgré la visite du Taureau, le travail continuait. Nathanaël rebroussa chemin, les mains dans les poches, et entra dans le premier atelier venu. Presque aussitôt, il se retrouva face à une forme familière : un tripode comme ceux qui s'étaient trouvés au cimetière Lachaise. Des ingénieurs en costume noir donnaient des ordres à une nuée d'ouvriers qui s'affairaient autour des pattes, serrant des boulons et reliant des câbles. L'un d'eux jeta un regard suspicieux à Nathanaël.

– D'où tu sors, toi ? On n'a besoin de personne qui baye aux corneilles.

– Je… Pardon, citoyen, répondit le garçon, je suis sur le chantier de *L'Esprit de la Commune* mais je n'ai pas pu m'empêcher de venir voir les tripodes… Ce sont de, euh… sacrées machines.

L'ingénieur se gratta le front. Il avait l'air plus préoccupé par son travail que par cet ouvrier désœuvré et bavard.

– Vous en êtes où de vos délais ? demanda-t-il en consultant ses feuillets. J'ai entendu dire que vous aviez des problèmes avec votre gouvernail de direction.

Ne sachant pas quoi répondre, Nathanaël haussa les épaules :

– Ça va, marmonna-t-il en espérant que l'ingénieur laisserait tomber.

– Vous avez bien de la chance, répondit celui-ci en montrant le tripode d'un geste las. De notre côté, le Conseiller veut une dizaine de tripodes pour dans une semaine. On en est à quatre pour le moment, autant dire qu'il va nous changer en pâtés de campagne.

– Qu'est-ce qu'il va faire de dix tripodes ?

L'homme le regarda d'un peu plus près, et Nathanaël comprit qu'il posait trop de questions et que s'il restait planté là plus longtemps, l'ingénieur risquait de flairer quelque chose.

– Bon, faut que j'y retourne, dit-il très vite. Est-ce que je pourrais juste vous emprunter un…

Il regarda autour de lui et désigna un outil au hasard.

– Ah, voilà !

Il ramassa l'objet. Il lui semblait que c'était une clé de quelque chose, à molette peut-être. Dans le doute, il se contenta d'adresser un signe de tête à l'ingénieur.

– Merci mille fois, je le rapporte tout de suite.

Nathanaël sortit de l'atelier en se faisant violence pour ne pas se mettre à courir. Il sentait le regard de l'ingénieur sur sa nuque mais il espéra que l'homme serait trop occupé à respecter ses délais pour s'inquiéter de lui. Il crut entendre la voix narquoise de Carmine résonner dans sa tête : « Tricheur ». Malheureusement, il n'en avait pas encore fini avec son rôle et chaque pas le rapprochait de sérieux ennuis. Appliquant à la lettre le conseil de la louchébem (ne pas trop réfléchir), il se précipita au galop vers le hangar des aérostats. Les deux gardes qui patrouillaient alentour le mirent aussitôt en joue et il leva les mains en l'air, le cœur battant.

– Hep, toi ! Où tu vas comme ça ?

Nathanaël désigna la clé.

– Faut absolument que je donne ça à Charles !

Les gardes l'entourèrent. Leur méfiance était palpable et Nathanaël espéra, un peu trop tard, qu'ils n'allaient pas exiger un laissez-passer ou quelque chose de ce genre.

– Charles ?

– Les gars, on galère depuis des plombes avec ce gouvernail de direction, et là on a enfin trouvé la solution ! Seulement Charles a besoin de ça. Si vous me laissez pas passer, on sera tous virés parce que Fiori et la Présidente sont là et…

– Ça va, ça va…, le coupa l'un des hommes.

Il regarda son collègue qui pianotait sur la crosse de son fusil en observant Nathanaël. Ce dernier jouait de son mieux à l'ouvrier pressé mais respectueux de la loi et de l'ordre. Il sentait la sueur tremper son dos.

– J'ai entendu parler de cette histoire de gouvernail, dit le garde. Mon beau-frère bosse là-bas.

– S'il vous plaît, supplia le garçon, avec une détresse qu'il n'eut pas de mal à feindre. Si je peux pas rentrer, donnez juste le machin à Charles, je m'en moque…

– Bon, allez, entre, fit l'homme d'un ton bourru, en lui faisant signe d'avancer.

Nathanaël se confondit en remerciements. À la fois soulagé et encore plus angoissé qu'il ne l'était auparavant.

« Oh, bon sang ! »

Le hangar était déjà impressionnant mais ce n'était rien par rapport à l'énormité de l'aérostat qui s'y trouvait. Suspendu entre ciel et terre, il écrasait de sa taille tous les hommes présents. Le ballon en lui-même devait faire plus de deux cents mètres de long et trente mètres de haut. Peint en rouge et frappé du taureau tricéphale, il dégageait une impression de puissance extraordinaire. Fixée sous le dirigeable, la nacelle réservée aux passagers semblait minuscule. Nathanaël repéra Fiori et la Présidente, qui étaient en train d'admirer le monstre. À côté d'eux, un ingénieur leur donnait des explications sur l'appareil. Des ballons plus petits étaient alignés sous le ventre de l'aérostat. Nathanaël l'entendit dire d'un ton docte que ces petits dirigeables étaient des prototypes qui avaient servi pour des essais. Il fit signe à des ouvriers d'actionner des poulies, et le toit du hangar s'ouvrit lentement.

Personne ne remarqua Nathanaël, qui se rapprochait et se mêlait au groupe, toujours chargé de l'outil dérobé dans l'atelier. Il avisa un tas de cordages et se mit à les enrouler avec application, tandis que l'ingénieur commentait la structure de la nacelle et la simplicité du poste de pilotage.

– Nous avons fait en sorte que n'importe qui puisse le conduire, se vanta l'ingénieur. C'est à la portée d'un enfant de huit ans !

Nathanaël essaya de trouver un meilleur angle d'observation. Il était tellement occupé à faire attention à ce que ni Fiori ni la Présidente ne regardent vers lui qu'il écrasa les pieds de la personne qui venait dans son dos.

– Eh, lerdemuche, attention où tu poses tes savates, espèce d'ahuri !

Les cheveux de Nathanaël se hérissèrent en reconnaissant la voix de Carmine. Il se tourna vers elle, comme au ralenti. C'était bien elle, l'air fatiguée et le regard noir. Elle le fixa, comme si elle était prête à le sortir du hangar à coups de pied, mais elle ne le reconnut pas. C'était une sensation étrange et douloureuse de la voir de nouveau cachée sous son masque de louchébem. Nathanaël aurait voulu la secouer; lui crier que c'était lui. Que faisait-elle là ?

– Tu veux ma photographie ou quoi ?

– Excuse-moi, citoyenne.

Il s'effaça et la laissa passer. Elle le bouscula sans ménagement et rejoignit un groupe de louchébems, dans lequel il y avait Eustache et Émile. Nathanaël baissa un peu plus sa casquette pour masquer son visage. Eustache saisit le bras de Carmine, la défiant du regard.

– T'étais où ? siffla-t-il. J'te rappelle que t'as tout intérêt à y mettre du tien pour nous aider, sinon…

La louchébem se dégagea sèchement. Nathanaël sentit une vague de haine lui retourner l'estomac. C'était bien ce qu'il pensait : Carmine devait faire ses preuves en participant au coup d'État contre la Présidente. L'espace d'un instant, il eut très envie de faire comme Liberté, de marquer le louchébem et de l'envoyer se défenestrer plus loin. « Reprends-toi, pensa-t-il. Ce n'est pas la solution. »

Sans se rendre compte de la tension qui régnait dans le petit groupe, l'ingénieur continuait de parler de la vitesse de croisière de l'appareil et de ses aménagements, en détaillant les moindres détails avec une érudition passionnée. L'homme était bien le seul à faire preuve d'enthousiasme. La Présidente et Fiori s'ignoraient ostensiblement. Les gardes qui suivaient Michelle Lancien étaient visiblement tendus. Les bouchers, de leur côté, formaient un cercle hostile autour du Conseiller. Carmine, quant à elle, regardait un point dans le vague en tripotant ses couteaux. Un louchébem lui donna un petit coup de coude et elle retrouva sa posture farouche.

– Il est déjà apte au vol, continua l'homme dans un silence de plomb. Les usines d'hydrogène ont tourné jour et nuit et il est gonflé à bloc pour le test d'aujourd'hui. Il suffirait de relever le levier qui contrôle les amarres, et les câbles qui le maintiennent au sol se rétracteraient. Vous verrez tout à l'heure, je vous ferai une démonstration. Pour le vol inaugural de janvier, il va de soi que nous aurons fini les cabines, le salon, les…

– Bon boulot, coupa Fiori. Merci pour votre travail, Larispem est fière de vous.

Interrompu au milieu de sa phrase, l'ingénieur pinça les lèvres, vexé.

– Si vous voulez voir l'intérieur…, proposa-t-il tout de même.

Le Conseiller fit semblant de ne pas l'avoir entendu et s'éloigna avec son escorte de louchébems. Mais la Présidente hocha la tête et se dirigea vers l'aérostat, encadrée par deux gardes. Nathanaël était en train de chercher une façon de la rejoindre lorsque l'ingénieur le héla. L'orphelin se figea tandis que l'homme venait vers lui.

– Viens avec moi, toi. Tu vas m'aider pour les démonstrations.

– Oui, citoyen, dit Nathanaël qui n'en revenait pas de sa chance.

Il emboîta le pas à l'ingénieur et le suivit dans la cabine de pilotage du dirigeable, laquelle était vaste et recevait le jour par de grandes vitres ; le poste de commande, rutilant, sentait la peinture fraîche et le bois. La Présidente effleura les leviers et les cadrans, posa des questions, mais Nathanaël avait l'impression qu'elle n'en écoutait pas vraiment les réponses. L'orphelin décida que c'était le moment d'agir avant que l'ingénieur ne lui demande quelque chose qu'il serait incapable de faire. Il tâtonna sous sa veste pour trouver le seul couteau qui lui restait, le plus petit des trois que lui avait donnés Carmine, serra les dents et se piqua le doigt. Il fallait prévenir la Présidente. Les gardes qui l'accompagnaient étaient extrêmement vigilants. Peut-être pourrait-il marquer l'un d'entre eux ?

– Jeune homme ?

Elle s'avançait vers lui ; son pouls prit le mors aux dents. Histoire de gagner du temps, il se cassa en deux dans un salut un peu excessif.

– Citoyenne Présidente ?

– Je me demandais à quoi servait ce cadran ? Un altimètre peut-être ?

Il releva la tête et croisa le regard gris de Michelle Lancien. Ses yeux s'arrondirent et il comprit qu'elle l'avait reconnu ; au lieu de donner l'alerte, elle se tourna vers ses gardes et l'ingénieur et leur dit :

– Descendez. J'arrive tout de suite.

– Mais Présidente…

– Maintenant.

Les trois hommes obéirent à contrecœur.

– Bonjour, Nathanaël, dit la Présidente.

L'orphelin essaya d'avaler sa salive, en vain. Sans perdre son temps à comprendre pourquoi elle ne l'avait pas dénoncé, il chuchota :

– Citoyenne Présidente, fais attention, je t'en prie. Fiori veut te faire arrêter. J'ai entendu son plan dans les catacombes. Et la chef des Frères du Sang, Vérité…

– Ainsi, c'est donc vrai, le coupa la Présidente. Tu as rejoint leurs rangs.

Nathanaël secoua la tête.

– Je n'en suis pas un, je le jure. C'est une histoire compliquée.

Michelle Lancien eut un sourire désabusé. Elle se tourna vers les vitres du poste de pilotage. Les bouchers attendaient en bas. À peine aurait-elle posé le pied au sol qu'ils passeraient à l'attaque. Quelqu'un l'appela d'en bas. Elle ne répondit pas mais eut un geste surprenant : elle posa sa main sur la joue de Nathanaël, le temps d'un battement de cils.

– Je dois y aller. Je suis heureuse de t'avoir vu avant…

– Non !

Nathanaël lui attrapa la main et appuya son pouce sur sa peau.

– Ne bouge pas d'ici ! ordonna-t-il.

La Présidente fronça les sourcils, en se dégageant.

Abasourdi, Nathanaël bégaya de nouveau son ordre. Il y avait pourtant une goutte de son sang sur la peau de la Présidente. Elle la regarda avec attention.

– Le pouvoir de Louis d'Ombreville…, murmura-t-elle.

Nathanaël n'arrivait pas à y croire. S'il ne pouvait pas la marquer, il n'y avait qu'une seule explication : elle faisait partie de l'une des sept familles à qui le chef des Frères avait donné un peu de son sang. Pourtant le nom de Lancien ne figurait pas dans le carnet. Que se passait-il ?

– Présidente, le Conseiller vous demande.

Trois louchébems montaient à bord du dirigeable : les deux comparses de Lackji et, horreur ! Carmine. Tous les trois avaient la main sur leurs armes. Fiori accélérait les choses. Nathanaël, catastrophé, en oublia d'être discret et, lorsqu'il regarda Émile, ce dernier le reconnut.

– Eh, mais c'est lui ! C'est Nathanaël ! Carmine, c'est ce type qui a infiltré le Cochon Volant et qui t'a hypnotisée !

L'expression de la louchébem se durcit encore. Elle dégaina le plus long de ses couteaux, prête à se battre.

Soudain, une énorme explosion secoua le hangar. L'aérostat frémit sur ses attaches. Les bouchers échangèrent un regard inquiet : ce n'était pas prévu. Nathanaël se tourna vers la fenêtre et vit deux gardes courir vers eux.

– Les Frères du Sang ! hurla l'un des deux. Ils sont partout !

Le garde qui le suivait s'arrêta, le mit en joue et lui tira calmement dans le dos. L'homme s'écroula.

– Nous devons descendre les aider, ordonna la Présidente d'un ton sans réplique.

Eustache et Émile hésitèrent un moment avant de hocher la tête.

– On va aider Gustave, dit enfin Eustache le Cure-Dents.

– Pas moi, gronda Carmine. J'ai un compte à régler.

– Jeune fille, dit la Présidente, ce n'est pas le moment. Tu auras tout le loisir de te venger plus tard, pour l'instant nous devons rester unis pour…

Il y eut un échange de tirs nourris au pied du dirigeable et l'une des vitres éclata dans un bruit cristallin. Michelle Lancien vacilla soudain et s'appuya contre le mur.

– Présidente ?

Elle baissa les yeux sur sa robe noire et plaqua une main sur son abdomen.

– Je suis blessée, constata-t-elle d'un ton très calme.

Ses doigts étaient déjà rouges de sang.

Une seconde explosion fit frissonner l'air autour d'eux. Nathanaël devait prendre une décision. Il courut vers les leviers que l'ingénieur avait désignés un peu plus tôt. Carmine comprit qu'il allait s'échapper. Elle se jeta sur lui et le plaqua contre la paroi, le couteau levé pour l'y clouer. Par réflexe, il lui saisit le bras et s'y accrocha de toutes ses forces pour dévier le coup.

– Arrête, Carmine !

Le couteau se planta dans le bois de la nacelle. Nathanaël se dégagea et ils effectuèrent un pas de deux sur le côté, la louchébem cherchant à le faire tomber et l'orphelin essayant de lui échapper. Elle était bien plus forte que lui. À la limite de son champ de vision, il vit la Présidente qui glissait au sol. Dehors, la fusillade redoublait. Quelqu'un hurla quelque chose à propos du dirigeable. Aiguillonné par la peur, Nathanaël dégagea sa main et frappa la taille de la louchébem, là où elle gardait un souvenir cuisant de sa chute. Elle se plia avec un grognement de douleur et le garçon en profita pour tirer sur le levier de toutes ses forces. Il y eut un claquement sonore et un voyant s'alluma, indiquant que les attaches de l'appareil avaient été libérées. L'aérostat se mit à s'élever, lentement, tandis que le tableau de commande s'animait et que les aiguilles des cadrans oscillaient. Nathanaël, trempé de sueur, espéra qu'il n'était pas en train de faire une erreur monumentale. Sans prévenir, le ballon s'arrêta avec une violente secousse et se mit à gîter sur le côté, retenu à la terre ferme par la passerelle. Déséquilibrée, Carmine glissa vers l'ouverture, suivie par un fatras d'objets qui roulèrent sur le sol, avant de tomber dans le hangar. Le garçon se précipita pour la retenir au moment où elle passait par-dessus bord. Leurs mains s'accrochèrent comme en haut de la tour Verne, sauf que, cette fois-ci, ils n'étaient plus des coéquipiers, ni même des amis.

– Lâche-moi, Frère du Sang ! cria la louchébem.

Il aurait voulu hurler qu'il l'aimait, qu'il ne pouvait pas la laisser s'écraser en bas. Au lieu de ça, il serra ses poignets de toutes ses forces mais elle se contorsionna et s'arracha à lui. La jeune fille tomba en arrière, droit sur l'un des prototypes de ballon, qui se dégonfla sous l'impact et l'ensevelit dans des mètres de soie blanche. Nathanaël, accroché au bord de la nacelle, regarda avec angoisse le petit ballon sans rien voir bouger.

– Carmine !

Impossible de savoir si sa chute avait été amortie. Une balle passa à quelques centimètres de son crâne. Il crut apercevoir la silhouette de Vérité, les yeux levés vers lui. Puis des ordres fusèrent, Fiori saisit un homme et le jeta au loin, comme s'il ne pesait rien. La passerelle, qui était restée accrochée à l'appareil, céda dans un grincement métallique et retomba sur le sol. Libéré, l'aérostat s'éleva d'un bond. Des tirs éraflèrent la nacelle, mais ils étaient déjà trop haut. Avec un raclement assourdissant, le dirigeable franchit de travers l'ouverture dans le toit du hangar. Le vent froid s'engouffra par la porte restée ouverte, giflant le visage de Nathanaël et lui rendant un peu de sa lucidité. Des larmes coulaient sur son visage sans qu'il puisse faire quoi que ce soit pour les arrêter. Il se força à se détourner et rejoignit la Présidente, assise contre la paroi. Elle avait déchiré un pan de sa robe pour se fabriquer une compresse de fortune, mais la pâleur de son visage était éloquente ; elle était en train de se vider de son sang.

– Présidente !

– Les moteurs, chuchota-t-elle. Lance les moteurs.

Il sauta sur ses pieds. En dessous, le hangar devenait de plus en plus petit tandis que le dirigeable dérivait, poussé par le vent. Nathanaël poussa un levier. Un grondement sourd ébranla l'aérostat, faisant vibrer tous ses os, tandis que les hélices se mettaient à tourner. Il actionna la manette de direction au hasard, puis il retourna auprès de la Présidente. Le vent s'engouffrait en hurlant dans la cabine de pilotage. La porte était coincée, constata Nathanaël avec amertume. Très vite, il se sentit gelé.

– On doit s'abriter.

La Présidente secoua la tête. Sa respiration était rapide, irrégulière, elle crispait ses mains sur sa blessure avec un rictus de douleur.

– Trop tard. Viens.

Il s'assit à ses côtés et improvisa une couverture avec sa veste. Elle avait les lèvres bleues.

– Qu'est-ce que je peux faire ? demanda-t-il, paniqué.

– Il faut que tu m'écoutes... Il y a des choses... que j'aurais dû dire avant...

Un haut-le-cœur la secoua et elle ferma longuement les yeux.

Nathanaël pensa que les Frères du Sang avaient attaqué la ville, que Carmine était peut-être morte et qu'il se trouvait à trois cents mètres du sol avec la Présidente qui perdait inexorablement son sang. Il se demanda si la situation pouvait devenir encore plus chaotique.

Elle souleva ses paupières, à peine.

– Il faut que tu m'écoutes, répéta-t-elle. Ça tombe bien que ce soit toi… Louis d'Ombreville n'avait peut-être pas tort… à propos du destin… Je t'ai vu pendant les jeux ; c'était moi, dans l'aérostat, lors de l'épreuve du cimetière. Je n'ai pas résisté à l'envie de savoir à quoi tu ressemblais. Tu as du courage…

– Qu'est-ce que tu veux dire, Présidente ?

– Tu es né dans la tour… Personne ne savait… pas même Gustave, pas même… Max… juste une vieille nourrice. J'ai attendu que tu aies un an avant de te laisser… Je voulais que tu aies toutes les chances de survivre…

– Quoi ? demanda faiblement Nathanaël.

Ça n'avait aucun sens. La douleur la faisait délirer.

– Écoute-moi… Il faut que je te raconte… tout depuis le début…

***

L'aérostat frôla la tour Verne, ses toits de verre et les appartements de l'écrivain plongés dans le noir, puis il s'éleva encore au-dessus de Larispem. Au même moment, dans la prison de la Petite Roquette, Liberté leva les yeux et aperçut son ventre rouge passer au-dessus d'elle. Bien sûr, elle ne pouvait pas voir ce qui se passait à l'intérieur, mais lorsqu'elle vit glisser sur elle l'ombre du gigantesque dirigeable, elle s'immobilisa, saisie d'un mauvais pressentiment.

– Avance, terroriste !

Le garde qui la précédait tira sur les chaînes qui lui emprisonnaient les mains, et Liberté se remit à marcher vers sa cellule. Carmine, Nathanaël, Cinabre et même la Présidente… tous l'avaient abandonnée à son sort. Seul le relief dans la doublure de sa veste lui apportait un peu de réconfort : elle avait toujours avec elle le Livre de Louis d'Ombreville. Ironiquement, c'étaient les pensées de l'aristocrate qui allaient l'accompagner jusqu'au bout de sa déchéance. Les gardes la conduisirent le long d'un couloir froid et malodorant, jusque dans une cellule exiguë où ils la jetèrent sans ménagement. L'un d'eux cracha à ses pieds.

– T'as voulu venir à Larispem, Sœur du Sang ? Le Taureau t'offre un séjour prolongé.

Ils claquèrent la porte et s'éloignèrent au moment même où le dirigeable arrivait aux limites de la Cité, franchissait les remparts et passait du côté français.

L'Esprit de la Commune avait quitté Larispem.

CODES SECRETS

Si, comme Louis d'Ombreville, vous avez de sombres secrets à dissimuler, vous pouvez utiliser différentes méthodes.

Il existe de nombreuses techniques pour crypter les mots. L'une d'entre elles est le chiffre de César, qui consiste à décaler l'alphabet de quelques lettres sur la gauche ou la droite pour obtenir un texte codé.

Avec le chiffre de César, on aura par exemple :

A = C

B = D

C = E

Chaque lettre sera toujours remplacée par une lettre identique. Raffinement supplémentaire, on pourra rassembler les lettres chiffrées par groupes de quatre, histoire de brouiller un peu plus le message d'origine.

VIVE LARISPEM donnera donc XKXG NCTK URGO

Dans ce roman, Liberté et Nathanaël ont affaire à un code beaucoup plus complexe : le chiffre de Vigenère.

Ici, on ne se contente pas de décaler les lettres de l'alphabet.

Pour commencer, on choisit une clé (un mot, une phrase, voire un paragraphe entier de texte). On écrit ensuite cette clé sous le message à coder, en la répétant en boucle pour que sous chaque lettre du message à coder, on trouve une lettre de la clé.

Exemple, avec en message clair, « Vive Larispem » et, en clé, « Ombreville » :

V	I	V	E	L	A	R	I	S	P	E	M
O	M	B	R	E	V	I	L	L	E	O	M

Ensuite, on se sert de cette grille :

	A	B	C	D	E	F	G	H	I	J	K	L	M	N	O	P	Q	R	S	T	U	V	W	X	Y	Z
A	A	B	C	D	E	F	G	H	I	J	K	L	M	N	O	P	Q	R	S	T	U	V	W	X	Y	Z
B	B	C	D	E	F	G	H	I	J	K	L	M	N	O	P	Q	R	S	T	U	V	W	X	Y	Z	A
C	C	D	E	F	G	H	I	J	K	L	M	N	O	P	Q	R	S	T	U	V	W	X	Y	Z	A	B
D	D	E	F	G	H	I	J	K	L	M	N	O	P	Q	R	S	T	U	V	W	X	Y	Z	A	B	C
E	E	F	G	H	I	J	K	L	M	N	O	P	Q	R	S	T	U	V	W	X	Y	Z	A	B	C	D
F	F	G	H	I	J	K	L	M	N	O	P	Q	R	S	T	U	V	W	X	Y	Z	A	B	C	D	E
G	G	H	I	J	K	L	M	N	O	P	Q	R	S	T	U	V	W	X	Y	Z	A	B	C	D	E	F
H	H	I	J	K	L	M	N	O	P	Q	R	S	T	U	V	W	X	Y	Z	A	B	C	D	E	F	G
I	I	J	K	L	M	N	O	P	Q	R	S	T	U	V	W	X	Y	Z	A	B	C	D	E	F	G	H
J	J	K	L	M	N	O	P	Q	R	S	T	U	V	W	X	Y	Z	A	B	C	D	E	F	G	H	I
K	K	L	M	N	O	P	Q	R	S	T	U	V	W	X	Y	Z	A	B	C	D	E	F	G	H	I	J
L	L	M	N	O	P	Q	R	S	T	U	V	W	X	Y	Z	A	B	C	D	E	F	G	H	I	J	K
M	M	N	O	P	Q	R	S	T	U	V	W	X	Y	Z	A	B	C	D	E	F	G	H	I	J	K	L
N	N	O	P	Q	R	S	T	U	V	W	X	Y	Z	A	B	C	D	E	F	G	H	I	J	K	L	M
O	O	P	Q	R	S	T	U	V	W	X	Y	Z	A	B	C	D	E	F	G	H	I	J	K	L	M	N
P	P	Q	R	S	T	U	V	W	X	Y	Z	A	B	C	D	E	F	G	H	I	J	K	L	M	N	O
Q	Q	R	S	T	U	V	W	X	Y	Z	A	B	C	D	E	F	G	H	I	J	K	L	M	N	O	P
R	R	S	T	U	V	W	X	Y	Z	A	B	C	D	E	F	G	H	I	J	K	L	M	N	O	P	Q
S	S	T	U	V	W	X	Y	Z	A	B	C	D	E	F	G	H	I	J	K	L	M	N	O	P	Q	R
T	T	U	V	W	X	Y	Z	A	B	C	D	E	F	G	H	I	J	K	L	M	N	O	P	Q	R	S
U	U	V	W	X	Y	Z	A	B	C	D	E	F	G	H	I	J	K	L	M	N	O	P	Q	R	S	T
V	V	W	X	Y	Z	A	B	C	D	E	F	G	H	I	J	K	L	M	N	O	P	Q	R	S	T	U
W	W	X	Y	Z	A	B	C	D	E	F	G	H	I	J	K	L	M	N	O	P	Q	R	S	T	U	V
X	X	Y	Z	A	B	C	D	E	F	G	H	I	J	K	L	M	N	O	P	Q	R	S	T	U	V	W
Y	Y	Z	A	B	C	D	E	F	G	H	I	J	K	L	M	N	O	P	Q	R	S	T	U	V	W	X
Z	Z	A	B	C	D	E	F	G	H	I	J	K	L	M	N	O	P	Q	R	S	T	U	V	W	X	Y

Pour crypter le texte, on regarde la lettre qu'on veut chiffrer (V) dans la première ligne et la lettre de la clé lui correspondant (O). On repère dans la grille la lettre qui se trouve au croisement de la ligne horizontale et de la ligne verticale (J). Ensuite on répète l'opération avec toutes les lettres du mot :

I donnera ainsi U, etc., etc.

Pour déchiffrer un texte chiffré avec Vigenère, il est nécessaire de posséder la clé, cette méthode de chiffrage étant très difficile à « craquer ».

Crypter et décrypter avec cette méthode, c'est une entreprise longue et fastidieuse qui vous promet bien des maux de tête. Aussi, je vous conseille de ne l'utiliser qu'avec parcimonie !

REMERCIEMENTS

De nouveau, je me dois de formuler quelques remerciements.

Tout d'abord, au même trio infatigable qui me lit, me relit, me soutient, me conseille et me houspille quand je le mérite. J., C., V., sans vous j'aurais bien du mal à me sortir des bourbiers dans lesquels je me flanque régulièrement toute seule.

À quoi ça sert d'écrire un livre ? À beaucoup de choses, parmi lesquelles reprendre contact avec des amis perdus de vue. A. (nom de code : Nénuphar), je suis bien contente de t'avoir retrouvé. Merci pour ta relecture fine et sensible de ce tome 2 !

Merci aussi à l'équipe tout entière de Gallimard Jeunesse qui fait tourner les rouages cachés sous le monde de Larispem. Grâce à vous je me suis améliorée, j'ai vu du pays et fait des rencontres passionnantes ! Merci aussi à Donatien Mary pour ses superbes illustrations, qui sont autant de fenêtres sur mon Paris alternatif.

Et pour finir, chers lecteurs, sans vous, ce livre ne serait pas une histoire mais un vulgaire tas de feuilles imprimées et reliées. Vos retours enthousiastes et vos critiques me sont très précieux. Merci à vous !

LUCIE PIERRAT-PAJOT naît en 1986 à Nevers. Elle grandit dans la campagne bourguignonne, entre champs et forêts. Pour s'occuper, elle aime grimper aux arbres et vivre des aventures imaginaires en compagnie de sa sœur. La vie quotidienne lui semblant quelque peu étriquée, elle tombe très tôt dans l'addiction à la lecture.

Après plusieurs détours dans diverses régions de France, Lucie Pierrat-Pajot s'installe dans l'Yonne avec son mari et sa fille. Elle travaille comme professeur-documentaliste dans un collège.

Ayant déjà tenté sa chance lors de la première édition du concours, elle décide de participer à nouveau avec *Les Mystères de Larispem*. Grande lauréate parmi les trois finalistes, Lucie Pierrat-Pajot écrit actuellement la suite et fin des aventures de Liberté, Carmine et Nathanaël.

RÉCLAME

Voici nos pauvres héros en bien mauvaise posture ! Alors même que Larispem vacille sous l'assaut des Frères du Sang, ils sont séparés et plus menacés que jamais. Qu'adviendra-t-il d'eux ?

NE MANQUEZ PAS LA SUITE!

Dans le troisième épisode, retournez aux sources du pouvoir du sang et marchez sur les traces de la jeune Michelle Lancien pour connaître ses secrets. Partez pour la France avec Nathanaël afin de retrouver le seul homme qui ait une chance de renverser la situation ! Partagez la détresse de Liberté, emprisonnée dans un cachot de la Petite Roquette !

Isabella et les orphelins seront-ils sauvés des griffes de Vérité et du docteur Delisle ?
Larispem restera-t-elle encore Larispem ?
Nos héros pourront-ils être réunis un jour ?

Vous le saurez en lisant le tome 3 des *Mystères de Larispem* !

Un divertissement de qualité pour petits et grands à lire tous les jours dans *Le Petit Larispemois.*

Découvrez l'univers incroyable de

Christelle Dabos,

lauréate de la première édition du concours du premier roman Gallimard Jeunesse, RTL et Télérama*:*

Livre 1

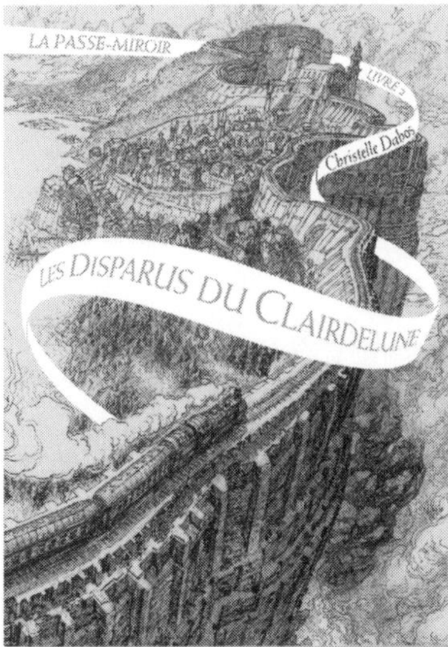

Livre 2

Livre 3 — *parution juin 2017*

Le papier de cet ouvrage est composé de fibres naturelles, renouvelables, recyclables et fabriquées à partir de bois provenant de forêts gérées durablement.

Mise en pages : Dominique Guillaumin

Loi n° 49-956 du 16 juillet 1949
sur les publications destinées à la jeunesse
ISBN : 978-2-07-508149-8
Numéro d'édition : 312011
Dépôt légal : mai 2017
Imprimé en Italie par Grafica Veneta S.p.A.

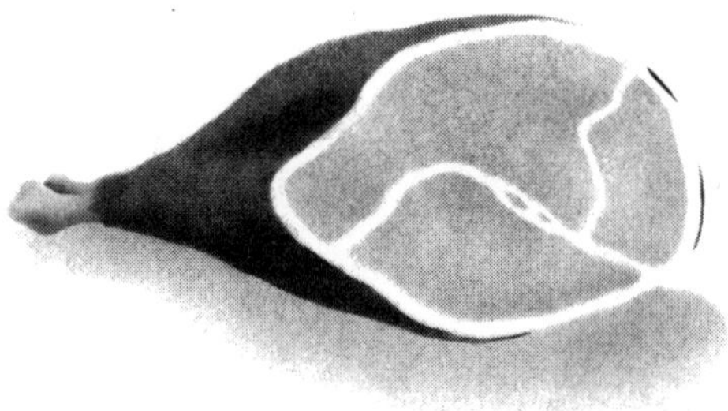